1400 Deutsche Gedichte und ihre Interpretationen

Herausgegeben
von Marcel Reich-Ranicki

Erster Band

Von
Walther von der Vogelweide
bis
Matthias Claudius

Insel Verlag

Umschlaggestaltung: Hermann Michels und Regina Göllner

Quellenhinweise am Schluß des Bandes
Satz: Memminger MedienCentrum AG, Memmingen
Druck: Ebner & Spiegel, Ulm
Printed in Germany
Erste Auflage 2002

1 2 3 4 5 6 – 07 06 05 04 03 02

Von Walther von der Vogelweide
bis Matthias Claudius

INHALT

MARCEL REICH-RANICKI
1400 GEDICHTE UND IHRE INTERPRETATIONEN

In Goethes »Maximen und Reflexionen« findet sich neben vielen schönen und geistreichen Äußerungen auch eine, wie mir scheint, wahrhaft fatale Feststellung: »Künste und Wissenschaften erreicht man durch Denken, Poesie nicht; denn diese ist Eingebung ...« Das war nicht etwa eine gelegentliche Fehlleistung Goethes. Ähnliches hat er leider oft wiederholt, so in einem Gespräch mit Eckermann, in dem er ganz ungeniert erklärte: »Je unkommensurabler und für den Verstand unfaßlicher eine poetische Produktion, desto besser ...«

Derartiges wurde ein Jahrhundert lang in Deutschland andächtig zitiert. Immer wieder plädierte man für die Inspiration und gegen den Intellekt und meinte allen Ernstes, daß das Dichten die klare Denkarbeit beeinträchtige und das Denken wiederum der holden Dichtkunst schade. Gern hat man die Frage nach dem Sinn eines Gedichts als prosaisch oder amusisch abgelehnt.

Stefan George verstieg sich zu der Behauptung: »In der Dichtung entscheidet nicht der Sinn, sondern die Form.« Doch sollte man sich hüten, das eine gegen das andere auszuspielen. Die Trennung von Inhalt und Form ist in der Lyrik gegenstandslos. Die Form – das ist schon der Sinn des Gedichts. Mit anderen Worten: Sinn und Form bilden in der Poesie eine Einheit. Und eben deshalb ist die Frage nur nach dem Sinn oder nur nach der Form eines Gedichts unzulässig und letztlich zwecklos.

Aber es nützt jedem Leser, und es schadet keinem Gedicht, jedenfalls keinem guten, wenn man es nach beiden zugleich befragt. Denn gerade schöne, ja vollendete Gedichte sind fragwürdige künstlerische Gebilde. Wie soll man das verstehen? Ganz einfach: Sie sind der Befragung würdig. Sie haben nicht die Fragen zu befürchten, sie können ihnen standhalten. Und nur wer ein Gedicht befragt – nach dem Sinn, der in der Form verborgen ist, und nach der Form, die den Sinn ausdrückt –, der verhindert, daß es abstirbt oder nur als musealer Gegenstand existiert.

Wir dürfen es nicht vergessen: Poesie ist immer auch Protest und Auflehnung. Wer dichtet, der rebelliert gegen die Vergänglichkeit. Selbst wenn sie den Untergang verkündet, wenn sie dem Tod huldigt, wenn sie den Zerfall besingt – dementiert die Dichtung, ob sie es will oder nicht, den Untergang, den Tod, den Zerfall. Lyrik ist Lebensbejahung.

Die »Frankfurter Anthologie«, die seit 1974 an jedem Wochenende in der »Frankfurter Allgemeinen Zeitung« veröffentlicht wird und seit 1976 auch in Buchausgaben erscheint, umfaßt mittlerweile 25 Bände, die 1400 Gedichte mit Kommentaren enthalten. Übertreiben wir, wenn wir sagen, daß es eine vergleichbare Sammlung deutscher Lyrik noch nie gegeben hat?

Das Programm der »Frankfurter Anthologie« bleibt unverändert: Die Liebhaber der modernen Lyrik sollen an die Poesie der Vergangenheit erinnert und die Bewunderer der alten Dichtung mit Versen zeitgenössischer Autoren vertraut gemacht werden. Nach wie vor lautet unser Ziel: Der Dichtung eine Gasse.

im Juli 2002

Vorwort zum 1. Band der Frankfurter Anthologie 1976

Vielleicht trifft es zu, daß die deutsche Lyrik stirbt. Aber noch ist sie nicht tot. Noch gibt es viele Menschen, die das Bedürfnis haben, Gedichte zu schreiben. Gibt es auch in deutschen Landen Menschen, die das Bedürfnis haben, Gedichte zu lesen?

Noch gibt es Zeitungen und Zeitschriften, die gelegentlich (doch immer seltener) Verse drucken. Wenn beim Umbruch eine Lücke entsteht, die rasch gefüllt werden muß, erinnern sich deutsche Redakteure der holden Dichtkunst.

Noch gibt es Verleger, die mitunter einen dünnen Lyrikband auf den Markt bringen. Gibt es auch Käufer dieser Bände? Die Verleger bestreiten es so melancholisch wie energisch. Aber sie sind bekanntlich nicht Hohepriester der Kunst, sondern nüchterne Kaufleute. Also werden sie schon ihre Gründe haben, und zwar kommerzielle. Wollen sie etwa den Lyriker an ihr Haus binden (oder in ihrem Haus festhalten), weil sie sich von ihm etwas Verkäufliches versprechen – einen Roman, ein Sachbuch oder ein Theaterstück?

Noch gibt es deutsche Gedichtbände, die zur allgemeinen Verblüffung in kurzer Zeit sogar Zehntausende von Abnehmern finden. So war es 1965, als Wolf Biermanns »Drahtharfe« publiziert wurde, so 1969, als Peter Handkes »Die Innenwelt der Außenwelt der Innenwelt« erschien. Freilich hatte das ungewöhnlich starke Echo in beiden Fällen viel mit außerliterarischen Umständen zu tun. Doch wie bemerkenswert derartige Erfolge auch sind, sowenig können sie die traurige Diagnose widerlegen: schlechte Zeit für Lyrik. Erst heute?

»Schlechte Zeit für Lyrik« ist der Titel eines Gedichtes keineswegs aus unserer Zeit. Es stammt von Bertolt Brecht und wurde Ende der dreißiger Jahre geschrieben. Man wird sagen: Das gilt nicht. Denn es waren finstere Zeiten, zumal für Brecht, der, verjagt mit gutem Grund, die Länder öfter als die Schuhe wechseln mußte und für den ein Gespräch über Bäume fast ein Verbrechen war.

In der Weimarer Republik, da sah es natürlich ganz anders aus, da hatte die Dichtung ihre große Stunde. 1927 war Brechts »Hauspostille« erschienen, Tucholsky rühmte die Sammlung in der »Weltbühne« und sagte am Ende: »Er und Gottfried Benn scheinen mir die größten lyrischen Begabungen zu sein, die heute in Deutschland leben.« Das waren andere Zeiten, da wurden die Dichter noch auf gebührende Weise anerkannt. Wirklich?

1926 schrieb Benn: »Bei meiner ersten Publikation war ich 25 Jahre alt, in diesem Monat wurde ich 40, es handelt sich also um 15 Jahre, und ich zählte vollkommen genau alles zusammen, was ich je an Honoraren für Bücher, einschließlich Gesammelte Schriften, Feuilletons, Nachdruck, Übernahme in Anthologien, mit einem Wort infolge der Papier- und Verlagsindustrie vereinnahmt habe: es sind 975 Mark ... Mit diesen 975 Mark bin ich übersetzt ins Französische, Englische, Russische, Polnische und in lyrische Anthologien Amerikas, Frankreichs und Englands übergegangen.« Auch damals also: schlechte Zeit für Lyrik.

Und im wilhelminischen Deutschland, in der Epoche, in der Rilke, George und Hofmannsthal dichteten und Heym und Trakl zu schreiben begannen? War dies die gute Zeit für die Poesie? 1910 erklärte Hermann Hesse, er habe »aufgehört, für Dinge zu arbeiten, nach denen niemand fragt, und zu denen gehört die Lyrik. Kaum unsere drei, vier besten, wirklich originellen Lyriker finden Leser, die ungeheure Menge der anderen Talente schreibt nur für Kollegen! Das ist schade, da viel Schönes an Versen erscheint, aber sowenig ich mir dadurch meine eigene Freude am Verselesen und am Versemachen verderben lasse, sowenig habe ich mehr Lust und Mut, in dieser Sache tauben Ohren zu predigen. Meine Erfahrung ist, daß beim guten Leser des guten Durchschnitts das Bedürfnis nach lyrischer Lektüre durch die Anthologien reichlich gestillt wird.«

Wie man sieht, hatten es die deutschen Dichter auch damals gar nicht so leicht. Sicher ist jedenfalls, daß die Poesie immer schon Sache lediglich einer Minderheit war. Freilich scheint diese Minderheit heute erheblich kleiner als vor fünfzig Jahren oder gar hundert Jahren.

Woran kann das liegen? Etwa daran, daß man Lyriker vom Format eines Benn oder Brecht heute vergeblich sucht? Hängt es vielleicht damit zusammen, daß die moderne Dichtung oft sehr schwierig ist, daß viele Verse von Paul Celan – aber auch manche von Peter Huchel oder Günter Grass – zunächst unverständlich scheinen? Sind die Schulen mitschuldig, die einst viel getan haben, um die Poesie der Jugend zugänglich zu machen, während man heute eifrig bemüht ist, die Literatur möglichst ganz aus dem Unterricht zu verbannen? Leben wir etwa in einer amusischen Epoche? Oder sollte es gar so sein, daß jenes früher vorhandene Bedürfnis nach Lyrik in unseren Tagen oft durch die Musik gedeckt wird, daß manche also, statt Rilke oder Trakl zu lesen, lieber Mahler oder Bartók hören?

Welche Gründe sie auch haben mag – und daß sie sich gegenseitig mitnichten ausschließen, liegt auf der Hand –, die Situation ist unverkennbar, das beliebte Wort »Krise«

drängt sich auf. Dennoch, nein, ebendeshalb beginnen wir heute mit einer neuen Rubrik – mit unserer »Frankfurter Anthologie«. Sie ist der deutschen Lyrik gewidmet, und sie wendet sich an jenen Teil unserer Leserschaft – und sei es auch nur eine Minderheit –, dem die Dichtkunst noch nicht gleichgültig ist.

Anthologien sind zunächst einmal freundliche Einladungen zur Lektüre und persönliche und meist enthusiastische Bekenntnisse zur Literatur. Sie erweisen sich als individuelle Offerten und subjektive Plädoyers in einem. Anthologisten wollen anregen und amüsieren, Auskunft erteilen und auch ein wenig provozieren. Sie werben um Aufmerksamkeit für ihre Schützlinge, die Poeten.

So soll hier dem Leser wenigstens in einer Auswahl geboten werden, was er vollständig zur Kenntnis zu nehmen kaum bereit wäre.

Die Verse, die wir abdrucken, hat jeweils ein Lyriker, Kritiker oder Literaturhistoriker vorgeschlagen, der seine Entscheidung in einem kurzen Kommentar begründet. Der Leser soll erfahren, warum derjenige, der das Gedicht ausgewählt hat, es für gut hält. So wird dem lyrischen Produkt gleich eine Interpretation, wenn auch eine sehr persönliche, folgen. Aber soll man Verse zerpflükken, darf man es? Hierzu schrieb Brecht: »Wer das Gedicht für unnahbar hält, kommt ihm wirklich nicht nahe. In der Anwendung von Kriterien liegt ein Hauptteil des Genusses. Zerpflücke eine Rose und jedes Blatt ist schön.«

Was unsere »Frankfurter Anthologie« erreichen möchte, mag zwar altmodisch und pathetisch klingen oder donquichottesk anmuten, doch ist es sachlich und nüchtern gemeint. Dieses Ziel lautet: Der Dichtung eine Gasse.

Marcel Reich-Ranicki

UNBEKANNTER DICHTER
ZWEITER MERSEBURGER ZAUBERSPRUCH

Phol ende Wuodan vuorun zi holza.
du wart demo Balderes volon sin vuoz birenkit.
thu biguol en Sin[th]gunt, Sunna era swister;
thu biguol en Friia, Volla era swister;
thu biguol en Wuodan, so he wola conda:
sose benrenki, sose bluotrenki, sose lidirenki:
ben zi bena, bluot zi bluoda,
lid zi geliden, sose gelimida sin.

RUTH KLÜGER
SO FING ES AN

Zaubern kann nur die Dichtung. *Und die Welt hebt an zu singen / Triffst du nur das Zauberwort*, behauptet der Romantiker. Der vorliegende Spruch versetzt uns in eine Zeit, als das Wünschen noch half. Damals, vor mehr als tausend Jahren, war der Zauberer kein Seelen-, sondern eher ein Pferdearzt. Er beschwor die reale Welt im Namen des heilenden Gottes.
Wer sich mit ein wenig Geduld in diese Verse versenkt, wird sich wundern, wie der uralte Heidenspruch mit geringer Nachhilfe verständlich und sogar liebenswert wird. Da »fuhren« beziehungsweise ritten zwei in den Wald, der Gott Wuodan (auch Wotan oder Odin) und ein anderer namens Phol. Wer war Phol? Haben wir etwas in der Schule verschlafen?
Keine Sorge, die Philologen wissen es auch nicht. Vielleicht ist es ein Beiname Balders, der im nächsten Stabreim unvermutet auftaucht, doch ist dieser Balder eventuell nur ein Wort für »Herr«. Sicher ist, daß eines der Pferde sich den Fuß verrenkt. Plötzlich sind bekannte und unbekannte Göttinnen zur Stelle (auch hier kennt sich die Germanistik nicht so gut aus), die eine scheint die Schwester der Sonne zu sein, und der Name Freia ist ein Anhaltspunkt. Man schart sich um das Fohlen und redet auf das Tier ein, wie man eben sprichwörtlich auf ein krankes Pferd einredet. Jede der Frauen »bespricht« oder »beschreit« es (das Wort *biguol* ist uns im modernen Englisch

als »to beguile« geblieben), doch die Wort-Heilung gelingt erst, als der höhere Gott, Wuodan, »der es wohl verstand« oder »gut konnte«, eingreift.

Das alles ist Vorspann. Der mythologisch-historische Fall wird beschworen, damit sich die damals gelungene Heilung wiederhole. Erst jetzt kommen die eigentlichen Worte des Spruchs, der den Zauber bewirkt, und hier schlägt die deutsche Lyrik, die wir kennen, denn sicher gab es schon vorher vieles, was kennenswert wäre, wenn wir es nur hätten, die Augen auf.

Wer diese Verse lobt, gerät leicht in den Verdacht der Deutschtümelei, den uns eine nationalistische ältere Germanistik, die solche »Denkmäler« zu überschätzen pflegte, eingehandelt hat. Eine nüchterne Forschung meint heute, solche Sprüche »gehören zum Bodensatz einer spätantik-germanisch-christlichen Mischkultur«, und behandelt sie, wie die Herausgeber Walter Haug und Benedikt Konrad Vollmann, als »abgesunkenes Gut«.

Lyrik muß aber nicht originell sein, um uns anzusprechen. In den letzten Stabreimen verlassen wir die Aufzählung von Göttern und Göttinnen, die alle dasselbe tun, und widmen uns einer feierlichen Aufrufung dreifach ramponierter Körperteile, die etwas vom Kinderreim, unserer ersten Begegnung mit Gedichten hat; wie man noch heute Kindern, die sich weh getan haben, beschwichtigend Formelhaftes mit Erfolg vorsagt oder vorsingt. Wenn man die halb fremden, halb bekannten Worte laut ausspricht, merkt man gleich den Unterschied zur Übersetzung in moderne Prosa: Da wird aus *bena* (Bein, Gebein) unser knirschendes Wort »Knochen«. Doch Goethe, als Wissenschaftler der Entdecker des Zwischenkieferknochens, steht als Dichter nicht im Knochen-, sondern »im ernsten

Beinhaus«, bei der Betrachtung eines Schädels, der vielleicht Schillers war.

Unter den verschiedenen »Verrenkungen« (Knochen-, Blut- und Gliederverrenkungen) können wir uns im heutigen Deutsch nichts Rechtes vorstellen, doch im Original weisen sie auf Verletzungen hin, von denen wir gar nicht so genau wissen wollen, was es damit auf sich hat. Worauf es ankommt, ist, daß Gleiches wieder zu Gleichem findet, Knochen zu Knochen, Blut zu Blut, Glied zu Gliedern: das tröstet. Oder man vergleiche die Beschwörungsformel *sose gelimida sin* mit »wie geleimt sollen sie sein«, und man erkennt, warum sich die kleine Anstrengung mit dem Original gelohnt hat. Unverkennbar ist die leichte Rauschwirkung, die von gebundener Sprache ausgehen kann.

So also hat's angefangen. Im naiven Vertrauen auf die Macht der richtigen Wörter hat sich unsere Muttersprache zuerst zu Dichtung verdichtet. Mögen Wuodan und der mysteriöse Phol noch weitere tausend Jahre *zi holza* reiten, beschützt von unserem wohl leider unwirksam gewordenen Segen.

UNBEKANNTER DICHTER
DÛ BIST MÎN

Dû bist mîn, ich bin dîn.
des solt dû gewis sîn.
  dû bist beslozzen
  in mînem herzen,
verlorn ist daz sluzzelîn:
dû muost ouch immêr darinne sîn.

PETER WAPNEWSKI
ANFANG UND ENDE ALLER LYRIK

Ferner Klang aus frühester Zeit. Man hat diesen Versen den Titel der ältesten deutschsprachigen Liebeslyrik verliehen, und hat es mit Grund getan. Sie sind überliefert in einer Handschrift des Klosters Tegernsee und wohl um die Mitte des 12. Jahrhunderts entstanden. Zu jener Zeit, da im Donauraum der erste namentlich bekannte deutsche Lyriker seine Strophen singt: Der von Kürenberg.

Mit diesen schlichten und spröden, ebendarum eindrucksvoll und archaisch wirkenden Versen hat es indes seine Schwierigkeit. Sie liegt im Kontext. Denn die deutschen Liebesworte sind die wunderlichen Einsprengsel in dem größeren Zusammenhang einer Sammlung von Briefen in lateinischer Sprache. Geschrieben aus weiblicher Sicht und weiblich sich offenbarendem Gefühl.

So hat man denn gemutmaßt, daß hier eine verliebte Nonne der Lust ihres Herzens Luft machte, die ihren Ovid kannte und die der lateinischen Prosa und den nach dem Muster der Rhetorik zierlich aufgeputzten Reimen schließlich auch ein paar Zeilen in der Volkssprache beigab. Die nach einer langvertrauten Weise klingen – und in der Tat mag es sich so verhalten, daß sie alt sind und wahr.

Die Wissenschaft freilich hat sich nicht zufriedengeben können mit romantischem Einfühlen und zartem Nachempfinden, sondern ist zu der Überzeugung gekommen (zuletzt mit Hilfe des Germanisten Jürgen Kühnel), daß diese Briefe lediglich Fiktion sind, Musterstücke zum Zwecke der Erlernung und Demonstration der Stillehre und ihrer Kunst. Da fassen denn die deutschen *wortelîn* nur zusammen auf freilich unübertrefflich knappe Weise, was zuvor und hernach in dekorativ-ausladender Prosa auf Latein gesagt wird. Am Ende des ersten Briefes fügen die Worte sich dann zu Klängen in sogenannter Reimprosa: *esto securus, successor nemo futurus / est tibi, sed nec erit; mihi ne tu nemo placebit ...* (»Sei dessen sicher, es gibt für dich keinen Nachfolger, noch wird es ihn je geben; Niemand wenn nicht du wird mir gefallen ...«).

Esto securus: des solt du gewis sîn. Und der Zukunftsschwur in der letzten deutschen Zeile nimmt auf, was das *erit* und *placebit* der lateinischen Rede vorschreibt, zuvor schreibt – und was an die strenge Formelhaftigkeit eines Verlobungsgelübdes erinnert. Stillehre und Rhetorik sind eines, das Herzensgefühl ist ein anderes, aber es liegt kein Grund vor, nicht auch aus den lateinischen Mustersätzen die innige »private« Neigung der Schreibenden herauszuhören, die ihre Schulaufgabe zum Anlaß und erwünschten Vorwand nimmt, inmitten der neutral sich gebenden Verlautbarung von der eigenen Liebe zu sprechen und ihr Ausdruck in vielleicht schon damals altertümlich oder doch altvertraut klingenden Versen zu geben. Deren Wesen exemplarisch vorweist, was man die Leistung von Lyrik nennen kann. Die niemals in dem Gesagten allein, sondern in dem durch das Gesagte erzeugten Mehrwert besteht.

Das Bild vom Herzensschlüssel ist so simpel wie in alter und neuer Lyrik weit verbreitet. Wie aber diese sechs Verse es durch sich selbst, nämlich in ihrer Architektur verwirklichen, das gibt ihrer kargen Einfachheit wahrlich

Glanz. Denn vier Verse mit dem *-în*-Reim umarmen die beiden mittleren Verse (auch sie reimen sich, und zwar kraft der damals noch deutlich gehörten Nebensilbenreime auf *-en*). Umschließen sie, wie der Schrein des Herzens den geliebten Anderen umschließt. Die Strophe als Bild des durch ihre Worte Gesagten. Das ist Anfang und Ende aller Lyrik.

UNBEKANNTER DICHTER
MICH DUNKET...

Mich dunket niht sô guotes noch sô lobesam
sô diu liehte rôse und diu minne mîns man.
diu kleinen vogellîn
diu singent in dem walde, dêst menegem herzen liep.
mir enkome mîn holder geselle, îne hân der summer-
wunne niet.

PETER WAPNEWSKI
KLAGE, NAMENLOS

Als die deutsche Sprache beginnt, sich ihrer selbst bewußt zu werden, in Liedern, in lyrischen Versen, da ist es die Stimme der Frau, die vernehmlich mitsingt. Sie ertönt in einer eigentümlichen Gattung, die der Weltliteratur angehört und in der man auch den Ursprung aller Lyrik gesehen hat: dem Frauenlied. Und da diese Frauenlieder einstimmig künden von Einsamkeit und Verlassensein, von Sehnsucht und innig-leiser Hoffnung auf ein Wiedersehen mit dem geliebten Mann, auf die Erfüllung eines ersehnten, auf die Wiedererfüllung eines einst erlebten Liebesglücks, setzen wir diese Frauenlieder auch gleich mit Frauenklagen.
Es ist allerdings, die Dichtung der mittelhochdeutschen Zeit angehend, so gut wie gewiß, daß nicht Frauen die Autoren ihrer Lieder waren. Sie sind in jener Zeit vom produktiven künstlerischen Schaffen ausgeschlossen, der Mann ist es, der dichtet und malt und baut und denkend spekuliert, die schöpferische Frau bleibt die Ausnahme (und ebendas gibt etwa der im vergangenen Jahr gefeierten gelehrten Äbtissin Hildegard von Bingen Gesicht und Gewicht). Rollenlyrik also – und immerhin darf man dem Manne bescheinigen, daß es ihm achtbar, ja bewundernswert gelungen ist, sich hineinzufühlen in die Situation der einsam sich selbst überlassenen, auf sich selbst zurückgeworfenen Frau. Es mag indessen in solcher imaginierten Klagesituation auch die Saite der hohen Meinung mit-

schwingen, die der Mann von sich und seiner sozialen und erotischen Attraktivität hat: auf solche Weise das Sehnsuchtsverlangen der Frau auch als Ausweis und Bestätigung eigener Bedeutung vorführend.
Altertümliche Verse, sie zählen fraglos zu den ältesten Dokumenten unserer Lyrik und sind noch zwei oder drei Jahrzehnte vor der Phase der feinziselierten Kunstübung des klassischen Minnedienstes und Minnesangs anzusetzen: etwa um 1160. Die beiden überliefernden Handschriften weisen sie, hilflos nach Authentizität fahndend, zwei Autorennamen zu, die nichts mit ihnen zu tun haben, die Verfasserschaft bleibt unbekannt.
Eine knappe Strophe nur, sie ist gebildet aus Langzeilen, wie sie auch der Kürenberger liebt, der erste sich einen Namen gebende und wenig später dichtende deutschsprachige Lyriker (Langzeilen, wie sie in der Gattung der sogenannten Heldenepik schwer einherschreitend das Nibelungenlied tragen). In der »Taille« bildet eine Kurzzeile den Steg, der überleitet vom lieblichen Eingangsbild zur spröde-resignierenden Schlußfolgerung. Die Endreime begnügen sich noch mit unvollkommener Deckung, das heißt mit Assonanzen: *sam* fügt sich zu *man*; *liep* zu *niet*.
Der Eingang bindet, wie häufig in der Lyrik des Mittelalters (und nicht nur dort), die poetische Blume schlechthin, also die Rose, mit der Liebe zusammen. Und zu ihnen gehören die *vogellîn*, meist der poetische Vogel schlechthin, also die Nachtigall. *Niht sô guotes,* »Nichts von allem Guten und Lobes werten in der Welt« (*guotes* ist quantitativer Genitiv, der dem *niht* sein Gewicht gibt) entzückt die liebende Frau so sehr wie die Rose – und die Liebe *mîns man*, ihres Mannes. Was mittelhochdeutsch zuallermeist bedeuten sollte: Lehns- und Dienstmann – doch wird man hier

keine soziale Dominanzgeste heraushören, sondern die erotische Bedeutung des Freundes, des Liebsten.
Bestimmt wird die lyrische Szene von einem schlichten Kontrastbild: Da ist das Sommerglück der blühenden Rosen, der singenden Nachtigall, die aller Welt das Herz erfreuen. Der letzte Vers aber bringt dann den Umbruch: Die Liebende allein bleibt unberührt von allem Glück der Sommerwonne (und nun folgt, was die Grammatik einen »exzeptiven Konditionalsatz« nennt) – es sei denn (wenn nicht . . .), es komme endlich der liebe, der geliebte Freund.
Einfache Formen und sinnfällige Bilder für einfache Gefühle und einfaches Erleben. Und doch ist darin auf eine spröde, dem intim enthüllenden Selbstgespräch anvertraute Weise alles ausgesagt, was ein Frauenleben, ein Menschenleben erfüllen und nichtig machen, vernichten kann. Auch verlorene Liebe will sich verloren nicht geben.

DIETMAR VON AIST
EZ STUONT EIN FROUWE ALLEINE

Ez stuont ein frouwe alleine
und warte uber heide
und warte ire liebe,
so gesach si valken fliegen.
›sô wol dir, valke, daz du bist!
du fliugest swar dir liep ist,
du erkiusest dir in dem walde
einen boum der dir gevalle.
alsô hân ouch ich getân:
ich erkôs mir selbe einen man,
den erwelten mîniu ougen.
daz nîdent schœne frouwen.
owê, wan lânt si mir mîn liep?
jô 'ngerte ich ir dekeiner trûtes niet!‹

GERT KAISER
SELBSTÄNDIGKEITSERKLÄRUNG

Die einsame Frau, die über die Heide ausschaut, nach dem Geliebten ausschaut (*warte*), seine Wiederkunft ersehnt – ein ruhiges Bild von suggestiver Kraft und doch von poetischer Dynamik: die Kopfstellung der Verben, das anaphorische *und warte* ... *und warte* ... erzeugt in den ersten drei Versen in drängendem Rhythmus einen Stau, der Erlösung fordert, zumindest Auflösung will. Aber statt des Geliebten erblickt sie einen Falken *(so gesach si valken fliegen)*, erblickt den Geliebten nicht – und erblickt ihn doch: im Falken.

Der Zeit ist das Falkensymbol vertraut. Auch die junge Kriemhild des Nibelungenepos schaut im Traum den Falken, ihren künftigen Geliebten Siegfried – und sieht ihn von zwei Adlern zerfleischt. Die Lyrik der Zeit umspielt das Bild im Falkenlied des Kürenbergers. Nicht die ornithologische Gattung freilich, sondern der Beizvogel ist das Symbol, denn er, der Gezähmte oder doch Zähmbare, verbindet Freiheit mit Wiederkunft – und eignet sich deshalb so vortrefflich für das Bild vom Geliebten. Dietmar von Eist, von dem wir so gut wie nichts wissen, hat es wohl Mitte des zwölften Jahrhunderts aus dem Kontext von Nibelungendichtung und Kürenberger geschöpft.

Der heranfliegende Falke nun ist in unserem Gedicht zugleich Erlösung von der körperlichen Spannung des Sehnens, wie sich auch im ruhig gewordenen Rhythmus des vierten Verses zeigt – und ist doch Steigerung und Anspannung. Denn der Abstand von Bild und Realität ist ja gleichermaßen Vergegenwärtigung wie Verlust. Auch schafft das Auftauchen des Falkens eine für sich selber sprechende Bildsituation: die ausschauende Frau und der fliegende Falke – das braucht keine Ausdeutung; und doch nimmt die Frau in dem nun anhebenden Monolog eine Ausdeutung vor, die ein ganzes gesellschaftliches Programm ist. Der Gruß an den Falken *(sô wol dir, valke, daz du bist!)* gilt seiner Freiheit, die die Freiheit des Mannes ist: wohin ihm *liep ist,* fliegt er und erwählt sich im Wald einen Baum, der ihm gefällt.

Diese Lyrik weiß noch nichts von der zeremoniösen Tyrannei der Minneherrin, kennt noch nicht die lustvolle Unterwerfung des Mannes unter den Willen der höfischen Dame. Auch die altertümliche Würde, mit der sich das Lied fernhält von der Kunstfertigkeit der reinen Reime und eher der schmucklosen Kraft der Assonanzen sich anvertraut, zeigt die Distanz zur neuen Zeit der höfischen Kunst. Vielmehr zeichnet diese Lyrik immer wieder die einsame, über das Fernbleiben des geliebten Mannes klagende Frau. Dann aber geschieht das Ungeheuerliche, und es geschieht ohne jeden Schnörkel.

In schlichter Analogie zum Falken sagt die Frau: »So habe ich es auch getan« – so frei wie der Falke sich einen Baum aussucht, so »erkor ich mir selber einen Mann«. Und zwar den, der mir gefiel, den meine Augen auswählten *(den erwelten mîniu ougen).* Das ist eine Selbständigkeitserklärung unerhörten Ausmaßes, die sich da im Medium der Liebe und der Liebesdichtung vollzieht. Gesellschaftliche Normen und Rollen werden außer Kurs gesetzt, als wäre es nichts. In der Liebe formuliert diese Zeit eine Autonomie des Handelns, die sie anders noch nicht einmal denken kann.

Und weil diese Autonomie geschichtlich gerade nicht gegeben ist, ist es nur einsichtig und wahr, daß sie auch in der Poesie gefährdet bleibt: durch den Neid und die Mißgunst schöner Rivalinnen *(daz nîdent schœne frouwen).* Ihnen gilt der anklagende Schlußseufzer der beiden letzten Verse: »Ach, warum lassen sie mir den Liebsten (*liep*) nicht« und: »Hab' ich etwa je ihre Liebsten (*trût*) begehrt?« *(jô 'ngerte ich ir dekeiner trûtes niet!)*

DIETMAR VON AIST
SLÂFEST DU, VRIEDEL ZIERE?

1. »Slâfest du, vriedel ziere?
wan wecket uns leider schiere.
ein vogellîn sô wolgetân,
daz ist der linden an daz zwî gegân«.

2. »Ich was vil sanfte entslâfen,
nu rüefestu, kint, wâfen.
liep âne leit mac niht sîn.
swaz du gebiutest, daz leiste ich, vriundîn mîn«.

3. Diu vrouwe begunde weinen.
»du rîtest hinnen und lâst mich eine.
wenne wilt du wider her zuo mir?
owê, du vüerest mîne vroide sant dir!«

JOACHIM BUMKE
EIN ZWANG UND EIN SCHMERZ

Drei Stimmen sind zu hören: Die der Frau, die die ganze erste Strophe und den größten Teil der letzten spricht. Die des Mannes, dem die mittlere Strophe gehört. Und die Stimme eines Erzählers, ganz kurz am Anfang der dritten Strophe.

Die ersten Worte der Frau verdeutlichen die Situation: »Schläfst du, Geliebter? Man wird uns gleich wecken.« Das genügt schon, um das kleine Lied einer Lyrikgattung zuzuordnen, die offenbar auf der ganzen Welt verbreitet war: dem Tagelied, der Alba, die von dem Trennungsschmerz der Liebenden nach gemeinsam verbrachter Nacht erzählt. Schon im dreizehnten Jahrhundert vor Christus haben die alten Ägypter solche Lieder gekannt; sie waren in China ebenso zu Hause wie im alten Israel, im klassischen Griechenland, in den arabischen Ländern und in den meisten europäischen Literaturen.

Die Liebe im Tagelied ist immer ein Wagnis. Für die Frau geht es um ihren guten Ruf, für den Mann im schlimmsten Fall um das Leben. Daher die Notwendigkeit der Trennung.

Oft können die Liebenden die Gefahr nur mit Hilfe eines Helfers bestehen, der aufpaßt und sie weckt. In unserem Lied ist es der kleine Vogel, der extra für die Liebenden auf dem Lindenzweig sitzt und ihnen den Morgen ankündigt.

Es gibt Tagelieder, in denen nur einer spricht: nur die Frau oder – selten – nur der Mann. Häufig ist das Tagelied ein Dialog, wie hier. Wenn eine Frau und ein Mann miteinander reden, rückt fast automatisch das Geschlechterverhältnis in den Vordergrund. Im Tagelied sind Frau und Mann durch Liebe verbunden; sie haben zusammen die Nacht verbracht, und für beide ist die Trennung ein Zwang und ein Schmerz.

In unserem Lied geht es jedoch nicht um die Harmonie der Liebe, sondern um die Verschiedenheit von Frau und Mann. Die Frau wacht, der Mann schläft. Auf die liebevoll-sorgenvolle Weckrede der Frau antwortet der Mann mit einer fast ins Komische gesteigerten Gefühllosigkeit: »Ich war ganz entspannt eingeschlafen« – eine Anspielung auf seine körperliche Leistung in der Nacht –, »da schlägst du Alarm.« Dann fällt ihm noch eine Allerweltsweisheit ein: »Es gibt keinen Genuß ohne Reue«, oder wörtlich: »Freude kann nicht ohne Schmerz sein.« Sein Schmerz besteht offenbar nur in der unsanften Beendigung des Schlafes. Die Anrede »kint« hat noch nicht die Bedeutung unseres »Kindchen«, das die Frau entmündigt; aber etwas davon schwingt schon im Mittelhochdeutschen mit.

An dieser Stelle mischt sich der Erzähler ein: »Die Dame fing an zu weinen« (mittelhochdeutsch »vrouwe« heißt nicht »Frau«, sondern »Herrin«, »Dame«). Gelten ihre Tränen dem Trennungsschmerz, oder weint sie über den fremden Mann neben ihr? Zuletzt geht es nur noch um die Auflösung der Gemeinsamkeit: »Du reitest weg und läßt mich alleine.« Ihre Frage nach einem Wiedersehen bleibt ohne Antwort. Das Lied endet mit einem Schmerzlaut der Frau.

Also die übliche Ungleichheit in der Liebe: der Mann denkt an sexuelle Befriedigung und überläßt der Frau die

Last der schmerzhaften Gefühle? Nein. Wir haben einen Vers übersprungen, der das Verhältnis von Frau und Mann in ein anderes Licht rückt und der dem kleinen Lied damals einen hochmodernen Akzent gegeben hat: »Was du befiehlst, das tue ich, Freundin mein«. Diese Worte zitieren die neue Doktrin des *amour courtois*, der höfischen Liebe, die das Geschlechterverhältnis auf den Kopf stellt: die Frau als Herrin des Mannes, der Mann als ihr Diener, die Liebe als Dienst. Jetzt wird klar, warum der Erzähler die Frau eine Dame nennt.

Wie kann sich die höfische Liebe im Tagelied bewähren? In unserem Gedicht scheint sie nur eine leere Floskel zu sein, nicht mehr als ein »Küß die Hand, gnädige Frau«, womit sich der Liebhaber eilends entfernt. Ist die Umsetzung noch nicht gelungen? Oder macht sich der Dichter über die neumodischen Ideen lustig?

DER VON KÜRENBERG
ICH STUONT MIR NEHTINT SPÂTE

»Ich stuont mir nehtint spâte an einer zinne,
dô hôrt ich einen rîter vil wol singen
in Kürenberges wîse al ûz der menigîn.
er muoz mir diu lant rûmen, alder ich geniete mich sîn.«

»Nu brinc mir her vil balde mîn ros, mîn îsengewant,
wan ich muoz einer vrouwen rûmen diu lant,
diu wil mich des betwingen, daz ich ir holt sî.
si muoz der mîner minne iemer darbende sîn.«

JOACHIM BUMKE
DIE SÜSSE STIMME

Die beiden Strophen stehen in der Manessischen Handschrift unter dem Dichternamen »Der von Kürenberg«. Der von Kürenberg war einer der ersten, die in Deutschland von der Minne gesungen haben, und einer der größten. Daß er zu den ältesten Minnesängern gehört, zeigt die Strophenform, die an das »Nibelungenlied« erinnert, mit ihren altertümlichen langen Versen und ihren unreinen Reimen. So hat man nach 1180 nicht mehr gedichtet.

Wenn von einem Minnesänger die Rede ist, denkt man an die »Scholastiker der unglücklichen Liebe«, wie Ludwig Uhland die Dichter genannt hat, die in ihren Liedern die adligen Damen besungen und die Qual und den Genuß ihres vergeblichen Werbens und Dienens geschildert haben. Zu diesem Bild paßt Kürenbergs Lied überhaupt nicht. Die Geschlechterrollen scheinen vertauscht: Hier ist die Frau die Werbende, Begehrende, und der Mann ist es, der das Liebeswerben kalt zurückweist.

Die Frau der ersten Strophe ist eine eindrucksvolle Figur. Ihr erstes Wort ist »Ich« und ihr letztes »Ich kriege ihn!« *(ich geniete mich sîn)*. Sie erzählt von einem Erlebnis: Sie stand spät abends auf der Zinne der Burg und hörte »aus der Menge heraus« einen Ritter sehr schön singen. Der letzte Vers springt ins Präsens: »Er muß das Land verlassen – oder ich kriege ihn.« Die kleine Szene ist voller Symbolik: Die Dame steht auf der Zinne hoch über den Rittern. Einer von ihnen hebt sich durch die Schönheit seiner

Stimme heraus, und der Zauber des Gesangs weckt die Liebe der Frau. Es ist eine gewalttätige, besitzergreifende Liebe, die nur auf körperliche Erfüllung ausgerichtet zu sein scheint: Sie will sich seiner erfreuen (das Grimmsche Wörterbuch erklärt: »sich einer Person nieten« – »sie geschlechtlich genießen«), sonst wird er aus dem Land gewiesen. Die Burgdame gibt sich als Landesherrin zu erkennen, die über Leib und Gut der Ritter entscheidet.

Diese mächtige, stolze Frau wird in die Knie gezwungen. Die erste Strophe ist offenbar schon ganz mit Blick auf die zweite komponiert. Dabei hat erst die Wissenschaft entdeckt, daß die beiden Strophen zusammen ein Lied bilden: In den Handschriften sind sie durch mehrere Strophen voneinander getrennt. An dem Zusammenhang ist kein Zweifel, die Anklänge sind überdeutlich. Jetzt spricht der Ritter mit der schönen Stimme, der abends »in Kürenbergs Melodie« gesungen hatte (offenbar ein Spiel des Dichters mit der Sängerrolle und mit dem eigenen Namen). Zu seiner süßen Stimme will die heftige Reaktion nicht passen: Er ruft nach Pferd und Waffen, um vor der Landesherrin zu fliehen: »Die will mich dazu zwingen, daß ich sie liebe.«

Wie in der ersten Strophe bringt auch in der zweiten erst der letzte Vers den Trumpf: »Sie wird für immer meine Liebe entbehren müssen.« So verschieden ihre soziale Stellung ist, in einem Punkt sind die beiden sich ähnlich: Wenn es um Liebe geht, fletschen sie die Zähne, sie aus begehrendem Stolz, er aus männlichem Hochmut. Ist das Ganze eine Parodie? Jedenfalls hat das Lied zur Parodie gereizt. Unter Kürenbergs Namen ist auch eine Strophe überliefert, die wörtlich genauso anfängt: *»Jô stuont ich nehtint spâte ...«* Diesmal spricht ein Mann, der vor dem

Bett der schlafenden Frau steht und es nicht wagt, sie zu wecken. Der Akzent liegt auf ihrer Reaktion: »Dafür soll Gott dich hassen! Ich bin doch kein wilder Bär, ich bin eine Frau.«
Kürenbergs Lied hat auch einen kulturgeschichtlichen Hintergrund. Es gab offenbar eine ältere, volkstümliche Tradition von Frauenliedern, in denen die Frau als Begehrende eine dominierende Rolle spielte. In der höfischen Kultur hatte diese Frau keinen Platz mehr. Im Minnesang verflüchtigte sich das Bild der höfischen Dame zu einem blassen Ideal, vor dem die männlichen Sänger ihr Streben nach Vorbildlichkeit vollführten. Die Zurückweisung des Liebesanspruchs der Frau in Kürenbergs Lied spiegelt den Übergang von einer älteren zu einer neuen Kultur, in der Frauenverehrung nur eine andere Form von Frauenverachtung war.

DER VON KÜRENBERG

Ich zôch mir einen valken mêre danne ein jâr.
dô ich in gezamete als ich in wolte hân
und ich im sîn gevidere mit golde wol bewant,
er huop sich ûf vil hôhe und floug in anderiu lant.

Sît sach ich den valken schône fliegen:
er fuorte an sînem fuoze sîdîne riemen,
und was im sîn gevidere alrôt guldîn.
got sende si zesamene di gerne geliep wellen sin!

PETER RÜHMKORF
DES FALKEN FLUCHT

Fest steht, daß es sich bei Kürenbergers Falkenlied um einen lyrischen Frauenmonolog handelt, um ein Stück Rollenpoesie, der Dame vom Dichter in den Mund gelegt. Zweitens dürfte für sicher gelten, daß die trauriginnige Weise von Falkenzucht und Falkenflucht nicht eben das Vogeltier persönlich meint, sondern daß dieses nur das Bild für einen ausgeflogenen Geliebten herleiht. Nach solchen Erkenntnishilfen läßt sich die erste Strophe denn auch ziemlich leicht entziffern. Eine Frau hat sich einen Falken-Freund nach ihren eigenen Wünschen zurechtgezähmt, allein, »dô ich in gezamete als ich in wolte hân« und nachdem sie ihm außerdem das Gefieder hübsch mit Gold verziert hat, erhebt sich der Domestizierte scheinbar unvermittelt in die Lüfte und begibt sich außer Landes. Was das Gedicht dabei offenläßt, die konkreten Fluchtgründe nämlich, muß für uns allerdings nicht ewig dunkel bleiben. Wenn wir vorurteilsfrei genug sind, bestimmte gesellschaftliche Voraussetzungen des Minnesangs überhaupt – die ständige Aushäusigkeit der in Kriegs- und Kreuzzugsaktivitäten verwickelten Herren – auch für dies Gedicht in Rechnung zu stellen, dann lichten sich uns gewisse verbliebene Dunkelstellen sehr bald als eine allgemein trübe Zeiterscheinung. Die zwanghafte Frage, ob die Wissenschaft hier auf böswilliges Verlassen erkennen solle oder ob es letztlich um unerforschbare Trennungsmotive gehe, löst sich vor dem Hintergrund eines objektiven historischen Sachverhalts beinah von selbst.

Trotzdem sieht uns die zweite Strophe unvermindert rätselhaft an. Warum und wieso gerät der Nestflüchter nun doch wieder ins Blickfeld der Betrachterin? Aus welchen künstlerischen oder psychologisch einleuchtenden Gründen erscheinen ihr seine Fußfesseln plötzlich als »sîdîne riemen«? Und weshalb – wenn man mit Wilhelm Scherer und Carl von Kraus dazu neigt, die neuen Seidenbande und das »alrôt guldin« strahlende Gefieder als zweckvolle poetische Steigerung anzusehen – verklären sich die Besitzerzeichen nun zur lichten Himmelserscheinung? Bleibt uns da eigentlich anderes als die, freilich unbelegbare, Annahme, daß eine Nebenbuhlerin aus fernen Landen den Flüchtling neu umgarnt und sozusagen in goldene Fesseln geschlagen habe?

Der erhebende Gedanke von einem munter sich am Himmel der Entscheidungsfreiheit tummelnden Geliebten und einer trostlos an den Boden gebannten *frouwe* scheint so exakt auf die herrschenden Männerphantasien der Mediävistik zugeschnitten, daß das Gedicht immer wieder im Sinne eines heimlichen Eifersuchtsdramas gedeutet wurde. Es ist bloß leider so, daß uns die letzte und gewissermaßen schlußziehende Zeile des Gedichtes – »Gott führe sie zusammen die in Liebe beieinander sein möchten« – hier einen dicken Strich durch unsern Männlichkeitswahn macht, und daß es schon eines monströsen *machismo* bedarf, den frommen Wunsch als eine von jedem Eigennutz befreite Grußadresse an Unbekannt zu lesen.

In dieser meiner Beweisnot und weil ich überdies meine, daß die Aufklärung von Frauenmonologen nicht für immer Männersache bleiben darf, wandte ich mich an, sagen wir mal, »mein Natalje«, »mîn wîp«, »mîne frouwe« und sprach: Hier ist, du kennst es vielleicht, ein wunderschönes und tief empfundenes Gedicht des deutschen Minnesangs, ein Leuchtpunkt abendländischer Lyrik und eine bleibende Herausforderung an die Wissenschaft, aber sie kriegt und kriegt es nicht raus – »nu komms du!« Es sprach aber diese, nachdem sie sich eine Weile mit ganz normalen Frauenaugen über das lyrische Zauberwerk gebeugt hatte: Das Jahrhundertwunder scheint mir gar nicht so wundersam, die Mannsleute sind zwar alle große Schlawiner, von den Herrschaftsträumen der Germanisten lieber zu schweigen, *aber* der Dichter hat recht: wenn die Männer mal für längere Zeit außer Landes sind, sieht man sie bald in einem völlig anderen Licht, ganz ungerechtfertigt vergoldet.

Meine verehrten Herren Großmeister der Altgermanistik und angeschlossener Entschlüsselungswissenschaften, ich glaube ernsthaft, das ist es! Die wieder und wieder erörterte Boden-Luft-Problematik mit dem trauernden Mauerblümchen-da-unten und dem freien Herrn-dort-oben nichts als eitler Männerwahn. Das ganze Eifersuchtsmotiv nebst entsagungsvollen Segenswünschen am Ende (Wenn Ihr zwei Hübschen nur recht glücklich werdet!) eine maskuline Wunschprojektion. Wo wir hingegen einräumen wollen, daß die bloße Entfernung genügt, um einen entrückten Partner zu verklären, tut sich ein scheinbar vertracktes Verswerk als zielstrebig organisiertes Sinngebilde vor uns auf. Dem erzählenden Teil der ersten Strophe folgt zwanglos die Schilderung eines (anhaltenden) Gemütszustandes, und beides mündet plausibel in die vorausshoffende Schlußzeile ein.

So besehen entpuppt sich nun aber auch das zauberische

Wesen eines Gedichtes mitnichten als ein unaufklärbares Halbdunkel, in dem die Dichter angeblich die Dinge halten, sondern als zauberhaft leichtfüßiger Dreischritt durch die Zeiten, durch die Sphären: Es war – es ist – es möge sein.

HARTMANN VON AUE
MANIGER GRÜEZET MICH ALSÔ

Maniger grüezet mich alsô
– der gruoz tuot mich ze mâze vrô –:
»Hartman, gên wir schouwen
ritterlîche vrouwen.«
mac er mich mit gemache lân
und île er zuo den vrowen gân!
bî vrowen triuwe ich niht vervân,
wan daz ich müede vor in stân.

Ze vrowen habe ich einen sin:
als sî mir sint, als bin ich in;
wand ich mac baz vertrîben
die zît mit armen wîben.
swar ich kum, dâ ist ir vil,
dâ vinde ich die, diu mich dâ wil;
diu ist ouch mînes herzen spil.
waz touc mir ein ze hôhez zil?

In mîner tôrheit mir beschach,
daz ich zuo zeiner vrowen gesprach:
»vrowe, ich hân mîne sinne
gewant an iuwer minne.«
dô wart ich twerhes an gesehen.
des wil ich, des sî iu bejehen,
mir wîp in solher mâze spehen,
diu mir des niht enlânt beschehen.

JOACHIM BUMKE
DER SCHIEFE BLICK DER SCHÖNEN DAME

Der hier spricht, hat die Nase voll von den feinen Damen und sucht was Handfestes. Einfache Frauen (armiu wîp) sollen es sein: von denen gibt es genug, und die sollen ihm geben, was er bei den Vornehmen nicht bekommt: seinen Spaß, das volle Vergnügen. Aber nicht die Vorfreude auf den Sex mit den *armen wîben* bestimmt den Ton des Gedichts, sondern der Ärger über die Situation am Hof. Er kann es nicht mehr hören, wenn Freunde ihn einladen, mitzukommen zum *vrouwen schouwen*. Für die jungen Ritter ist das offenbar ein aufregendes Vergnügen, nur für den Sprecher nicht: Beim Anblick der Damen steht er bloß »müde« da.

In der zweiten Strophe teilt er uns seinen Entschluß mit. Er will sich an die Bibel halten: Wie du mir, so ich dir. Das gilt für die höfischen Damen, die ihm künftig so gleichgültig sein sollen, wie er ihnen ist; und das gilt für die *armen wîp*, die bestimmt mit dem höfischen Hartmann soviel Spaß haben wie er mit ihnen.

In der dritten Strophe kommt heraus, was den Ärger verursacht hat: Hartmann ist bei einer höfischen Dame abgeblitzt. Als er ihr einen Liebesantrag gemacht hat, hat sie ihn nur »schief« (twerhes) angesehen. Deswegen will er von nun an – »das sei euch hiermit verkündet« – die Frauen nicht mehr bewundernd anstarren (schouwen), sondern er will ein begehrliches Auge auf sie werfen (spehen).

Es scheint ein ganz persönliches Gedicht zu sein. Hartmann spricht von seinen Problemen, seinen Erfahrungen, seinem Ärger und seinen Aussichten. Er ist anders als alle anderen, und er hat einen individuellen Namen: Hartmann. Wir wissen, daß der Dichter Hartmann von Aue hieß. Wer denkt, wir könnten hier einen Blick in das Seelenleben eines mittelalterlichen Hofdichters werfen, hat sich jedoch geirrt. Der persönliche Erlebnis-Charakter ist nur ein Trick: der besondere Trick dieses Gedichts. Hier wird als wirklich ausgegeben, was ganz unwirklich ist. Es ist nicht von Lebensproblemen die Rede, sondern von Versatzstücken der Dichtung. Es ist ein Spiel mit poetischen Rollen, ein Spiel mit dem Minnesang. Die höfische Dame, die den Sänger »schief« ansieht und seine Werbung wortlos abweist, ist eine poetische Figur, eine Erfindung des Hohen Minnesangs, ebenso wie der werbende Sänger, der die Dame bewundernd anstarrt und der weiß, daß seine Werbung ohne Erfolg bleibt. Eine poetische Konstruktion wird ironisch aufgebrochen.

Die wirkliche Überraschung jedoch sind die »armen Frauen«: die hatte es im Minnesang noch nicht gegeben. Auch sie stammen aus der Dichtung, aber aus einer anderen Tradition. Eine ganze Gattung der Lyrik erzählt von sexuellen Vergnügungen mit Hirten- und Bauernmädchen: die Pastourelle. Vielleicht kannte Hartmann von Aue die frechen lateinischen Gedichte der Scholaren und Vaganten, die später in den Carmina Burana gesammelt wurden. Dort kann Hartmann auch das Spiel mit literarischen Konventionen gelernt haben, das er in diesem kleinen Gedicht so meisterhaft auf den Minnesang angewandt hat.

WALTHER VON DER VOGELWEIDE
ICH HÂN MÎN LÊHEN

Ich hân mîn lêhen, al die werlt, ich hân mîn lêhen!
nu enfürhte ich niht den hornunc an die zêhen
und wil alle bœse hêrren dester minre vlêhen.
der edel künic, der milte künic, hât mich berâten,
daz ich den sumer luft und in dem winter hitze hân.
mînen nâhgebûren dunke ich verre baz getân:
si sehent mich niht mêr an in butzen wîs als si wîlent tâten.
ich bin ze lange arm gewesen âne mînen danc,
ich was sô vol scheltens daz mîn âten stanc.
daz hât der künic gemachet reine, und dar zuo mînen sanc.

WOLFGANG WERTH
HAT ER SEIN LEHEN?

Jubel, Triumph, Genugtuung, Dankbarkeit in vier Wörtern. Die aber muß der Beglückte wiederholen und muß obendrein die ganze Welt zum Zeugen anrufen, damit er das kaum Glaubliche fassen kann: *Ich hân mîn lêhen, al die werlt, ich hân mîn lêhen!*
Beinahe achthundert Jahre ist es her, daß Walther dergestalt zum Spruch unter Friedrich anhob – und doch wirkt die (anno 1220?) in mittelhochdeutscher Zunge formulierte Zeile auf uns Angehörige einer fernen Nachwelt so unmittelbar, so aus übervollem Herzen hervorbrechend, als *hörten* wir, was wir lesen. Fiele einem Dichter unserer Tage der lange vergeblich ersehnte Nobelpreis doch noch zu, der Späterkorene könnte seine positiv gemischten Gefühle wohl kaum knapper und überzeugender zum Ausdruck bringen, als weiland Walther die seinen hat laut werden lassen angesichts der großen Wende seiner Lebensverhältnisse.
Mehr als die erste Zeile mitteilt, müßte er gar nicht sagen, um kundzutun, wieviel ihm das Lehen bedeutet. Es drängt ihn aber, sich nochmals zu vergegenwärtigen, was nun endlich vorbei ist. Nicht so sehr die angenehme neue Lage, vor allem die freudig-dankbare Negation bisheriger Nöte ist Thema der folgenden neun Verse: Wie froh ist der fahrende Sänger, daß er den *hornunc*, den Februar(frost), an den Zehen fortan nicht mehr zu fürchten braucht, wie erleichtert es ihn, *bœse* (geizige) Herren nicht mehr anflehen zu müs-

sen; ihnen wie allen *nâhgebûren* (Leuten in seiner Umgebung) dünkt er *verre baz getân* (in weit besserer Lage), so daß sie ihn nicht mehr *in der butzen wîs* (als Butzemann, als Hausgespenst) ansehen werden. Ach ja, zu lange ist er arm – und arm dran – gewesen, und das auch noch ohne seinen *danc* (sein Verschulden); was Wunder, daß er zur »Dreckschleuder« geworden war: so voller Scheltworte, daß sein Atem stank. Gescholten, verhöhnt hat er die Herrscher, die ihm den Lohn für seine Dienste, eben das ersehnte und verdiente Lehen, schuldig geblieben waren: erst Philipp von Schwaben, dann den hochgewachsenen Kaiser Otto IV., dessen Länge eben gerade nicht das Maß seiner Großzügigkeit bestimmte. Sogar dem Musenfreund Friedrich II. hatte erst einmal klargemacht werden müssen, daß einem Dichter, sei er auch noch so reich mit Talenten ausgestattet, der Gesang mißrät, wenn er von seinem Herrn nicht mit irdischem Gut und Vorrat versehen wird. Aber nun ist alles gut, der edle, der freigiebige König hat seinen Walther ja *berâten* und damit auch dessen Atem und Gesang gereinigt. Hat er?

Was für ein Lehen war das denn eigentlich? Ein Gut (in Würzburg?)? Eine Summe Geldes? Ein Adelsbrief, der den Empfänger aus dem Staub erhob und »in Stand« setzte? Merkwürdig – Walther, der sonst in eigener Sache so Mitteilsame, wird da überhaupt nicht konkret. Nennt keinen Flurnamen, keine Summe, kein Datum. Auch die Archive schweigen. Dieses Dichters Erdenwallen ist nur durch ein einziges Dokument aktenkundig, den Zahlungsbeleg vom 12. November 1203: Fünf Schillinge hatte der Bischof von Passau, Wolfger Erla, ausgeworfen, damit sich der fahrende Sänger einen Pelzmantel kaufen konnte (worauf geschlossen wird, daß Walther von Hause aus

»was Besseres« war; einen »niederen« Spielmann würde kein Geistlicher derart bekleidet haben). Gäbe es nicht dieses im Archäologischen Museum von Cividale del Friuli verwahrte Dokument – so gäbe es Walther für uns »nur« in seinen poetischen Selbstaussagen. Aber bekanntlich sind Dichtung und Wahrheit nicht allemal dasselbe.

Eine minimale Lautveränderung – und Walthers berühmte Lebens- würde zur Lehensfrage: *ist mîn lêhen mir getroumet, oder is ez wâr?* Wer weiß, ob der Dichter nicht seinen sehnlichsten Wunsch zum Vater des Gedichts gemacht hat, indem der das längst Verdiente als endlich Erreichtes begrüßt, obwohl oder gerade weil es ihm realiter abermals verweigert worden ist? So authentisch sein Jubel wirkt: Er muß nicht »echt«, er könnte absichtsvoll fingiert sein. Dann wären die Worte des Lobs und Danks, die Friedrich II. gelten, beißende, den Kaiser beschämende Ironie.

Heute, fast achthundert Jahre danach, muß darüber nicht gerätselt werden. Ob poetisch realisierte Wunschvorstellung, satirische Kaiserschelte oder doch aufrichtiger Dankspruch: der Text, der die Umstände seiner Entstehung überdauert hat, erlaubt jede Lesart, der er selbst nicht widerspricht.

WALTHER VON DER VOGELWEIDE
IN EINEM ZWÎVELLÎCHEN WÂN

In einem zwîvellîchen wân
was ich gesezzen und gedâhte,
Ich wolte von ir dienste gân;
wan daz ein trôst mich wider brâchte.
Trôst mag ez rechte niht geheizen, owê des!
ez ist vil kûme ein kleinez trœstelîn,
sô kleine, swenne ichz iu gesage, ir spottet mîn.
doch fröut sich lützel ieman, er enwizze wes.

Mich hât ein halm gemachet frô!
er giht, ich sül genâde vinden.
Ich maz daz selbe kleine strô,
als ich hie vor gesach von kinden.
Nû hœret unde merket ob siz denne tuo:
»si tuot, sie entuot, si tuot, sie entuot, sie tuot«.
swie dicke ichz alsô maz, so was daz ende ie guot.
daz trœstet mich: dâ hœret ouch geloube zuo.

HANS CHRISTOPH BUCH
AM STROHHALM DER HOFFNUNG

Fast acht Jahrhunderte trennen uns von der Entstehungszeit dieses Gedichts, das aller Einfühlung zum Trotz für heutige Leser nicht mehr unmittelbar verständlich ist. Nicht nur die Sprache, auch die Denkweise des Mittelalters mutet uns befremdlich an, denn zusammen mit den Wörtern sind auch die Sachen verschwunden, welche sie einst bezeichneten. Erstere sind in Klosterbibliotheken, letztere in Museen abgewandert, und die längst verhallte Melodie, zu der solche Verse gesprochen oder gesungen wurden, haben Musikwissenschaftler nur unvollkommen rekonstruieren können.

Den Klang des Mittelhochdeutschen hat die Sprache der im Spätmittelalter aus Deutschland vertriebenen Juden, das Jiddische, reiner bewahrt als Neuhochdeutsch. Es genügt, das vorliegende Gedicht laut zu lesen und dabei die nicht mit Zirkumflex akzentuierten Vokale kurz zu sprechen, um sich dem Originalton des Gedichts anzunähern. Und wenn man weiß, daß *kume* »kaum«, *giht* »sagt« und *dicke* »sehr« heißt und daß die Vorsilbe *en* das darauffolgende Verb verneint, erschließt sich der Inhalt der Verse fast von selbst.

Die erste Strophe beginnt ähnlich wie Walthers von der Vogelweide wohl bekanntestes Gedicht: *Ich saz ûf eime steine / und dahte bein mit beine*. Es ist die Pose der Dürerschen Melancholie oder des Denkers von Rodin, in der der Dichter seinen Lesern und Zuhörern entgegentritt, als

Hamlet, dessen Legende der Däne Saxo Grammaticus zur gleichen Zeit niederschrieb. Der *zwîvellîche wân*, die düsteren Gedanken des Dichters, aber werden nicht vom Lauf der Welt verursacht oder von der Fäulnis im Staate Dänemark, sondern durch unerwiderte Liebe: Eine Erfahrung, die banal erscheint, weil Menschen sie zu allen Zeiten gemacht haben – *doch wem es just passieret / dem bricht das Herz entzwei*, wie ein mit Walther von der Vogelweide seelenverwandter Poet namens Heinrich Heine sechshundert Jahre später schrieb.

Der Zufall, griechisch Tyche, ist der Freund der Dichter, deren Kunst darin besteht, die günstige Gelegenheit beim Schopf zu packen, um dem Augenblick Dauer zu verleihen – Glück ist nur ein anderes Wort dafür. Der Zufall spielt dem unglücklich Verliebten am Tiefpunkt seiner Depression den sprichwörtlich gewordenen Strohhalm zu, an den sich seine Hoffnung wie ein Schiffbrüchiger klammert.

Vom zyklischen Umschlag der Melancholie in ihr dialektisches Gegenteil, die Euphorie, wußte Walther von der Vogelweide dankenswerterweise nichts, sonst hätte er eine psychologische Abhandlung geschrieben und kein Gedicht. Das Abzählen von Blütenblättern oder der Abschnitte auf einem Halm – sie liebt mich, sie liebt mich nicht – ist noch heute ein unschuldiger Zeitvertreib für Kinder, Verliebte und solche, die es werden wollen. Das Ritual ist viel älter als das vorliegende Gedicht, es stammt aus vorchristlicher Zeit und war wie das Handlesen und die Weissagung der Zukunft aus dem Vogelflug oder den Innereien eines Opfertiers bei allen Völkern der Welt verbreitet. Heute macht man dasselbe mit Kristallkugeln, mit Kaffeesatz oder, noch zeitgemäßer, mit Hilfe der Wettervorhersage oder der Börsenbeobachtung.

Hier zeigt sich die zeitlose Aktualität von Walthers Gedicht, aus dem über die Jahrhunderte hinweg ein modernes Individuum zu uns spricht, das eine universelle Erfahrung artikuliert, indem es das vom Strohhalm versprochene Glück mit ironischem Augenzwinkern in Frage stellt. Wer's glaubt, wird selig: *dâ hœret ouch geloube zuo*.

WALTHER VON DER VOGELWEIDE
MIR HÂT HÊR GÊRHART ATZE

Mir hât hêr Gêrhart Atze ein pfert
erschozzen z'Isenache.
daz klage ich dem den er bestât:
derst unser beider voget.
Ez was wol drîer marke wert.
nû hoeret frömde sache,
sît daz ez an ein gelten gât,
wâ mit er mich nû zoget.
Er seit von grôzer swaere,
wie mîn pferit maere
dem rosse sippe waere,
daz im den vinger abe
gebizzen hât ze schanden.
ich swer mit beiden handen,
daz si sich niht erkanden.
ist ieman der mir stabe?

JOACHIM BUMKE
VERWIRRSPIEL MIT PFERDEN

Das Gedicht berichtet von einem Vorfall, der sich in Eisenach (z'Isenache) zugetragen hat: Herr Gerhard Atze hat dem Dichter ein Pferd »erschossen«, weigert sich aber, Schadenersatz zu leisten, weil das getötete Pferd mit dem Roß verwandt gewesen sei, das ihm einen Finger abgebissen hatte. Im Gegenzug erbietet sich der Dichter zu beschwören, daß die beiden Pferde »sich nicht kannten«.

Was wirklich geschehen ist, wissen wir nicht. Aber die Wirklichkeit hat Spuren in dem Gedicht hinterlassen. »Gerhard mit Beinamen Atze« (Gerhardus cognomine Atzo) war ein reicher thüringischer Adliger, der in persönlichen Beziehungen zum Landgrafen stand. In der Nähe von Eisenach hat er später ein Kloster gegründet. Auch der Landgraf ist im Gedicht genannt: »Der ist unser beider Vogt.« Das war Hermann von Thüringen, der berühmte Dichterfreund und Kunstmäzen, an dessen Hof Walther von der Vogelweide gesungen hat.

Erst vor dem Hintergrund der Wirklichkeit gewinnt der geschilderte Vorfall eine eigene Schärfe und Bitterkeit. Walther war ein »Fahrender«, ein Berufssänger, der von Hof zu Hof zog und auf die Gunst der großen Herren angewiesen war. Daß er ein Reitpferd hatte, erhob ihn über ärmere Standesgenossen. Der Verlust des Pferdes muß ein harter Schlag gewesen sein. Mit grimmiger Selbstironie enthüllt der letzte Vers seine Ohnmacht. Im Mittel-

alter brauchte man Eideshelfer, um vor Gericht zu schwören. Wer sollte für Walther »den Eid staben«? Ein Fahrender war rechtlos, nicht prozeßfähig. Walther konnte gar nicht gegen den mächtigen Atze klagen.
Das Gedicht ist nicht nur bitter, sondern auch komisch. Gegenstand der Komik ist Herr Atze. Mittel der Komik sind die Pferde und die Finger. Das Streit»roß« hat Atze »zu Schanden« gebissen; offenbar hat Atze seinen Schwurfinger verloren und ist noch schlechter dran als der Dichter, der »mit beiden Händen« schwören möchte. Wenn Atze die Tötung von Walthers Reit»pferd« mit dem abgebissenen Finger rechtfertigt, wird die knifflige Frage, ob »Roß« und »Pferd« miteinander verwandt waren, in den Mittelpunkt der juristischen Auseinandersetzung gerückt. Atze behauptet das, Walther bestreitet es, und beide können nicht schwören.
Ein merkwürdiger Prozeß! Wenn man lange genug der Frage nachgeht, wie sich die Pferde unterscheiden, entdeckt man ein drittes Pferd: Herrn Atze selber. Im Grimmschen Wörterbuch steht: »Atze m. asinus, aus ›Esel‹ gebildet.« Daß Walther den Namen Atze so aufgefaßt hat, zeigt ein poetischer Nachschlag zu unserem Gedicht. Da fordert der Dichter seinen Knecht auf, an den Hof zu reiten, und bietet ihm als Reittier »einen wunderlichen Gerhard Atze« an. Das ist also der Sinn des Verwirrspiels mit den Pferden: Atze steht als Esel da.
Nicht der Vorfall selbst ist wichtig. Seine Umsetzung in Poesie ist es, was dieses Gedicht zu einem der bemerkenswertesten Texte der älteren Lyrik macht. Zum ersten Mal in deutscher Sprache wird das lyrische Wort hier zum Kampfmittel. Walther von der Vogelweide hat die Macht der dichterischen Sprache entdeckt. Der rechtlose Fah-

rende, adliger Willkür und Gewalt preisgegeben, schießt mit Worten zurück. Er benutzt das Gedicht als Waffe und gibt seinen Schädiger, Herrn Atze, dem Gelächter preis. Er rächt sich für das »erschossene« Pferd, indem er den Esel Atze lyrisch »erschießt«.

WALTHER VON DER VOGELWEIDE

Müeste ich noch geleben daz ich die rôsen
mit der minneclîchen solde lesen,
Sô wold ich mich sô mit ir erkôsen,
daz wir iemer friunde müesten wesen.
Wurde mir ein kus noch zeiner stunde
von ir rôten munde,
sô waer ich an fröiden wol genesen.

Waz sol lieblich sprechen? waz sol singen?
waz sol wîbes schoene? waz sol guot?
Sît man nieman siht nâch fröiden ringen,
sît man übel âne vorhte tuot,
Sît man triuwe milte zuht und êre
wil verpflegen sô sêre,
sô verzagt an fröiden maneges muot.

PETER WAPNEWSKI
DIE GROSSE ABSAGE

Er sitzt auf einem Stein und hat die Beine übereinandergeschlagen. Er schleudert bitterböse Sprüche gegen Papst und Rom. Er besingt – *tandaradei* – die Minneliebste in zärtlichen Tönen: Walther von der Vogelweide, wie ihn jeder kennt – und ihn damit eben doch nur halb kennt, also gar nicht.

Die größten seiner Gedichte sind nicht der Minne gewidmet, auch nicht dem politischen Streit, sondern der eigenen Person. Nicht in lyrischer Ich-Versenkung die eigene Seele aufnestelnd (das ist Sache erst des emanzipierten Individuums, ist Sache erst der Lyrik seit Klopstock und dem jungen Goethe), wohl aber die Bedingung der menschlichen Existenz erprobend, ihr Ergebnis wägend in Versen des Alterns und des Alters, des Abschieds, der Absage: so etwa in großen ausladenden Strophen, die dem Wirtshaus Welt abwinken und seinem Herrn, dem Teufel; in Strophen der Trennung vom Körper als einem Kerker; in Strophen der wehmütigen Jugenderinnerung: das Leben ein Traum. Lieder der großen Verweigerung, es ist alles eitel, das Spiel ist die Kerzen nicht wert.

In solchen Zusammenhang der Alterslyrik, die Walther um 1220 bis 1230 mag gesungen haben, gehören wohl auch diese beiden unscheinbaren Strophen, die man in einer Auswahl meist vergeblich suchen wird und die für mich doch zu den eindrucksvollsten Zeugnissen seines Dichtens gehören. Sie sind einfach gebaut und einfach gereimt, je

zwei Zeilen ergeben gemäß der Technik der mittelalterlichen Kanzone einen »Stollen«, beide Stollen zusammen den »Aufgesang«. Darauf folgt, um einen Vers länger, der »Abgesang«, der sich mit dem Aufgesang verflicht durch Wiederaufnahme des einen Reimklangs (*-esen* bzw. *-uot*). Es beginnt wie ein klassisches Minnelied. Mit der Geliebten hofft der Sänger noch einmal Rosen lesen zu dürfen – und in der Lyrik hat dieser Topos vom Blumenpflücken immer auch die Mitbedeutung des *de-florare*. Hier freilich soll Röslein auf der Heiden vornehmlich Partner des intensiven Gesprächs sein: *erkôsen* hat nicht die Streichelbedeutung des heutigen »kosen«, vielmehr spiegelt es noch den »sachlichen« Grund der *causa*, des französischen *causer*. An die Formel schließt sich eine weitere Formel: Ein Kuß von »ihrem« Mund wird ihn gesund machen.
Das ist hübsch gesagt, mehr nicht, und arbeitet geschickt mit Klischee und Traditionselementen, diesen sichernden Rahmen lediglich sprengend durch die Variante, die das Erleben in die (schon von Zweifeln gezeichnete) Wunschvorstellung versetzt.
Die zweite Strophe aber dementiert herrlich und hart all das spielende Zärteln als Willen und Vorstellung, verwirft das »liebliche Sprechen« (*erkôsen*), verwirft den Minnesang, verwirft seinen Gegenstand: Frauenschönheit und Güter (moralische, die dann den Besitz der dinglichen rechtfertigen). Vier rhetorische Fragen, ausgestoßen mit der Ungeduld dessen, der seinem Tun keinen Sinn mehr abzugewinnen vermag, füllen die ersten beiden Zeilen. Die folgenden vier Zeilen begründen – auch sie parallel gebaut (dem *waz* der Fragen entspricht jetzt das *sît*, das sowohl »seit« wie »da« heißt).
Nachdem man in dieser Welt jene Heiterkeit nicht mehr

anstrebt, die den freien Menschen ziert; nachdem man das Tun des Bösen nicht mehr scheut; nachdem man vier Haupttugenden der höfischen Welt: »Treue« und »Freigebigkeit« und »Selbstdisziplin« und »Ansehen«, ganz und gar verhunzt und vertut: kommt die große Resignation über den Dichter, und er zweifelt schließlich an, was als Movens und Ziel des höfischen Sanges gegolten hat: die Möglichkeit, den Menschen durch Teilhabe an der *fröide* über sich selbst zu erheben (und sei es auch nur um eine Handbreit).

Rosenlese, Lese der hohen höfischen Werte: die große Illusion hat sich als solche entlarvt, Lied endet im Verstummen, dies ist die Zeit des Schönen nicht mehr, dies ist die Zeit seines Dichters nicht mehr.

WALTHER VON DER VOGELWEIDE
UNDER DER LINDEN

Under der linden
an der heide,
dâ unser zweier bette was,
dâ mugt ir vinden
schône beide
gebrochen bluomen unde gras.
vor dem walde in einem tal,
tandaradei,
  schône sanc diu nahtegal.

Ich kam gegangen
zuo der ouwe:
dô was mîn friedel komen ê.
dâ wart ich enpfangen,
hêre frouwe,
daz ich bin sælic iemer mê.
kuster mich? wol tûsentstunt:
tandaradei,
  seht wie rôt mir ist der munt.

Dô het er gemachet
alsô rîche
von bluomen eine bettestat.
des wirt noch gelachet
inneclîche,
kumt iemen an daz selbe pfat.

bî den rôsen er wol mac,
tandaradei,
  merken wâ mirz houbet lac.

Daz er bî mir læge,
wessez iemen
(nu enwelle got!), sô schamt ich mich.
wes er mit mir pflæge,
niemer niemen
bevinde daz, wan er unde ich,
und ein kleinez vogellîn:
tandaradei,
  daz mac wol getriuwe sîn.

MARCEL REICH-RANICKI
DAS GLÜCK DER LIEBE

Den Minnesängern haben die Germanisten gern den »*beseelten* Eros« nachgesagt. Wollten sie mit der Betonung des Seelischen das Erotische dieser Lyrik vom Konkreten befreien und so gleichsam entsühnen, wenn nicht gar adeln? Jedenfalls mußte man den Eindruck gewinnen, die deutschen Dichter des Mittelalters hätten immer bloß die hohe, hehre und holde, die himmlische Minne besungen, die sinnliche und körperliche, die irdische Liebe hingegen ignoriert oder tabuisiert.

Nun trifft es zu, daß diese Poeten oft gehalten waren, die Gemahlin ihres jeweiligen Auftraggebers, die höfische Herrin also, zu preisen – und deren Bild hatte in der Regel abstrakt und womöglich konventionell zu sein. Doch gibt es in ihren Dichtungen auch ein reales weibliches Wesen, eine leibhaftige Geliebte. Walther von der Vogelweide etwa dachte nicht daran, das Sexuelle auszusparen.

In seinem (keineswegs zu Unrecht) berühmtesten Gedicht, dem Lied »Under der linden«, läßt er eine Frau berichten. Nichts wissen wir über sie: weder kennen wir ihren Namen noch ihr Alter, weder ihren Stand noch ihre Herkunft. Wir wissen nur: Sie ist glücklich. Und wir hören sogleich, welchem Umstand sie dieses Glück verdankt. Die erste Strophe skizziert den Ort des Geschehens und deutet damit den Vorgang an: Von dem, was sich im Bette, im Lager unter der Linde ereignet hat, zeugen gebrochene Blumen und Gräser. Walther konnte sicher

sein, daß sein Publikum ihn verstehen werde: Mit gebrochenen Blumen symbolisierten die Poeten schon damals den Verlust der Jungfräulichkeit, die *Defloration*.
Nachdem er den Schauplatz als einen Ort der Lust und der Liebe charakterisiert hat, blendet der Dichter zurück: Erst jetzt, in der zweiten Strophe und in den ersten drei Versen der nächsten, wird geschildert, was dem Vorfall, auf den die erste Strophe anspielt, vorangegangen ist. Dann aber folgt der zweite Zeitsprung, wir sind wieder in der Gegenwart: Wen der Weg an dem zurückgelassenen Blumenbett vorüberführt, der werde, ahnend, was da passiert ist, »inneclîche« lachen, also sich von Herzen freuen. Denn wer liebt, mag sich nicht vorstellen, sein Glück könnte einem anderen gleichgültig sein.
In der vierten Strophe findet sich die geradezu herausfordernde Schlußfolgerung: Daß der Liebste bei ihr lag und was er mit ihr tat, dessen würde sich jene, der dies widerfahren ist, schämen – aber nur dann, wenn es jemand wüßte. Da jedoch nur ein kleiner Vogel zugeschaut hat und dieser verschwiegen (»getriuwe«) sein kann, sieht sie nicht den geringsten Grund zur Scham: Keine Reue stellt die verbotene, die heimlich genossene Liebe in Frage.
Weiß die Glückliche, daß keine Liebesgeschichte auf Erden gut endet, daß Ernüchterung und Enttäuschung nie ausbleiben, daß, wer himmelhoch jauchzt, zu Tode betrübt sein wird? Wohl kaum. Doch was immer ihr die Zukunft bringen mag, die Seligkeit, die ihr unter der Linde beschieden war, wird ihr niemand mehr rauben können. Daher singt sie ein zwar nicht heiteres oder gar lustiges, wohl aber ein beschwingtes und beflügeltes Lied – allerdings eher in Moll als in Dur.
Es ist ein vollkommenes poetisches Gebilde: Kein Wort

fehlt hier und auf keines läßt sich verzichten. Und wie das erzählende Mädchen nicht nur schlicht und natürlich scheint, sondern auch ein wenig kokett, so verbindet das Gedicht die vollkommene Naivität (in der Lyrik beinahe immer ein Produkt der Reife) mit äußerster artistischer Raffinesse. Walthers Kunstfertigkeit ist frei vom Makel der Künstlichkeit. Beide, den Poeten und seine Liebste, zeichnet aus, was die Jahrhunderte überdauert hat (das Lied ist um 1200 entstanden) und was sich jeder wissenschaftlichen Definition entzieht: Charme und Anmut. Erst in einer viel späteren Epoche hatte Deutschland wieder einen Dichter, der Verse von vergleichbarer Schönheit geschrieben hat: Goethe.

WALTHER VON DER VOGELWEIDE
VIL WOL GELOBTER GOT

Vil wol gelobter got, wie selten ich dich prîse,
sît ich von dir beide wort hân unde wîse!
wie getar ich sô gefreveln under dîme rîse?
Ichn tuon diu rehten werc, ichn hân die wâren minne
ze mînem ebenkristen, hêrre vater, noch ze dir:
sô holt enwart ich ir dekeinem nie sô mir.
Krist, vater unde sun, dîn geist berihte mîne sinne.
Wie solt ich den geminnen der mir übele tuot?
mir muoz der iemer lieber sîn der mir ist guot.
vergib mir anders mîne schulde, ich wil noch haben
den muot.

PETER WAPNEWSKI
VON DER UNFREIHEIT EINES CHRISTENMENSCHEN

Lyrik des Mittelalters: das will dem kurzschließenden Urteil gleichbedeutend sein mit Troubadourlied und Minnesang. Aber Minnesang ist eine eng begrenzte Gattung, eine hochartistische, artifizielle Kunstübung, die sinnliches Begehren sublimiert zu öffentlich praktizierter Verehrungsgestik. Und in solcher Haltung jedwedes persönlich-individuelle Fühlen aufgehen lassend in das Bewußtsein einer allgemeinen Stimmungslage, die in der adeligen Hofgesellschaft aus der Erfahrung und dem Erlebnis der Liebe ein pädagogisches Gesellschaftsspiel machte.
Es gab jedoch noch andere Gesänge in jenen europäischen Jahrzehnten des zwölften und des dreizehnten Jahrhunderts. Solche, die sich dem erotisch-esoterischen Exerzitium nicht fügten und bewußt andere Töne anschlugen. So insbesondere hielten es die epischen Begabungen unter den Dichtern, die sich nicht einspannen ließen in die ästhetischen Normen der sanglichen exklusiven Adelskunst, sondern die – zuallermeist mäzeniert vom Adel – ihre Geschichten erzählten und sich dem lyrischen *À-la-mode*-Wesen allenfalls auf eigenwillige und kritisch distanzierte Weise widmeten. So Hartmann von Aue, so Wolfram von Eschenbach, so Gottfried von Straßburg. Einer hingegen, reiner Lyriker, ging auf seine und nur ihm eigene Weise seinen Sonderweg: Walther von der Vogelweide, der größte aus jener singenden Schar und deshalb von dem kritischen Rationalisten Gottfried von Straßburg als Leitstimme der »Nachtigallen« gepriesen.

Er absolvierte mit Bravour seine Minnesang-Pflichtlektion, aber sein Bedürfnis nach individuellem Ausdruck fand in dieser spröd begrenzten Partitur kein Genügen. So wandte er sich anderen Liedern der Liebe zu, die nicht die Hohe Frau, sondern das dem Manne in herzlicher Gegenneigung verbundene liebenswerte Mädchen priesen. Vor allem aber: Walther wurde der erste und nicht übertroffene politisch-soziale Spruchdichter in deutscher Sprache, der Zeit und Ewigkeit, Aktualität und Menschenschicksal in so fügsamen wie harten Versen bewußt und begreifbar machte.

Im Falle des hier vorgestellten Gedichts geht es um das Zentralgebot der christlichen Ethik, um den alten mosaischen Befehl, den Christus als »neues Gebot« den Menschen vertieft und beharrlich auferlegt, nämlich um die Forderung, das Unmögliche zu tun: Liebe deinen Nächsten wie dich selbst! Liebe gar deine Feinde.

Bezeichnend für das widerborstige und in seiner radikalen Ehrlichkeit weder den anderen noch sich selbst, noch die christliche Lehre schonende Temperament dieses Sängers, daß er aufbegehrt und mit diesem Gott hadert. Er setzt in der zehnzeiligen Strophe ein mit dem Anruf dessen, der von aller Welt gelobt und gepriesen wird – von ihm aber, dem Dichter, nicht oft und laut genug. Der er doch Gott dem Herrn seine Wort- und Sangeskunst *(wîse)* verdankt. Ein Versagen und Sichversagen, das er schuldbewußt als Frevel empfindet unter dem Zeichen von Gottes Herrschaft (dem *rîse*, dem »Zweig«). Und schon durch die Form seines Gedichtes beweist er, wie begründet dieser Dank für die Gottesgabe ist, denn der Dichter brilliert mit einer »gespaltenen« Bauform: Jeweils drei Verse mit dem gleichen Reimklang umarmen die Strophenmitte, deren

vierteilige Zentralpartie ihrerseits wieder umarmende Form hat. Schematisch notiert: a:a:a/b:c:c:b/d:d:d.
Der mittlere Teil liefert in rücksichtslosem Ernst eine Beichte: Ich tue nicht die rechten Werke, ich habe nicht die wahre Liebe – weder zu meinen Christenmenschen *(ebenkristen)* noch zu Dir, Gott. Vielmehr gesteht Walther in brutaler Schlichtheit: Ich liebe keinen so wie mich! Folgt die Konsequenz, die Bitte, ja Forderung an den das scheinbar Unmögliche verlangenden Herrn, die diesem so etwas wie Mitschuld zuweist an diesem unseligen Zustand: Er möge – in seiner Trinität angesprochen *(vater … sun … geist)* – des Dichters und Menschen Sinne in die rechte Richtung lenken, ihm den rechten Weg zeigen *(sinne berihten)*. Vorerst jedenfalls bleibt ihm anderes nicht als das trotzige Geständnis (das den letzten Teil des Versgebäudes [Z. 8-10] einnimmt): Ich kann einfach den nicht lieben, der mir übel mitspielt. Vielmehr ist mir der lieb, der mir Liebes tut … Und er beharrt in seinem Schuldenstand: Vergeben möge Gott ihm *anders*, auf irgendeine Weise in irgendeiner anderen Sache – aber er, Walther, wird auch künftig festhalten an dieser Gesinnung *(noch haben den muot)*.
Im stummen Nachklang überläßt er es also Gott, mit dieser Unlösbarkeit fertig zu werden. Wenn wir die Lieder aus Walthers späten Tagen (also dem ersten Jahrzehnt des dreizehnten Jahrhunderts) recht verstehen, ist sein Konflikt nicht gelöst worden. Er provoziert den Gläubigen, und die Sache ist anhängig bis auf den heutigen Tag.

WOLFRAM VON ESCHENBACH
DEN MORGENBLIC BÎ WAHTÆRS SANGE ERKÔS

I Den morgenblic bî wahtærs sange erkôs
ein vrouwe dâ si tougen
an ir werden vriundes arme lac.

dâ von si der vröiden vil verlôs.
des muosen liehtiu ougen
aver nazzen. si sprach: ›ôwê tac!

wilde und zam daz vröit sich dîn
und siht dich gerne – wan ich eine. wie sol ez mir ergên!
nu enmac niht langer hie bî mir bestên
mîn vriunt: den jaget von mir dîn schîn.‹

II Der tac mit kraft al durch diu venster dranc.
vil slôze sie besluzzen.
dazu half niht: des wart in sorge kunt.

diu vriundîn den vriunt vast an sich twanc.
ir ougen diu beguzzen
ir beider wangel. sus sprach zim ir munt:

›zwei herze und einen lîp hân wir.
gar ungescheiden unser triuwe mit einander vert.
der grôzen liebe der bin ich gar verhert
wan sô do kumest und ich zuo dir.‹

III Der trûric man nam urloup balde alsus:
ir liehten vel diu slehten
kômen nâher. sus der tac erschein.

weindiu ougen – süezer vrouwen kus!
sud kunden sie dô vlehten
ir munde, ir brüste, ir arm, ir blankiu bein.

swelch schiltær entwurfe daz,
geselleclîche als sie lâgen – des wære ouch dem genouc.
ir beider liebe doch vil sorgen truoc,
sie pflâgen minne ân allen haz.

PETER WAPNEWSKI
ABSCHIED IM MORGENGRAUEN

Wolfram: Er gilt uns neben dem Tristan-Dichter Gottfried von Straßburg als der Größte unter den Epikern der höfischen Zeit des Mittelalters (um 1200). Sein Name steht für seinen Helden Parzival. Zeitgenossen und Nachwelt preisen den Mann aus dem fränkischen Eschenbach seiner Eigenwilligkeit halber: der Kühnheit des Gedanklichen, der pittoresken Kunstfertigkeit der Form, der Unkonventionalität seiner Phantasie wegen: vindaere wilder maere, so tadelt ihn der Kollege und Rivale Gottfried: »Erfinder unerhörter (und auch ungehöriger) Geschichten.« Ein urwüchsiger Erzähler ganz und gar – und scheinbar den poetischen Gebilden der reinen Lyrik fern. Doch nur scheinbar, denn es sind unter seinem Namen immerhin sieben als »echt« geltende Lieder überliefert. Vier von ihnen sind der Gattung »Tagelied« gewidmet, und in ihnen und durch sie bestätigt sich Wolframs ungebärdige Kraft der emotionalen Aussage und der Heftigkeit subjektiv-persönlicher Anteilnahme – die der Kunst des Mittelalters fremd ist. Denn in ihr singt nicht das kreative Individuum, sondern lediglich eine der vielen Stimmen im großen Chor der Gott dankenden Schöpfung. Seine Herrlichkeit gilt es zu singen – nicht das eigene Selbst.

Das Tagelied ist eine uralte Gattung der Weltliteratur, international verbreitet. Das Thema: Die Liebe in der Not der Trennung. Die Situation: Der Abschied im Morgengrauen. Die Gestimmtheit: Schmerz, Trauer, Einsamkeit –

und die Reizwirkung der Gefahr. Das Personal: Die Frau, der Mann – und (seit Wolfram): der warnende Wächter.
Das Lied *Den morgenblic* ist überliefert in der Münchner Parzival-Handschrift (G), Mitte des 13. Jahrhunderts (und nicht leicht lesbar). Drei Strophen, gebaut nach dem altüberlieferten Muster der dreigeteilten Kanzone. Der Text gehört der Frau. Die ersten drei Verse liefern die Situation in gedrängter Knappheit: Erwachen des Morgens; Warnruf des Wächters; das liebende Paar, heimlich (tougen) aneinandergeschmiegt. Die Geliebte klagt ihn nun weinend an, den Tag, dessen alle Welt sich freut – ihr aber nimmt er alles Glück. Denn er jagt den Geliebten fort von ihr.
Strophe II: Der Tag dringt unaufhaltsam ein – da hilft kein Schloß, auch das schutzsuchende Einander-in-die-Arme-Schließen nicht. Die Tränen der Frau sind es, die über beider wangel fließen. Und sie proklamiert die biblische Formel von dem »einen Fleisch« der beiden Liebenden: Zwei herze und einen lîp hân wir. So daß alles Liebesglück gänzlich zerstört ist (gar verhert), wo er nicht zu ihr, sie nicht zu ihm kommt.
Strophe III steigert, so will es die Tagelied-Dramaturgie, die Liebes-Intensität in der Not des Abschieds (urloup). Ihre hellen glatten Körper (ir liehten vel diu slehten) kommen zueinander, das weinende Auge macht süßer noch den Kuß, sie verflechten innig Mund und Brüste und Arme und schimmernde Glieder ineinander: Ein Bild der Einheit (geselleclîche als sie lâgen), wie kein Maler-Bildhauer (schiltær) es geschlossener würde »schildern« können. In den beiden letzten Versen dann die Summe: »Obwohl (und weil) ihre Liebe doch die Last der Sorge trug,/ Gaben sie sich ihr vollkommen hin« (ân allen haz).
Wahrlich wilt ist dieses maere, von bestürzender Kraft der

»Schilderung« des sinnlichen Begehrens und Erfüllens: Das Tagelied als durch Tradition sanktionierte Gattung erlaubt es dem Dichter, innerhalb der lyrischen Entsagungswelt des artistisch-artifiziellen Minnesangs der herrischen Gewalt des Triebes, der nackten Leidenschaft, die Stimme zu geben. Wolframs Tagelieder, durchaus gegründet in der Welt des Mittelalters und ihren Kulissen, transzendieren diese Welt und fügen sich ein in die Stimmen der Völker in Liedern – zu aller Zeit.

Tagelied: Abschied im Morgengrauen. Der Mann geht, er ist das Tagwesen. Die Frau bleibt, sie gehört der Nacht. Romeo muß hinaus ins feindliche Leben, muß sich stellen, avancieren, den Comment wahren, die Karriere bedenken. Julia bleibt. Und es bleibt die wilde Schwermut, wie sie uns ergreift bei der Erinnerung an Augenblicke des Glücks.

REINMAR VON ZWETER
IN MÎNER ÂBENTZÎT

In mîner âbentzît ich bin
unt trage doch jungen liuten gar junglîchen morgen schîn:
ich lege mich ûf mînen arm unt spanne doch nâch êren wol.

min âbentsunnenschîn ist bleich;
ist aber der jungen morgen rôt, dâ bî ir ellen weich,
sô wirt ir lîp gemaches rîch, dâ bî an êren selten vol.

junc man, nû wis frô unt doch mit züchten!
ülfheit ist ein sucht ob allen süchten
an jungen êrengernden liuten:

ülfheit erziuhet jungen lîp,
so daz Got noch reiniu wîp
in niht enmugen geminnen noch getriuten.

PETER WAPNEWSKI
IN BLEICHER ABENDSONNE

Er ist gemäß eigenem Zeugnis am Rhein geboren: der nach Walther von der Vogelweide bedeutendste Spruchdichter des Mittelalters. Ist in Österreich aufgewachsen, in Böhmen ansässig geworden. Mehr wissen wir nicht von ihm, dem wir nicht weniger als 229 »Sprüche« verdanken, einstrophige Liedgebilde, die sich markant, gelehrt, skeptisch und gewandt auseinandersetzen mit den alten und nie veraltenden Themen der lehrhaften Poesie: Gott und Glaube; Welt und Liebe; Lebenserprobung und Politik. Die Überlieferung raunt, Reinmar sei blind gewesen, so fügt er sich ein in die Tradition der Homer-Legende. Entsprechend die Miniatur des Manesse-Codex, die ihn in der typisch übermachten Inspirationsgebärde vorführt: Sinnend mit geschlossenen Augen. Sein Dichten versetzt die Philologie zeitlich in die erste Hälfte des dreizehnten Jahrhunderts.

Der Alte, er wird sich seines Alters inne – und spürt zugleich ingrimmig den Trieb, noch mithalten zu wollen mit den Jungen, ihre Tänze mitzutanzen, ihnen *junglîchen schîn* vorzuspiegeln. Legt müde den Kopf auf den Arm – und doch pulst in den Adern unruhvoll noch das Blut des Ehrgeizes. Nun aber wendet sich im Bewußtsein der Ohnmacht das Gemüt in altbekanntem Starrsinn gegen »die Jungen«: Wenn sie im Glückszustand ihres Morgenrotes schlapp sind und im Komfortgenuß verweichlichen – dann füllt ihr Leben sich an mit Bequemlichkeit und wird doch

leer, indem es allen Anspruch auf Ehrenhaftigkeit preisgibt.
Die Jungen, sie sind auch nicht mehr, was wir einmal waren. Besser stünde ihnen an, was in der Tradition der Erziehungslehren und Bildungsnormen des Mittelalters immer wieder in jeweils abgewandelter Form gefordert wird: Die Verbindung von Fröhlichkeit mit Haltung, von Heiterkeit mit Disziplin, *von hôhem muot* mit Gefaßtheit: sei *frô unt doch mit zühten*, so ruft der Alte es dem Jungen beschwörend zu, und räsoniert, es sei *ülfheit* die Wurzel allen Übels. Ein exotisches Wort, es mag etymologisch mit »Wolf« zusammenhängen, das Mittelhochdeutsche Wörterbuch sagt, es sei der *ulf* »ein geisterhaftes wesen, mit *alp* ziemlich von gleicher bedeutung« – wie auch immer, der Kontext verweist auf ein peinliches Verhalten und Benehmen im Sinne von ungebärdiger »Albernheit« oder »Verspieltheit«: eine *suht*, die den jungen Menschen derart korrumpiert, daß Gott so wenig wie dessen edelstes Geschöpf, nämlich *reiniu wîp* (»edle Frauen«), ihn zu achten oder gar zu lieben vermögen.
Der Reiz der einfachen Strophe besteht in dem Kontrast und der Verbindung von traditionellen Elementen altüberlieferter Spruchweisheit mit dem spürbaren Niederschlag persönlichen Erlebens. Alterston: das Erlernte und das Erfahrene. So hat es dem Dichter sein großer Vorgänger Walther von der Vogelweide vorgesungen in dessen ergreifender »Alterselegie«, die das Leben Revue passieren läßt, als sei es ein Traum gewesen. Ein Lied, das nicht anders als das Reinmars die Jungen schilt, weil sie die unbeschwerte Freuden-Haltung angeblich nicht mehr kennen, und in dem schließlich (wenngleich mit machtvoller Wendung ins Politische) geschieht, was auch Reinmars

spröde Verse unternehmen: Protest wird umgewandelt in Mahnung, Kritik umgesetzt in Ermutigung und Erfahrung in ermunternden Rat.

Somit bleibt die vage Hoffnung, es möge die Sonne auch künftig bescheinen, was der Generation dieser Dichter wesentlich war und lebenswert: Der Kategorische Imperativ einer von höfischen Sittlichkeitsgesetzen geprägten Gesellschaft und ihrer Ideale läßt sich verdinglichen in Begriffen wie *zuht* und *êre* und *minne*.

Wird ein solcher Appell das Ohr der Jungen erreichen? Ein Berufskollege (und wütender Gegner-Konkurrent) Reinmars, *Der Marner*, fand im Bewußtsein der Vergeblichkeit seines Tuns das plastische Bild, wie man es zum Grabspruch des heroisch resignierenden Pädagogen erheben möchte: *sus gât mîn sanc in manges ôre, als der mit blîge in marmel bort:* So geht denn mein Wort in die Ohren, als wolle einer mit Blei sich in Marmor hineinbohren …

SÜSSKIND VON TRIMBERG
WÂHEBÛF UND NICHTENVINT

Wâhebûf und Nichtenvint
tuot mir vil dicke leide.
her Bîgenôt von Darbiân,
der ist mir vil gevaere.
des weinent dicke mîniu kint:
boes ist ir snabelweide.
ez hât si selten sat getân
Bîzûf diu fröidenbaere.
in mînem hûs her Dünnehabe
schaffet mir ungeraete.
er ist zer welt ein müelich knabe:
ir milten, helfent mir des boesewichtes abe,
er swechet mich an spîse und ouch an waete.

Ich var ûf der tôren vart
mit mîner künste zwâre.
daz mir die herren nicht welnt geben,
des ich ir hof wil vliehen
und wil mir einen langen bart
lân wachsen grîser hâre:
ich wil in alter juden leben
mich hinnân fürwert ziehen,
mîn mantel der sol wesen lanc,
tief under einem huote
dêmüeteclîch sol sîn mîn ganc,
und selten mê gesingen hovelîchen sanc,
sît mich die herren scheident von ir guote.

PETER WAPNEWSKI
JUDEN AUF WANDERSCHAFT

Die reichste Handschrift aus dem deutschen Mittelalter, nach dem Zürcher Patriziergeschlecht »die Mannessische« geheißen und in Heidelberg zu Hause, liefert auf Blatt 159 ein staunenswertes Bild: Da steht ein Mann vor dem Richtstuhl eines Bischofs (in der Mitte, leicht zurückgesetzt, noch eine dritte und eine vierte Gestalt). Und dieser Mann ist gemäß seiner Kleidung, das heißt seinem trichterförmigen Hut, deutlich als Jude zu erkennen. So auch die Überschrift, und sie kennzeichnet ihn mit einem auch anderweitig in jüdischer Tradition belegten Namen: *Süeskint der Jude von Trimberg*. Es handelt sich um den einzigen in der Geschichte der deutschen Dichtung des Mittelalters bezeugten jüdischen Autor.

Ein Fremder im königlichen Liederbuch. Zu datieren ist sein Dichten gegen Ende des dreizehnten Jahrhunderts. Bezeugt ist er lediglich durch sich selbst, keine Urkunde nennt ihn. Bezeugt durch die Selbstcharakteristik in der letzten der unter seinem Namen überlieferten zwölf Strophen, die sich gliedern in sechs Lieder (»Töne«).

Das letzte Lied, zwei Strophen zu je dreizehn nicht unkompliziert gereimten Versen in der Metrik der Vaganten, der fahrenden Sänger und ihrer lateinischen Lieder, setzt ein mit einer Aufzählung von metaphorischen Figuren. »Herren«, die dem Dichter übel mitspielen und denen er auf aparte Weise sprechende Namen gibt: »Wo-heb-auf« und »Finde-nicht« (Vers 1), »Not-nah aus Darben-Land«

(3) – sie sind schuld an den Tränen der hungrigen Kinder, deren »Schnabelweide« dürr ist (6). Denn »Beiß-rein« gönnt ihnen nichts (8), sowenig wie der sich als Hausherr geizend aufspielende »Herr Habe-wenig« (9). Die Strophe mündet in die übliche Spendebitte des fahrenden Volkes an die *milten*, das heißt die Freigebigen unter den Wohlhabenden, sie mögen dem Sänger helfen gegen den *boesewicht*, der ihm Speise und Kleidung vorenthält (12/13).
Klage der Kunst: Diese Schelt- und Proteststrophe mit ihren originellen sinnlich-plastischen Personifizierungen lebt von einer produktiven Eigentümlichkeit der deutschen Sprache: ihrer Fähigkeit, sogenannte Satznamen zu bilden (wie sie bis heute in Familiennamen weiterleben, man denke weiter an »Fürchtegott« und »Störenfried« und »Habenichts«). Die Konsequenz aus dem mit ihrer Hilfe so drastisch gemalten Elend zieht die zweite Strophe, ein Lied der düsteren Absage. Eine »Torenfahrt« unternimmt, wer seine Kunst umsonst anbietet (1). Und nun will der Fahrende sein, was er ist: will den grauen Bart lang wachsen lassen (5/6) und über schleppendem Mantel den Hut tief in die Stirn ziehen, demütig gebeugt weiterwandern und sein höfisches Lied verstummen lassen, die Trennung bestätigend zwischen ihm und den Besitzenden, die ihrerseits sie längst vollzogen haben (9-13).
In alter juden leben (7) will er nunmehr ziehen: *als der alte Jude*, der *er ist*? Oder: *als sei er ein alter Jude?* Die Germanistik hat es gelegentlich mit Mißbehagen quittiert, daß da in die Schar der minnesingenden Fürsten und Ritter, unter die Bürger und fahrenden Berufs-Dichter ein Jude sich sollte eingedrängt haben. Und hat mithin den Vers verstanden als Androhung eines christlichen Sängers, sich im Gefühl des Außenseiters zu geben *wie ein Jude*. Warum

aber sollte in einer Welt der Fremdheit, der Feindschaft, ja des Hasses sich einer aus freien Stücken zum Juden machen? Denn wahrlich, es lebte in finsteren Zeiten, wer als Jude in dieser Epoche lebte; daß auf sie etwa sechseinhalb Jahrhunderte später eine noch unbegreiflich viel furchtbarere folgen sollte, nimmt ihr nicht ihren eigenen Schrekken.

So hat er denn sein Schicksal herausgesungen, in aggressiv markanten Sprachbildern, in strenger Melancholie und bitterem Anklage-Gestus, ein Mann auf der Wanderschaft, seine Kunst ging nach Brot, das Brot blieb aus, mit ihm die Kunst, ihm bleiben noch Hut und Mantel – und wer genau hinsieht, der mag daran auch schon den gelben Fleck erkennen.

HEINRICH HETZBOLT VON WISSENSE
WOL MICH DER STUNDE

Wol mich der stunde, von rôtem munde mir liep geschach.
den sach ich machen ein zartez lachen, des ich dô jach.
ir mündel vreche daz gestellet sich,
alsz viunviu spreche, gar durchsiuverlich.

Ach swer daz kuste, zwâr den geluste vröude âne nôt.
sin lachen lôse, ez enwart nie rôse mê halb sô rôt.
kel unde hende wizer danne ein snê.
liep trût ân ende, wes tuost dû mir wê?

Wilt dû mich twinge durch daz ich singe dir offenbar?
trœste mich eine, sit ich dich meine mit triuwen gar.
min zuckerkrûtken, tuo mir helfe schin:
trût herzen trûtken, jâ bin ich ie dîn.

PETER VON MATT
DAS GLÜCK DES UNGEKÜSSTEN

Keine große Zeit für Lyrik, das vierzehnte Jahrhundert. Das Genie der Epoche wirkt in den verwegenen Spekulationen Meister Eckharts, in Seuses Verzückung, in einer mystischen Theologie, die These und Gefühl zugleich ist, ein herzheißes Denken. Walther von der Vogelweide und Heinrich von Morungen, der Goethe und der Hölderlin des Mittelalters, haben hundert Jahre früher geschrieben. Wolkenstein, die späte Eruption lyrischer Gewalt, gehört bereits ins kommende Jahrhundert. Dennoch gibt es Lieder. Sie schaffen zwar keine Durchbrüche, erfinden nicht neue Töne, in welche andere einstimmen können. Aber das Vertraute wird fröhlich variiert.
Hetzbold, den man dem Namen nach eher in Auerbachs Keller als unter den süßen Sängern vermuten würde, schreibt ein Liebeslied, wie es viele gibt, und doch gelingt ihm dabei, am Ende der ersten Strophe, ein einzigartiger Moment. Soviel auch an dem Gedicht sonst an die Vorgänger erinnert, für die dritte und vierte Zeile ist kein Muster bekannt. Wenn man eine Literaturgeschichte des weiblichen Mundes schreiben wollte, des Mundes der geliebten Frau – was kein absurdes Unterfangen wäre –, Hetzbold von Weißensee hätte darin seinen gesicherten Platz.
Seit dem Hohenlied Salomonis, mit dem alle Liebeslyrik beginnt und über das sie nie hinauskommt, gehört die Anrede des roten Mundes zur begeisterten Beschwörung der Frau. »Deine Lippen sind wie eine scharlachfarbene

Schnur«, heißt es bei Salomo. Vom freudenreichen roten kleinen Mund singt Morungen: *ihr vil fröiden rîchez rotez mündelin*, und bei Walther rühmt sich die Frau selbst ihres von tausend Küssen brennenden Mundes: *kuster mich? wol tûsentstunt: / tandaradei, / seht wie rôt ist mir der munt.*

Hetzbold jubelt auch, aber er hat noch nicht geküßt. Der Anblick des Mundes allein hat ihn zu glücklicher Stunde beseligt. Zärtlich gelacht hat das kecke Mündchen, und dann hat es sich gestellt, als ob es sehr säuberlich das Wort »Fünfe« aussprechen würde. Wenn ein schöner Mund langsam »Fünfe« sagt, einem bewegten Mann gegenüber, dann ist das auch im Neuhochdeutschen ein recht sinnliches Ereignis. Wenn der Mund es aber auf mittelhochdeutsch sagt, *viunviu*, mit einem zweimaligen ü also, und wenn er das zweite ü dann noch ein bißchen anhalten läßt, dann, ja, dann kann der bewegte Mann schon dazu kommen, selbst im vierzehnten Jahrhundert ein Gedicht zu schreiben.

Und da überrascht es auch nicht, daß das Gedicht einen so bezaubernden, tänzerischen Rhythmus gewinnt. In seinen kurzen, vier- bis fünfsilbigen Teilversen glaubt man die liebliche Kadenz von Walthers *tandaradei* zu vernehmen. Man kann die Strophen nur auf diese Musikalität hin lesen, ohne sich groß um den Inhalt zu kümmern. Dieser erschließt sich dann wie von selbst, und wenn man falsch liest, macht es auch nichts. Denn was in der zweiten und dritten Strophe gesagt wird, ist gesagt worden, seit verliebte Leute Gedichte schreiben, und wird gesagt werden, solange diese merkwürdige Tätigkeit stattfindet, also bis zum Jüngsten Tag.

Ach, wer diesen Mund küßte, der hätte Freude ohne

Leid ... und wie ist sein Lachen lieblich ... und nie war eine Rose auch nur halb so rot ... und weißer als Schnee sind Hals und Hände ... und warum tust du mir so weh, du liebes vertrautes Wesen? ... willst du mich denn niederzwingen, nur weil ich singe, öffentlich, von dir? ... besser, du tröstest mich, den Einsamen, den Treuen ...
So geht das voran, ist herzlich unoriginell, aber herzlich trotzdem. Zum Schluß bettelt der Mann um Hilfe und versichert, daß er immer ihr gehöre. Er verbindet das Bekenntnis mit Kosewörtern, die im Neuhochdeutschen seltsam klingen. »Zuckerkräutchen« besagte jedoch, als der Zucker kostbar war, einiges mehr als in den Zeiten der künstlichen Süßstoffe, und »trautes Herzenstrautchen« tönt erst so schrecklich, seit das Wort »traut« im Deutschen abgestorben ist, seit der Geliebte nicht mehr *trûtgeselle* heißt und die Freundin im Bett nicht mehr *trûtgebette* und die Zärtlichkeit nicht mehr *trûtgebâren*. Aber man spreche es nur ein paarmal aus, das Liebesgeflüster unserer Vorfahren, *mîn zuckerkrûtken ... trût herzen trûtken ...*, schon beginnen die Laute wieder zu leben.

OSWALD VON WOLKENSTEIN
DURCH BARBAREI

Durch Barbarei, Arabia,
durch Harmanei in Persia,
durch Tartarei in Suria,
durch Romanei in Türggia,
Ibernia, der sprüng hab ich vergessen.
Durch Preussen, Reussen, Eiffenlandt,
gen Litto, Liffen, übern strant,
gen Tenmark, Sweden, in Prabant,
durch Flandern, Frankreich, Engelant
und Schottenlant hab ich lang nicht gemessen.
Durch Arragun, Kastilie,
Granaten und Afferen,
auss Portigal, Ispanie
pis gen dem vinstern steren,
von Provenz gen Marsilie –
in Races pei Saleren,
daselben plaib ich in der e,
mein ellend da zu meren
vast ungeren.
Auff ainem kofel rund und smal,
mit dickem wald umbvangen,
vil hoher perg und tieffe tal,
stain, stauden, stöck, snestangen,
der sich ich täglich ane zal.
noch aines zwingt mich pangen,

das mir der klainen kindlin schal
mein oren dick bedrangen
hat durchgangen.

THOMAS KLING
DER SPRÜNG HAB ICH VERGESSEN

Oswald von Wolkenstein, Tiroler Ritter von der Alpensüdseite, war ein unsteter Geist, ein Draufgänger gewesen, einer, der in der Welt weit herumgekommen ist. Davon spricht das Gedicht. Ein gealterter Mann trumpft noch einmal auf, indem er zunächst an die dreißig Länder und Städte aufzählt, in denen er gewesen ist: eine beeindrukkende Reihung, bei der die Namen, auch klanglich-rhythmisch geordnet, einer geographischen Logik folgen. Allerdings gegen unseren heutigen Uhrzeigersinn.
Vom Süden (der gleich eingangs aufhorchen machenden Barbarei entspricht das von Berbern bewohnte Nordafrika) zeigt Wolkensteins Windrose gleichsam einmal rund um den im 15. Jahrhundert bekannten Erdkreis, streift Armenien (Harmanei), Byzanz (Romania), den Nordosten Europas mit dem Baltikum (die Nehrung heißt bei ihm der strant), tut auf der Iberischen Halbinsel Granada und Navarra (Afferen) Erwähnung, bevor Wolkenstein in seiner imposanten Reiseaufzählung den Süden wieder erreicht hat: die für ihre Trobadors weit vor Oswalds Zeiten berühmte Provence und Marseille.
Was er dort jeweils im einzelnen getan hat, sagt der Dichter und Sänger, der sonst gerne die Fakten auf den Tisch legt und nicht gerne mit der Meinung hinterm Berg hält, seinen Hörern, uns heutigen Lesern, nicht. Liebe, Kriege, Entführung, Haft, erlittene (und zugefügte?) Folter – dies alles schenkt Wolkenstein seinem Publikum in dem Gedicht.

Nicht ohne (selbstironischen) Kommentar: *der sprüng hab ich vergessen*. Sprüng, das ist im Mittelhochdeutschen der Galopp, das »Sprunghafte« (lies: Tanzende) wie das Aussparende des Gedichtes, das mit Namens-Magie arbeitet – heute üblicherweise namedropping genannt. Die Anspielung auf das nachlassende Gedächtnis des Ichs (wie das des Publikums) haben hier gleichermaßen Gewicht.

Die Lebenszeit des »Wolkensteiners«, so Oswalds Selbstbezeichnung, der ein relativ hohes Alter erreichte, 1445 starb und in Neustift bei Brixen beigesetzt wurde, fällt in die bewegte Epoche der Hussitenkriege, der das durch den Justizmord an dem tschechischen Reformator Jan Hus berüchtigte Konstanzer Konzil vorausging. Hiervon ist in vorliegendem Gedicht nicht die Rede, Böhmen bleibt vom Kriegsteilnehmer unerwähnt. Auch kommt nicht zur Sprache, was der junge Mann in den baltischen Ländern erlebt hat, erleben mußte: Zur Erziehung eines Knappen nämlich gehörte die knallharte Ausbildung bei den Ordensrittern in Osteuropa. Hier wird Oswald von Wolkenstein gelernt haben, die Trommel zu schlagen, was seinen hochrhythmischen und klangbezogenen, oft auch in mehreren Sprachen geschriebenen Gedichten zugute kam, wie auch seinen öffentlichen Auftritten als vortragender Sänger.

Der zweite Teil setzt ebenfalls, wie der überraschend-exotische Auftakt, mit einem Paukenschlag ein. Die tragikomische Klage hat der Dichter sicherlich beim Auftritt mimisch weidlich ausgespielt. Nach der Überhäufung mit fernsten Namen verabreicht der Wolkensteiner nun die kalte Dusche: In Ratzes am Schlern, einem abgelegenen Hochgebirgs-Flecken in der Nähe des Brenner, ist in fortgeschrittenen Jahren der Sprach-Weltreisende seßhaft geworden, verheiratet zudem (daselben plaib ich in der e), er langweilt sich tödlich in einem geradezu zeitlupenhaft verlaufenden, als nur mehr eng empfundenen Leben. Durchaus nicht die starke Pointe scheuend, beklagt Oswald von Wolkenstein abschließend, daß er den nervtötenden, die Arbeit einschränkenden Lärm seiner Kinder hat ertragen müssen: Dies *zwingt mich pangen*, macht ihm angst – nicht der Schlachtenlärm von ehedem, nicht der zu erwartende Tod. Der wird im humorgesättigten Ende, das die Altersdepression abzufangen sucht, weggelacht.

Wolkenstein tut das, was des Dichters ist – er läßt Namen für sich arbeiten. Das Gedicht verzichtet auf anekdotische Nacherzählung, zieht Knappheit vor. Er reicht seinen Lesern und Hörern das Instantpulver, das wir, lesend, zum Getränk aufschäumen lassen können. So löst der Dichter sich auf im eigenen Produkt.

UNBEKANNTER DICHTER
VERSCHNEITER WEG

Es ist ein Schnee gefallen
Und ist es doch nit Zeit,
Man wirft mich mit den Ballen,
Der Weg ist mir verschneit.

Mein Haus hat keinen Giebel,
Es ist mir worden alt,
Zerbrochen sind die Riegel,
Mein Stüblein ist mir kalt.

Ach Lieb, laß dich's erbarmen
Daß ich so elend bin,
Und schleuß mich in dein Arme!
So fährt der Winter hin.

Nach einer Handschrift
von 1467

WOLFGANG KOEPPEN
WELTEINSAMKEIT

Das Gedicht steht nun in Stephan Hermlins Deutschem Lesebuch, erschienen 1976 bei Reclam in Leipzig und bei Hanser in München. Hermlin nennt das Gedicht ein Volkslied, nach einer Handschrift von 1467. Es rührt, wie es sich da findet.

»Es ist ein Schnee gefallen.« Es ist der Winter auf alten Bildern. Die Natur ist gewaltig, die Welt ist leer. Wir sind im Herbst des Mittelalters. Der Sultan hat Konstantinopel erobert, Papst Pius II. sucht gegen die Türken zu rüsten, das Konzil zu Basel hat die Reformation nicht gewagt, aber strenge Verfügungen gegen das Konkubinat der Kleriker, in Konstanz wurde Hus verbrannt, die Hussitenkriege bluteten, wie Bienen und Zugvögel schwärmen Pilger nach Rom, Habsburg hat sich die Kaiserkrone genommen, Gutenberg druckt die Bibel, Columbus ist geboren.

Ein Mann geht den verschneiten Weg. Ist er nur ihm verschneit? Der Winter ist hart, die Landschaft unverdorben, die Natur, soweit zu sehen, noch in Gott. Aber der Mensch klagt »Man wirft mich mit den Ballen«; das sind mehr als jahreszeitliche Beschwerden. Die Schneebälle werfen nicht Kinder. Feste Burgen sind auf den Höhen, Adelsherren, Vögte, ein straffes Regiment, eine Verwaltungsreform, neue Gesetze, Raubritter, Gesetzlosigkeit, Strauchdiebe, Galgen, das Patronsrecht der ersten Nacht. Verschneit ist Gegenwart und Zukunft, der Weg vermauert, und was der Mann begehrt, wird unerreichbar sein.

»Mein Haus hat keinen Giebel.« Der Mann ist arm. Er fühlt sich alt mit dem altgewordenen Haus. Ein neues wird er nicht schaffen. Das Haus ist krank. Es schützt nicht mehr: »Zerbrochen sind die Riegel«. Die ganze Schöpfung kann bei ihm eindringen, das Unheil ringsumher. Den Mann friert. Das macht nicht nur der Frost. Beschränkung nützt nichts. Die kleine Existenz in Einsamkeit, Bescheidenheit ist für die Wölfe offen.

»Ach Lieb, laß dich's erbarmen.« Ist es ein Liebesgedicht? Ist der Mann mit Liebe geschlagen? Gehört Liebe zu den Plagen? Er weiß nicht, ob Liebe noch im Stüblein wartet, ob sie gegangen oder gar gestorben ist. Liebe, er könnte es erkennen, möchte das Unerreichbare sein. Der Mann ist so elend, daß er gar nichts hat, er steht nackt im Schnee, gestoßen in eine unheimliche, nun endlose Welt, unbegreiflich selbst sein verfallendes Haus, der verschneite Weg, der böse Ballenwurf von unsichtbaren Mächten, die Sehnsucht nach den warmen Armen der Geliebten, die schon verloren ist oder nie zu haben war.

Beginn der Renaissance. Zerfall des alten Glaubens. Vorabend der Reformation. Ausbreitung des Alphabets. Entdeckung Amerikas. Was hilft es dem Mann?

War es ein Volkslied auf verschneitem Weg, ein Liebesgedicht in der Vereisung? Wer bewahrte die Schrift des namenlosen Dichters? Wollte Gott etwas sagen?

MARTIN LUTHER
DA PACEM

Verleih uns Frieden gnädiglich,
Herr Gott zu unsern Zeiten.
Es ist doch ja kein andrer nicht,
der für uns könnte streiten,
denn du unser Gott alleine.

EVA ZELLER
DEM FRIEDEN TRAUEN

Was wurde in der Literatur hymnischer besungen als der Friede, der edle, goldne Friede, der je nach Kriegen und Blutvergießen erhofft wurde; des Andreas Gryphius *süszer Friede nach grimmem Streit*; Schillers *holder Friede*, dem das *erst Geläute* der Glocke gilt, wenn *die Fahnen sich zum sanften Friedensmarsch* entfalten. In den meisten Kunst- und Volksliedern wurde der Friede als Gegensatz zum Krieg gefeiert.
Luther schrieb seine Friedensbitte 1529. Dieser historische Augenblick muß erinnert werden. Im Oktober hatte das gefürchtete türkische Heer die Belagerung Wiens aufgegeben. Ein halbes Jahr zuvor hatte der Wittenberger Professor für Bibelerklärung in seiner Schrift »Vom Krieg wider die Türken« gesagt, dies sei kein heiliger Krieg; es müsse wahrlich jedweder Streit mit Buße angefangen werden: *Wir müssen uns bessern.*
Es ist anzunehmen, daß der Friedenswunsch genau gleichzeitig mit dem Choral »Ein feste Burg ist unser Gott« gedichtet wurde. Von diesem bekanntesten aller Reformationslieder wissen wir, daß Luther es auch selbst vertonte. Die fanfarenhafte Melodie und das dem Arsenal der Soldatensprache entnommene Vokabular der ersten Strophe führten dazu, daß – dem Himmel sei's geklagt – dieses in aller Welt gesungene Lied auch von aller Welt vereinnahmt, säkularisiert, sentimentalisiert und sogar propagandistisch mißbraucht werden konnte als Aufruf zu nationaler Erhebung.

Ein solches Schicksal widerfuhr dem Friedensgebet nicht. Gesungen und in viele Sprachen übersetzt wurde es, schließen doch seit Jahrhunderten die evangelischen, mittlerweile auch die katholischen Gottesdienste oft mit dieser liturgisch gewordenen Strophe: *Verleih uns Frieden gnädiglich, / Herr Gott zu unsern Zeiten*.

Der inständigen Bitte folgt unvermutet das vertrauensvolle »doch«: *Es ist doch ja kein andrer nicht, / der für uns könnte streiten, / denn du unser Gott alleine*. Ein versübergreifender Sprachbogen, ein waghalsiger Glaubenssatz. Unbelehrbar von unseren tristen Erfahrungen, wider besseres Wissen, weiß hier einer, daß der Glaube eben nicht von unseren Erfahrungen hergeleitet werden, sondern nur trotz dieser Erfahrungen gelebt werden kann. *Es ist doch ja kein andrer nicht*, sagt der Mann, der auch schrieb, daß mit unsrer Macht nichts getan sei, sagt der Vogelfreie, der jahrzehntelang bis zu seinem Tode in päpstlichem Bann und kaiserlicher Reichsacht lebte und den gerüsteten Scheiterhaufen täglich vor Augen hatte. Wenn seine Riesenkräfte ihn zu verlassen drohten, schrieb Luther immer auch gegen die eigene Angst und Verzweiflung an, wohl wissend, daß es den unangefochtenen Glauben nicht gibt, den Endkristall, dem sein Leben sich zuordnete.

Mit dem erflehten Frieden ist hier weit mehr als Waffenruhe oder Harmonie der Seele gemeint, gemeint ist immer auch der soziale Friede, auf daß wie im 85. Psalm Friede und Gerechtigkeit sich küssen. Und gemeint ist wie im aaronitischen Segen der Friede, der höher ist als alle Vernunft.

Nicht aber ein Friede um jeden Preis. Nicht um den Preis der Gedanken- und Gewissensfreiheit. *Die geknebelte und gewürgte Freiheit muß sich wieder erheben.* Luther konnte sich niemals eine Kirchenspaltung vorstellen. Wenn denn aber Papst und Kaiser zu keiner Reform bereit waren, um die Kirche an Haupt und Gliedern genesen zu lassen und Christus in sein Haus zurückzuholen, mußte tragischerweise aus dem, der Frieden stiften wollte, ein Ketzer werden, der Unfrieden stiftete, ja der zu seiner Zeit Europa in zwei Hälften spaltete. Die Not des Erwählten ließ ihn immer wieder sein *Warum denn ich?* fragen. Er nannte sich *ein gestoßenes Werkzeug Gottes.* Viel lieber hätte er sich den Künsten verschrieben, der Musik vor allem und der Poesie.

Mit seinen Liedern wollte Luther missionieren. Auf engstem Raum bringt der Fünfzeiler sein leidenschaftliches Begehren nach dem gnädigen Gott zur Sprache. Seinem Frieden allein ist zu trauen. Das Lied hat sich unbeschadet hinübergerettet aus dem altkirchlichen Wechselgesang, der ihm zugrunde liegt, über die von Luther in Gang gesetzte Singebewegung bis in unsere Tage. Erbaulich konnte es nie gesungen werden. Weil es so viel Vertrauen verlangt, sitzt es der Christenheit als Stachel im Fleisch.

MARTIN LUTHER
DER XLVI. PSALM. DEUS NOSTER REFUGIUM ET VIRTUS

Ein feste burg ist unser Gott
Ein gute wehr und waffen /
Er hilfft uns frey aus aller not /
die uns jtzt hat betroffen /
Der alt böse feind /
mit ernst ers jtzt meint /
gros macht und viel list /
sein grausam rüstung ist /
auff erd ist nicht seins gleichen.

Mit unser macht ist nichts gethan /
wir sind gar bald verloren /
Es streit für uns der rechte man /
den Gott hat selbs erkoren /
Fragstu wer der ist?
Er heist Jhesus Christ /
der Herr Zebaoth /
Und ist kein ander Gott /
das felt mus er behalten.

Und wenn die welt vol Teuffel wer /
und wolt uns gar verschlingen /
So fürchten wir uns nicht so sehr /
Es sol uns doch gelingen /
Der Fürst dieser welt /

wie sawr er sich stellt /
thut er uns doch nicht /
das macht / er ist gericht /
Ein wörtlein kan jn fellen.

Das wort sie sollen lassen stahn /
und kein danck da zu haben /
Er ist bey uns wol auff dem plan /
mit seinem Geist und gaben /
Nemen sie den leib /
gut / ehr / kind und weib /
las faren dahin /
sie habens kein gewin /
das Reich mus uns doch bleiben.

WALTER JENS
DIE VERFLIXTE VIERTE STROPHE

»Ein feste Burg ist unser Gott«: Das ist ein Psalmenlied und kein Feldgeschrei, ein Choral des Trostes und der Zuversicht und kein trotziger Gesang nach dem Herzen der selbstgewiß dreinfahrenden protestantischen Krieger. Was zur nationalen Parole der Reformation entstellt wurde und Wagner zum Kaisermarsch inspirierte, ist in Wahrheit Zuspruch eines angefochtenen Mannes an seine Gemeinde: Vertraut auf Gott und seid, im Kampf mit dem Bösen, seines Trostes gewiß!
Die feste Burg, das ist nicht das reformatorische Heerlager, sondern das himmlische Jerusalem. In seinen Summarien über die Psalmen hat Luther das Vorbild seines Lieds, den von ihm frei – sehr frei! – bearbeiteten 46. Psalm einen Dankpsalm genannt, den das Volk Israel für die Wundertaten jenes Jahwe sang, der seine geliebte Wohnung, Jerusalem, vor dem Zugriff der Heiden bewahrte und »Frieden erhielt wider alle Kriege und Waffen«.
Da hallt viel Jüdisches, Alttestamentarisches, nach, wenn Luther das von Trost, Bußfertigkeit und Vertrauen bestimmte Lied in eine Wirklichkeit überträgt, wo Gott und Teufel wiederum ihren Zweikampf ausfechten, die Gigantomachie unter endzeitlichem Zeichen. Und wenn dabei die Waffen klirren, die Rüstung blitzt und die Walstatt umkämpft ist, dann hat das nichts mit Thron und Altar zu tun, wie der auf den schwarzweißroten Hund gekommene Choral es armen Untertanen nahelegen

wollte, sondern dann geht es um jene *geistliche* Wappnung, die Paulus im Epheserbrief der Gemeinde in ihrer Auseinandersetzung mit Beelzebub empfahl: »Ziehet an den Harnisch Gottes, daß ihr bestehen könnet gegen die listigen Anläufe des Teufels . . ., auf daß ihr am bösen Tage Widerstand leistet und alles wohl ausrichten und das Feld behalten möget.«
Waffen Gottes! List des Teufels! Das Feld behalten! Kein Zweifel, daß Luther bei den Gedanken seiner geliebten paulinischen Schriften verweilt, während ihm die Vorlage eines Psalms immer weiter entrückt, von dem am Ende nur einige wenige dramatisch-aktionsbestimmte Vorstellungen in das Lied von der festen Burg eingehen, während die leisen Motive – Brunnen, Wasser, Frieden, heilige Wohnung – ausgespart bleiben. Der im Psalm schnell abgetane Teufel gewinnt an Gewicht. *Fürst dieser Welt! Auf Erd ist nicht seins gleichen!* Luther, dieser tief im Mittelalter beheimatete Mensch, singt der Gemeinde vor, wie ausweglos ihre Lage wäre, stünde ihr nicht, bei der Bataille mit dem Großen, ein Größerer hilfreich zur Seite.
Gott – Mensch – Teufel: Das ist die Trias, die den ersten drei in luzider Meistersinger-Art aufgebauten Strophen die Einheitlichkeit gibt. Zunächst, Strophe 1, Gott und Teufel, dann, Strophe 2, Mensch und Gott, dann, Strophe 3, Mensch und Teufel – eine Konfiguration, die nicht schematisch, sondern im ständigen Wechselspiel von hoch und niedrig, verloren und gerettet, triumphierend und gerichtet abgehandelt wird; im Zentrum die Christus-Hymne, umrankt von Stollen, in denen der Herr dieser Welt den Prim-Part spielt – der Teufel, den am Ende doch eine Winzigkeit, ein Diminutivum vernichtet: ein Wörtlein aus der Schrift, das Jesus heißt.

Dann freilich, in der vierten Strophe, zerstört der Liedermacher Martin Luther die Symmetrie seines Gedichts. Dann beginnt er, statt konkret zu benennen, in vager Rede zu raunen. (»Das Wort sie sollen lassen stahn«: Was sind das für »sie«? Wer ist gemeint?) Dann wird die Sprache dunkler. (»Und kein Dank da zu haben« – ein Kreuz für Philologen bis zum heutigen Tag, da es sich um eine Wendung handelt, deren Sinn nur mit Hilfe lateinischer Übersetzungen zu rekonstruieren ist. *Kein Dank da zu haben* heißt wahrscheinlich *ob sie nun wollen oder nicht.*) Dazu der platte Stabreim (»Geist und Gaben«), dazu Luthers alter Fehler der Tonbeugung: ein Wort erhält seinen Akzent auf der falschen Silbe. *Nemén sie den Leib:* Bei solcher Vergewaltigung natürlicher Betonung um des Rhythmus willen hätte Hans Sachs seinem Beckmesser einen gewaltigen Streich auf die Sohlen gegeben!

Kurzum, eine problematische Strophe, dazu eine, die, vor allem dank des unbestimmten »sie«, zu willkürlicher Konkretisierung, je nach gegebenem Feindbild, geradezu einlädt. Sie: die Katholiken. Sie: die Wortverdreher zu Rom. Sie: die Sektierer. Sie: die Türken. Sie: die Juden. Und dagegen »wir«, mit denen Gott ist, »wir«, denen das Reich bleiben muß, erst das himmlische und dann das deutsche.

Kein Wunder, angesichts solcher Befremdlichkeiten, daß einer der genauesten Leser unseres Gesangs, der Hymnologe Markus Jenny, die vierte Strophe als spätere Luther-Zutat zu erweisen suchte und den Lesern riet, nicht zuletzt um der durch die neun Schlußverse provozierten Mißverständnisse willen, nach »Ein Wörtlein kann ihn fällen« einen entschlossenen Schlußstrich zu ziehen.

Schade nur, daß sich die spätere Zutat nicht beweisen läßt,

ja daß sie schon deshalb eher unwahrscheinlich ist, weil Luther, wäre es ihm um eine nachträgliche Aktualisierung seines Lieds über den Menschen als Ritter zwischen Gott und Teufel gegangen, bestimmt Roß und Reiter genannt haben würde – die Türken zum Beispiel, die um die Zeit, da der Reformator sein Lied schrieb, vor Wien standen, oder die »Rottengeister«, die finsteren Beförderer von Aufruhr und Schwärmerei.

Schade, in der Tat, denn es ist unbezweifelbar, daß das Psalmlied als Kunstwerk, das es schließlich auch noch ist, gut daran getan hätte, nach der dritten Strophe zu enden. So wie's dasteht, ist Luthers berühmtestes Gedicht mitnichten sein bestes: weder als melodisches Poem noch als gereimte theologische Summe – an der Schönheit, Präzision und Metaphern-Kraft des 46. Psalms gemessen, eher vergröbernde Umdichtung als stimmiger lyrischer Gegen-Entwurf. Doch dies eben wäre für Martin Luther kein Einwand gewesen, ganz im Gegenteil: So ist es recht, hätte er dem mit dem Schusterhammer des Merkers dreinklopfenden Sachs bedeutet: Wenn das Gedicht »Ein feste Burg« den Psalter wieder in seine Rechte setzt, dann hat es erreicht, was es sich, die Blicke aufs davidische Jerusalem lenkend, zur Aufgabe machte: Gott zu preisen, der unsere Zuflucht und Stärke ist.

KURT MARTI
GOTT ALS STADT

Ich bin nicht fähig, über »Ein feste Burg ...« literarisch zu sprechen, zu schreiben. Dazu fehlt mir die Distanz. Das Lied ist ein zwar nur winziges, aber doch ein Teilchen meiner pastoralen und theologischen Existenz. Jahrzehntelang habe ich mich beispielsweise, meist jedoch erfolglos, damit abgemüht, den Text schweizerischen Konfirmanden nahezubringen – bis ich's schließlich aufgab. Singen, das ging mühelos. Aber auf den Text wollten, konnten die Vierzehn-, Fünfzehnjährigen nicht »einsteigen«. Was gegen meine Didaktik, nicht gegen Luther und seine mächtigen Metaphern spricht!
Jetzt, wo ich keinen Unterricht mehr zu erteilen habe, wird mir klar, was an meinen Bemühungen vielleicht verkehrt war: Ich hätte den Text nicht historisch erklären, sondern ihn kurzum zu einem Protestlied des Glaubens deklarieren sollen, mit dessen ersten drei Strophen zum Beispiel gegen die Overkill-Rüstung oder gegen die ökologische Katastrophe angesungen werden kann. Ach, warum geht mir das erst hinterher auf? Oft besser als ihre Eltern wissen die jungen Leute ja, was die Weltstunde geschlagen hat. Luthers Lied, auf unsere Fünf-vor-zwölf-Situation bezogen, könnte ihre recht genau informierte Angst, aber auch ihr Fünklein irrationaler Zuversicht ganz gut ausdrücken. Jetzt muß ich mich damit begnügen, den Text wenigstens für mich selber auf diese Weise zu lesen, zu singen.

Eines Abends, das ist schon lange her, stellten erwachsene Gemeindeglieder sich plötzlich die Frage, ob es uns überhaupt zustehe, die 4. Strophe zu singen. Nehmen wir damit den Mund nicht unbedacht zu voll? Kann man das forte und im Brustton gläubiger Bereitschaft singen? Nein, ehrlicherweise nicht.

Im deutsch-schweizerischen Kirchengesangbuch gehört »Ein feste Burg ...« zur Liedgruppe »Kirche in Kampf und Leiden«. Die reformierte Kirche der Schweiz ist keine leidende Kirche. Auch keine kämpfende Kirche. Dazu kommt, daß jetzt unter der Overkill-Drohung, wo es für die Christen gilt, Partisanen und Verteidiger des Lebens auf diesem Planeten zu sein, die Zeilen »laß fahren dahin, sie haben's kein Gewinn ...« denn doch auf fatalste Weise mißverstanden und mißdeutet werden könnten, in der Art etwa, wie ein Minister den Christen jüngst empfahl, sich weniger mit der Erhaltung des diesseitigen als mit der Tröstlichkeit des jenseitigen Lebens zu beschäftigen. Sooft ich in den letzten Jahren Luthers Lied im Gottesdienst singen ließ, habe ich die 4. Strophe weggelassen. Diese »Macht« hat ein Pfarrer eben; ich habe mich nicht gescheut, sie zu gebrauchen.

Zum Schluß ein Geständnis: Unter meinen verschiedenen Vorstellungsbildern von Gott, die sich gegenseitig relativieren, kam und kommt dasjenige einer festen Burg nie vor. Daß es für Luther, der auf einer Burg Schutz und Zuflucht gefunden hatte, wichtig sein mußte, ist mir klar. Nur ist ebenso klar, daß für uns Heutige diese Metapher nicht mehr »greift«, weswegen wohl auch junge Leute sie nicht mehr unmittelbar nachvollziehen können. Wer, wenn er bedroht wird, flieht heute schon hinter Burgmauern? Burgen sind kunstmuseale Bauten für Touristen geworden, nicht mehr tauglich als Gott-Metapher. Dann vielleicht: »Ein fester Schutzraum« oder gar »Ein Atombunker« ist unser Gott? Das wäre, abgesehen von der Holprigkeit, das Gegenteil von dem, was Luther meinte, nämlich nicht Schutz und Rettung, sondern bloß Galgenfrist (»Die Lebenden werden die Toten beneiden«).

Unter meinen Vorstellungsbildern von Gott kommt demjenigen des Lutherschen Liedes wahrscheinlich die Metapher »Gott als Stadt« am nächsten. Ich denke dabei an eine offene Stadt ohne Befestigungen, an gesellschaftliche Vielfalt und Begegnungen, die ebenso spannend wie friedlich sind, an eine Stadt des Pluralismus und der Kommunion. Das ist ein altes biblisches Gottesbild. In dieser Theo-Polis ist alle Herrschaft aufgehoben, im Hegelschen Doppelsinne dieses Begriffs. Und so weiter und so fort! Aber: keine Burg, keine trutzigen Mauern – in unserer Welt gibt es so viele fatale »Mauern«, so viel ungutes Burg- und »Réduit«-Denken, daß ich Gott damit nicht in Verbindung bringen kann.

Und darum, als törichter Wunsch: Die deutsch sprechende Christenheit bräuchte einen Dichter von der Sprachmächtigkeit Luthers, der ihr das alte Lied neu oder überhaupt ein neues Lied dichtet.

Vielleicht, wer weiß, wird es einmal eine Dichterin sein und der Gott, den sie besingt, weiblicher als derjenige Luthers.

ADOLF MUSCHG
DIE ERSCHÜTTERBARE BURG

Auch unter den Theologen, die sich heute auf Luther berufen, würden ihm wohl nicht mehr viele nachsprechen, daß unser Gott »ein feste Burg« sei. Auf den ersten Blick ist das berühmte Lied ein Schlachtruf und Kriegsgesang, auf Feindbilder eingeschworen, die es in einen einzigen großen Topf wirft – vom Bösen selbst, der als Legion, ja als »Welt voll Teufel« erscheint, bis zu den in Strophe 4 übergangslos eingeführten Wort-Brüchigen, unter denen man sich ebenso Papisten vorstellen mag wie das Lager Zwinglis und Karlstadts oder die Schwärmer und »Rotten« des religiös-kommunistischen Aufruhrs. Alle sollen »sie« des Teufels sein – die Sprache des Notstands läßt eine vieldeutige Welt in Schwarz und Weiß, in »Wir« und »Sie« auseinanderbrechen. Und doch nicht ganz. Denn von »Uns« – oder, wie Luther sonst sagt, »den Unsrigen« ist ja nur sehr kleinlaut die Rede. »Mit unsrer Macht ist nichts getan« – die eigene Position nimmt der »rechte Mann« ein, der Stellvertreter und Protagonist, der dem »Fürsten dieser Welt« den Meister zeigen wird.

So entpuppt sich, auf den zweiten Blick, das Streitgedicht als Not- und Hilferuf, als Beschwörung der einzigen rettenden Kraft: des Glaubens, der an den eigenen guten Werken keine Stütze hat. Nur durch radikale Bereitschaft zum Verlust können die Gläubigen gewinnen. »Nehmen sie den Leib, Gut, Ehr, Kind und Weib – laß fahren dahin ...« Das ist die Sprache Hiobs, der gegen alle Vernunft, inmitten des Zweifels, nicht trotz, sondern kraft eigener Hinfälligkeit, am Willen Gottes festhält. Ja, inmitten des Zweifels. Die ungelenke Rhetorik des Katechismus: »Fragst du, wer der ist? Er heißt Jesus Christ«, läßt eine dunkle Quelle ahnen – es ist wohl *nicht* die der ruhigen Zuversicht. Aus dem gleichen Dunkel stammt die Präokkupation des Liedes mit dem Bösen, mit *den* Bösen. Der Herr Zebaoth, um den sich die Hoffnung zusammendrängt, steht, wie diese, eigentlich recht einsam da. Ein Kriegsgedicht? Als solches wäre es schon das Eingeständnis einer Niederlage (»Auf Erd ist nicht seinsgleichen«). Es ist aber das Zeugnis einer Belagerung.

Der 46. Psalm, dem es nachgedichtet ist, strahlt vergleichsweise von Gottesfreude. Dort erscheinen die Widersacher (Vers 7) schon in der Vergangenheitsform. Dieser Gott *hat* überwunden, der Psalmist feiert prophetisch den Frieden der Welt: »Er macht dem Kriege ein Ende bis an die Grenzen der Erde; er zerbricht den Bogen und zerschlägt den Spieß und verbrennt die Wagen mit Feuer.« Dagegen ist Luthers Version nur eine Durchhalteparole – angesichts überwältigender, auch das Gefühl überschwemmender feindlicher Übermacht. Das Mittel der Passion, des Martyriums, mit dem ihr Luther zu begegnen rät, würden Nichtgläubige verzweifelt nennen. Das heutige Auge hat Mühe, im Trotz den Trost wahrzunehmen, auf den alles abgesehen ist. Für uns steht das »Wörtlein«, das den Teufel fällen kann, weniger für die Kraft des Evangeliums als für die Schärfe des Paradoxes. *Credo quia absurdum* – wir hören Augustin, aber nicht den Stifter des Ordens, dessen Kutte Luther getragen hat, sondern den Autor der

»Bekenntnisse«. Die Frage der Kirche ist zuerst eine des Gewissens: »Wie kriege ich einen gnädigen Gott?«
Die Jahre 1527 und 1528, in die Entstehung und Verbreitung des Lieds fallen, waren eine Periode der Schicksalsschläge. »Ich habe erlebt, wie wehe es tut«, schreibt Luther über den Tod seines einjährigen Töchterchens. Die Pest gab den häufigen Krankheiten in seiner Familie einen ominösen Hintergrund, vor dem die Schrift »Ob man vor dem Sterben fliehen möge« zu lesen ist: eine ergreifende Vermahnung zum Standhalten vor Gottes Prüfung. Die fromme Vernunft des Gedankengangs – man möge Ihn weder durch Verachtung der Gefahr versuchen noch die Nächstenliebe schuldig bleiben – täuscht nicht über die Betroffenheit des Schreibers hinweg. »Bittet für mich armen Sünder« ist sein letztes Wort an die ratsuchenden Brüder in Breslau. Was ihn betraf, so hat er das verseuchte Wittenberg nicht verlassen – aber seine Briefe aus dem Schicksalsjahr 1527 reden davon, daß er »vom Engel des Satans mit Fäusten geschlagen« werde, von einer »ungewöhnlichen Schwachheit der Lebensgeister«.
In dieser Depression begegnet ihm der alttestamentliche Gottesknecht auf Schritt und Tritt: »Der Satan will einen neuen Hiob bekommen.« Nicht dem »Fürsten dieser Welt« gilt Luthers Furcht; die irdische Herrschaft des Satans war für ihn gottgegeben und kein Gegenstand des Rechtens und Zweifelns. Aber der persönliche, der private Versucher machte ihm Angst, denn in der Burg der Seele durfte die Versuchung zum Kleinglauben nicht aufkommen; hier stand nicht nur das eigene Heil, sondern das Reich Gottes auf dem Spiel. »Ich möchte den Sakramentierern (das heißt den Zürcher Reformierten) antworten, aber wenn ich nicht stärkeren Mut bekomme, bin ich zu

nichts fähig.« Es ist nicht der Tod, es ist »die Krankheit zum Tode« – die Verzweiflung –, die das mächtige Kirchenlied beschwört.
Die Zeitläufte sorgten dafür, daß der Belagerungszustand des Menschen keine Metapher war. Deutschland blutete noch aus den Wunden der Bauernkriege, die Türken hatten Belgrad genommen und rückten gegen Wien. Die Landsknechte Karls V. hatten Rom geplündert, während die iberischen Eroberer die Beute der Neuen Welt einbrachten und Kopernikus das heliozentrische Weltbild verkündete. Genossen dieser Zeit hatten alle Gründe, sich nicht nur geistlich abzusichern; Michelangelo wurde zum Aufseher der Festungswerke in Florenz bestellt, und Dürer gab in seiner letzten Schrift »Etlichen Unterricht zur Befestigung der Schlösser und Flecken«. Der Reformator selbst war mit der Institutionalisierung des erneuerten Glaubens beschäftigt und bekam alle Anfechtungen und Widersprüche dieses unerhörten Unternehmens am eigenen Leib zu spüren, »denn Ordnung aufstellen und aufgestellte Ordnung halten sind zwei Dinge weit auseinander«.
Wie die Freiheit eines Christenmenschen – auch in der kirchlichen und pädagogischen Praxis – mit dem Willen und den Interessen der Fürsten, aber auch der natürlichen Schwachheit der Christen und wie dies alles mit dem wahren Willen Gottes zu vereinbaren sei: das war, wie seit den Frühzeiten des Christentums nicht mehr, eine Frage der Organisation *und* eine Sorge des einzelnen Gewissens. Kein Wunder, daß es unter seiner Verantwortung seufzte und in einem Lied wie diesem nicht nur Entlastung, sondern buchstäblich sein Heil suchte. – Es ist der Klang persönlicher Haftung, der es über die Grenzen alter Glau-

benskriege erhebt und die »feste Burg« als erschütterbares Gebäude zeigt. Und es ist wiederum diese Erschütterung, die den *lebendigen* Gott fühlen läßt und zum verbindenden Zeugnis einer Gemeinde werden konnte.

PETER RÜHMKORF
ANFECHTUNGEN BEIM SINGEN EINES TRUTZLIEDES

Luthers »feste Burg« ist gewiß ein Wunderwerk poetischer Festungsbaukunst und vielleicht die eindrucksvollste Glaubensruine des evangelischen Kirchengesangs. Seine einprägsamen Verwahrungs- und Behauptungsformeln sind ja längst zu frei verwendlichen Zitatenhämmern geworden, die selbst dort noch Erbauung und Ermutigung stiften, wo ihr Sinn gar nicht mehr christologisch begriffen wird.

Dagegen scheint zu sprechen, daß ich das Lied in meiner Jugend durchaus noch gesamtheitlich ergreifend und im alten Sinne gewissensstärkend erlebt habe. Während der Nazizeit und im Glaubensumkreis der *Bekennenden Kirche* sang man sich seinen Text im Hinblick auf die neuen »Fürsten dieser Welt« zurecht (der Führer als letzte Inkarnation des »alt bösen Feindes«), wobei zumal die alles besiegelnde Schlußzeile »Das Reich muß uns doch bleiben« als Kampfansage gegen das »Dritte Reich« verstanden wurde. Allerdings – und hier beginnt die Vertrauensfrage dann schon zur Crux zu werden – versuchte auch die Gegenseite von dem bewährten Festigungszauber zu profitieren und den bereits im ersten Weltkrieg *kavau* geschriebenen Gesang als Propagandahymne gegen den bolschewistischen und plutokratischen Antichrist zu mißnutzen.

Ich schließe daraus, daß das Überlebenswunder der

»Festen Burg« nicht zuletzt mit seiner breiten Interpretierbarkeit zu tun hat. Wieviel völkisches Glaubensschmalz und klerikalen Lichtertalg hat man nicht allein darauf verwendet, dem Entstehungsdatum und dem ihm inkorporierten Frontgeist auf den Grund zu kommen, mit dem Resultat, daß einmal der Reichstag zu Worms und einmal der Reichstag zu Speyer, einmal der Türkenkrieg und einmal der Abendmahlsstreit, einmal die Pest und einmal der Papst für einen passenden Hintergrund herhalten mußten.

Da inzwischen nahezu jeder Anfechtungstermin in Erwägung gezogen wurde – Hauptsache, der Teufel blieb hübsch außen vor –, erlaube ich mir, auf ein weiteres hochdramatisches Datum hinzuweisen, das in den Exegesen bislang hartnäckig übersehen wurde. In einem Brief an den Schwager Johannes Rühel, der den Stimmungsakkord des Liedes aufs verdächtigste anklingen läßt, schreibt Luther am 5. Mai des Jahres 1525: »Ich merke wohl, daß er (der Teufel) zornig ist, und daß er bisher weder mit List noch mit Macht etwas hat vermocht, und denkt, er wolle mein los werden, und sollte er sein Höchstes versuchen und die ganze Welt ineinander mengen; daß ich schier gläube und mich fest dünkt, ich sei des Teufels Ursache, daß er solches zuricht in der Welt, damit Gott die Welt plage. Wohlan, komme ich heim, so will ich mich mit Gottes Hilfe in den Tod schicken.«

Um den Teufel bei seinem wahren Namen kennenzulernen, müssen wir die Vorgeschichte des Briefes freilich noch ein wenig näher verfolgen. Seit Anfang des Jahres hatten sich thüringische und sächsische Bauern gegen ihre fürstlichen Plagegeister erhoben, und Luther hatte vergebens versucht, sie mit Bibelworten zur Ordnung zu rufen.

Wenn der Teufel ihm jemals näher war als der Rock, dann wohl in diesem schicksalhaften Moment, als das niedere Volk sich herausnimmt, das neue Evangelium bei seiner irdischen Wahrheit zu packen. Wenn er sich jemals zwischen mehrere Mahlsteine zugleich geraten sah, dann jetzt, wo mit der Lehre auch sein persönliches Leben bedroht scheint.

So nimmt es denn kaum Wunder, daß mit der wirklichen Welt auch die der Wörter und Begriffe in Bewegung gerät und – siehe noch einmal den Rühel-Brief – das alte Passepartout vom »Fürsten dieser Welt« eine völlig neue Wendung erfährt. Wenn es Gott denn gefallen wolle, heißt es, das deutsche Land durch »diese treulosen und meineidigen Bauern« zu verwüsten, »so leiden wir's und heißen sie Herrn wie die Schrift den Teufel Fürsten und Herrn nennt«.

Die Bauern also als der eigentliche Antichrist unseres »Trutzgesangs« und die »Schwärmer und Rottengeister« als ihr oberster Entrüstungsgegenstand? Schmerzlicherweise scheint sich der schwelende Verdacht dann auch noch von anderer Seite her zu bestätigen, und zwar durch Luthers Auslegung des 46. Psalms, dessen Name der »Festen Burg« als Motto voransteht. Nachdem der Exeget zunächst die Bedeutung des Psalms für das israelische Volk erläutert hat, geht er nachfolgend zu seiner aktuellen Nutzanwendung über: »*Wir* aber singen ihn Gott zu Lobe, daß er bei uns ist, und sein Wort und die Christenheit wunderbarlich erhält wider die höllischen Pforten, das Wüten aller Teufel, der Rottengeister, der Welt, des Fleisches, der Sünden, des Todes etc.«

Bleibt für uns das wohl eher trübe als tröstliche Resümee, daß solche archaischen Glaubensbastionen auch nur fragwürdigen Schutz gewähren – es sei denn, daß unser tief eingefleischtes Bedürfnis nach geistiger Erbauung sich mit dem Wohlgefallen an der Versbaukunst begnügt.

MARTIN LUTHER
EIN LIED
VON DER HEILIGEN CHRISTLICHEN KIRCHEN
AUS DEM XII. CAPITEL APOCALYPSIS

Sie ist mir lieb die werde magd
und kann jr nicht vergessen,
Lob, ehr und zucht von jr man sagt,
sie hat mein hertz besessen.
Ich bin jr hold,
und wenn ich solt
gros unglück han,
da ligt nicht an.
Sie wil mich des ergetzen
mit jrer lieb und trew an mir,
die sie zu mir wil setzen
und thun all mein begir.

Sie tregt von gold so rein ein kron,
da leuchten jnn zwelff sterne,
Jr kleid ist wie die sonne schon,
das glenzet hell und ferne
Und auff dem Mon
jr füsse ston,
Sie ist die brawt
dem Herrn vertrawt,
jr ist weh und mus geberen
Ein schönes kind, den edlen Son
und aller welt ein Herren,
dem ist sie unterthon.

Das thut dem alten Trachen zorn
und wil das kind verschlingen,
Sein toben ist doch gantz verlorn,
es kan jm nicht gelingen.
Das Kind ist doch
gen himel hoch
genomen hin
und lesset in
auff erden fasst seer wüten.
Die Mutter mus gar sein allein,
doch wil sie Gott behüten
und der recht Vater sein.

WALTER JENS
VERWEGENDES LIEBESLIED

Das beginnt wie ein Liebeslied. Der Autor, ein kunstfertiger Mann, der sich im Drechseln von Strophe und Vers als spätmittelalterlicher Meister erweist: der Autor schreibt, als gälte es, ein höfisches Lied zu komponieren. Glücklich, wer eine vor der Welt hochangesehene Frau lieben darf – ein Sänger, der darauf vertraut, daß die Geliebte auch in Stunden der Not seine Trösterin sein wird. Herzfängerin, Unglückvertreiberin, Beistand, Trost und Wunscherfüllerin: ein ganzes Minnearsenal wird geöffnet, um den Lobpreis der Züchtig-Holden mit den von der Tradition bereitgestellten Topen zu schmücken. *Lieb* heißt das Schlüsselwort der ersten Strophe; Mann und Frau, die ehrsame Magd und ihr Werber sind eines Sinnes.

Und dann plötzlich, zu Beginn der zweiten Strophe, wird die höchst irdische Liebe, mit ihrem zarten Begehren und dem entschiedenen Wunsch, ins Himmlische gekehrt – und statt der Geliebten, die einer nicht vergessen kann, sieht sich die Himmelskönigin besungen: die *liebe Maria,* wie Luther sie einmal genannt hat. Kein Bruch also, zwischen der ersten und zweiten Strophe: Die Gekrönte mit dem sonnenhellen Kleid, die leuchtend auf dem Mond steht, ist immer noch das junge umworbene Mädchen, die Nothelferin der ersten Strophe – eher Braut als Frau. Der eigentliche Umschlag steht erst bevor: Dort, wo die Magd das Holde und Sanfte verliert und zur Mutter wird, die unter Schmerzen gebiert – *jr ist weh:* der Einsatz markiert

die Zäsur – Weh und Ach und Zwang nach so viel Harmonie! Und ein Bruch auch im Text: Maria, die Verlobte des Herrn und seine Untertanin? Kein Zweifel, das gibt keinen Sinn: es sei denn, man würde diejenige, die zugleich Braut und Mutter ist, nicht nur als Himmelskönigin, sondern als Gemeinde der Gläubigen und Heilige Christliche Kirche verstehen: so wie es, der Überschrift entsprechend, die letzte Strophe nahelegt.
Martin Luther in dreifacher Gestalt: als höchst weltlicher Sänger, als »katholischer« Anbeter Mariens – keiner kommt ihm dort gleich, wo es gilt, die liebe Magd zu beschreiben – und als Reformator einer von tausend Teufeln bedrohten Heiligen Kirche: vom altbösen Feind aus der Bibel so gut wie vom papistischen Satan zu Rom. Ein Gedicht aus einem Guß konnte bei solcher Auffächerung der einen Person in drei höchst unterschiedliche Gestalten gewiß nicht entstehen, wohl aber ein Kunstlied höchst eigener Form – ein nahezu manieristischer Gesang, unähnlich allen anderen Lutherschen Texten und nicht zufällig sehr schnell aus den Gesangbüchern der evangelischen Kirche entfernt.
Die Gleichsetzung von Schmerzensmutter, Geliebter, Himmelsmagd und Heiliger Kirche hat einen Zug von Verwegenheit, ja Ketzerei. Fast scheint es, als habe sich hier ein Liedermacher, fasziniert durch die Visionen seiner Vorlage (der feuerrote Drache vor dem Lager der Mond- und Himmelsfrau; das Kind unter die Sterne versetzt; das Weib in die Wüste geflohen, wo Gott ihr eine Zuflucht schuf) ... fast scheint es, als habe sich der Textdichter zuviel zugemutet und am Ende, mit seiner Braut- und Mutter-Kirche, die des väterlichen Schutzes bedarf, das Reale zu weit ins Metaphorische hineingetrieben und, in wilder

Allegorisierungswut, die Grenze des noch Beschreibbaren zumindest in der Vorstellung der gebärenden Braut, die nicht mehr Maria und noch nicht Kirche ist, überschritten.

Aber gerade darum ist dieses Kunstgedicht, die Meditation eines Menschen, der *ich* sagt und, vom Kleinsten aufs Größte kommend, Himmel und Erde beschwört, ergreifend zu lesen: weil hier jemand vorwegnehmen wollte, was erst mit den Ausdrucksmitteln des Barocks darstellbar war – die kombinatorische Aufhebung von Bild und Begriff zugunsten einer höheren Einheit.

Wer, außer Luther, hätte es – zwischen 1530 und 1540 – gewagt, die Allegorie der Offenbarung Johannis in einem Liebesgedicht zu verlebendigen und die minnigliche Magd als Mondfrau, die unter Wehen gebärende und dann kindsverlassene Mutter, eine *regina coelestis* in bitterer Not, als Heilige Kirche zu evozieren, eine Kirche, die nicht nur, wie im biblischen Text, Gottesvolk des Alt-Neuen Bundes, sondern, im wahren Sinne des Worts, evangelische Gemeinschaft meint? Und dies alles in einem strenggebauten, dreistrophig respondierenden Kunstgedicht! Die ungeheuerlichsten Ineinssetzungen, über die Apokalypse hinausgehend, gleichmäßig auf Hebung und Senkung verteilt.

MARTIN LUTHER
MITTEN WYR YM LEBEN SIND

Mitten wyr ym leben sind
mit dem tod vmbfangen
Wen suchen wyr der hulffe thu
das wyr gnad erlangen
Das bistu Herr alleyne
vns rewet vnser missethat
die dich Herr erzurnet hat
Heyliger herre Gott
Heyliger starcker Gott
Heyliger barmhertziger Heyland
du ewiger Gott
las vns nicht versincken
ynn des bittern todes not
Kyrieleyson.

Mitten ynn dem tod anficht
vns der Hellen rachen
Wer will vns aus solcher not
frey vnd ledig machen
Das thustu Herr alleyne
Es iamert deyn barmhertzikeyt
vnser klag vnd grosses leyd
Heyliger Herre Gott
Heyliger starcker Gott
Heyliger barmhertziger Heyland
du ewiger Gott

las vns nicht verzagen
fur der tieffen hellen glut
Kyrieleyson.

Mitten ynn der Hellen angst
vnser sund vns treyben
Wo soln wyr denn flihen hyn
da wyr mugen bleyben.
Zu dyr herr Christ alleyne
Vergossen ist deyn thewres blut
das gnug fur die sunde thut
Heyliger Herre Gott
Heyliger starcker Gott
Heyliger barmhertziger Heyland
du ewiger Gott
las vns nicht entfallen
von des rechten glaubens trost
Kyri.

(1524)

RUPRECHT WIMMER
EIN LIED STEIGT HINAB IN DIE UNTERWELT

Luthers Lied ist Bearbeitung und Weiterdichtung einer Antiphon, also eines lateinischen Wechselgesanges, von Notker dem Stammler. Dieser gelehrte Dichtermönch wirkte gute sechshundert Jahre vor der Reformation in St. Gallen, er starb im Jahr 912. Die Antiphon soll er geschrieben haben, als er Arbeiter beobachtete, die unter ständiger Lebensgefahr eine Brücke über eine Schlucht bauten. Das *media vita in morte sumus* wurde im Mittelalter häufig in Kriegszeiten, etwa vor der Schlacht, gesungen. Seine erste Zeile ist es, die sich, gleich ob lateinisch oder deutsch, vom gesamten Text am tiefsten einprägt.
Sie formuliert eine Lebensweisheit, nicht weit von einem Gemeinplatz entfernt, die durch die plastische Übertragung noch bedrängender erscheint: *Mitten wyr ym Leben sind / mit dem Tod vmbfangen.*
In der Tat, so kann auch der moderne Leser sagen, der Tod ist überall, er umzingelt uns geradezu, auch in unserem Alltag. Freilich nimmt dann der Text – und dies schon bei Notker – eine Wendung, die ein wenig überraschen mag. Es wird nämlich ein Helfer gegen den Tod gesucht, gegen den doch bekanntlich auf Erden kein Kraut gewachsen ist. Dieser Helfer – und das steht jetzt nur bei Luther – soll bewirken, daß wir »gnad« erlangen. Dadurch aber erhält das Wort »tod« plötzlich eine andere, tiefere Bedeutung, denn eine Hilfe, eine »Begnadigung«, die uns das Sterben erspart, kann ja hiermit nicht gemeint sein. Gemeint ist viel-

mehr eine Rettung vom Sündentod, von der ewigen Verdammnis, der sich die Menschen durch ihre Lebensweise ständig aussetzen und in die sie der überraschende physische Tod unweigerlich stürzt, wenn sie ihre »missethat« nicht noch vorher bereuen.

Luthers Leistung ist bis hierher schwer einzuschätzen. Er bleibt relativ nahe an Notkers Text, und auch die Sprache der Übertragung ist nur zum Teil sein Verdienst, denn er übernimmt manches von älteren deutschen Versionen des Liedes. Doch wenn man genauer hinsieht, zeigt sich schon in dieser ersten Strophe, warum sich Luther ausgerechnet für Notkers Antiphon interessiert hat und wie er sie liest. Anders als der St. Gallener Mönch verwendet er für Gottes Hilfe das Wort »gnad« und bringt damit aktuellste Theologie ins Spiel: Gott allein ist es, der den Menschen durch seine Gnade vom ewigen Tod erlösen kann, und dieses »alleyne« kommt auch in jeder der drei Strophen des Liedes vor. Der angrenzende Gedanke wird nicht ausgesprochen, ist aber gegenwärtig: Der Mensch seinerseits kann nichts dazutun, daß Gott ihn erlöst, nicht die von den Katholiken geforderten guten Werke können die Gnade herabrufen, sondern ausschließlich die Reue und das Vertrauen in die Hilfe Gottes, der Glaube.

Die weiteren Strophen, die nun ganz Luthers Eigentum sind, machen die theologische Weite des Begriffes »tod« vollends deutlich. Das Lied steigt hinab in die Unterwelt; es ist der Höllenrachen, der den Menschen *mitten ynn dem tod* bedroht. Luthers Zeitgenossen verstanden das ganz konkret: Zahlreiche Bilder der Zeit stellen die Hölle als das weit aufgesperrte Maul eines Ungeheuers dar, in dem das höllische Feuer, der *hellen glut*, brennt. Wieder kann es nur Gottes *barmhertzikeyt* sein, die von der Hölle erlöst, die *frey vnd ledig* macht, und sie wird durch die reuevolle Klage erlangt.

Der Weg vom Leben über den Tod zum offenen Höllenrachen setzt sich in der Schlußstrophe fort hinein *mitten ynn der Hellen angst*, und nun wird der Kreuzestod Christi als die ausschlaggebende Erlösungstat, als Heilmittel für alle Menschensünde sichtbar. Am Ende fällt das entscheidende Wort: Was dem Menschen nottut, ist das Festhalten am Trost des »rechten glaubens«. Wir überanstrengen Luthers Lied nicht, wenn wir das in zweifachem Sinn verstehen: Der »rechte glaube« ist einmal jener Glaube, der sich bewußt ist, daß es nur auf ihn ankommt, ob der Mensch erlöst wird, andererseits aber eben auch eine Konfession im institutionellen Sinn, nämlich der Glaube der Reformation.

Man täte indessen dem Lied Unrecht, wollte man es als verkappte Konfessionspolemik lesen. Das ist es nicht und will es nicht sein, nicht von ungefähr steht die erste Strophe Luthers auch in katholischen Gesangbüchern. Weit eher ist es eine eindringliche Bitte, die sich in dreifacher Wiederholung und Abwandlung steigert: eine Bitte um Erbarmen angesichts des unausweichlichen physischen Todes, ein zugleich angstgeschütteltes und hoffnungsvolles Bekennen des gläubigen Vertrauens zu Gott, von dem sich der Bittende alles im Jenseits verspricht. Von Strophe zu Strophe hat dieses Vertrauen eine weitere Strecke zurückzulegen und sich höher hinaufzuschwingen, doch beweist es gerade dadurch seine Unerschütterlichkeit.

UNBEKANNTER DICHTER
DER GLÜCKLICHE JÄGER

Mit Lust tät ich ausreiten
Durch einen grünen Wald,
Darin da hört ich singen
Drei Vöglein wohlgestalt.

So sein es nit drei Vögelein,
Es sind drei Fräulein fein:
Soll mir das ein nit werden,
Gilt es das Leben mein.

Die erste heißet Ursulein,
Das ander Barbelein,
Das dritt hat keinen Namen,
Das soll des Jägers sein!

Er nahm sie bei der Hände,
Bei ihr schneeweißen Hand,
Er führts des Walds ein Ende,
Da er ein Bettlein fand.

Da lagens bei einander
Bis an die dritte Stund:
Kehr dich, schöns Lieb, herumme,
Beut mir deinen roten Mund!

ECKART KLESSMANN
DER UNGENANNTE NAME

Eichendorffs Jäger (im »Waldgespräch«) ist weniger glücklich. Das von ihm erbeutete Fräulein erweist sich als »die Hexe Loreley« und verheißt ihm drohend: »Kommst nimmermehr aus diesem Wald.« Aus Magie und Sexualangst mischt sie ihrem scheinbaren Bezwinger ein tödliches Elixier.

Der Jäger dieses Volkslieds wird »glücklich« geheißen, allerdings kam der Titel wohl erst später hinzu. Dennoch ist an der unbekümmerten Erotik drei Jahrhunderte vor Eichendorff kein Zweifel erlaubt. Unser Gedicht ist zum erstenmal 1534 von dem Nürnberger Verleger Hans Ott gedruckt worden, dem Ludwig Senfl, der von Martin Luther zu Recht so bewunderte Komponist, die Melodie beifügte. Eine lebenskräftige Weise: Orlando di Lasso (1576), Felix Mendelssohn (1839) und Johannes Brahms (1864) haben sie in schöne Sätze gebracht.

Mit dem Text hatte es die Nachwelt schwerer. Als Ende 1805 der erste Band der Anthologie »Des Knaben Wunderhorn« erschien, stand darin auch dieses Lied unter der Überschrift »Nächtliche Jagd«, von Achim von Arnim auf die ersten zwei Strophen reduziert und durch eigene Zutaten entstellt.

Daß aus »Fräulein« Vöglein werden können, wissen wir aus dem hintergründigen Märchen »Jorinde und Joringel« der Grimms. Hier aber werden die Vöglein zu Fräulein, ohne uns als todbringende Sirenen zu ängstigen. Aber etwas Numinoses bleibt doch: Das Dritte, alte Zahlensymbolik (*numerus perfectus*), »hat keinen Namen«, das schützt bei verbotenem Tun und hält die bösen Geister fern.

Wer spricht? In der ersten und zweiten Strophe der Jäger selbst, aber dann übernimmt ein Erzähler den Part. Ist er so verschwiegen, daß er den ungenannten Namen besser hüten kann? Schließlich bedarf das nur allzu willige Fräulein zarter Diskretion.

Ein »Fräulein« wird damals nur eine jungfräuliche Adlige geheißen, und deren »schneeweiße Hand« ist ihr Standessymbol. Die Jagdtrophäe – wenn es denn eine ist – entspricht damit assoziierend dem schneeigen Einhorn etwa oder dem weißen Hirsch, berührt den Legendenzauber. Und doch endet das feine Symbolspiel recht derb im »Bettlein« (bei Brahms wird es züchtig als »Hüttlein« kaschiert, als wenn da ernstlich ein Unterschied wäre), übrigens am Waldrand, wo die bannende Magie nicht mehr so recht wirkt.

Die fünfte Strophe fehlt meist, das dürfte ihrem freisinnigen Inhalt zuzuschreiben sein. Schon die Aufforderung der letzten beiden Verse, verdeutlicht man sich anschaulich die zärtliche Situation, betont gegenüber den ersten drei Strophen die erotische Realistik. Die »dritte Stund« hat natürlich wieder mit der magischen Drei zu tun, der göttlichen Zahl schlechthin. Und was da sonst noch geschieht, möge sich die lüsterne Phantasie des Lesers selbst liebevoll ausmalen.

Die drei singenden Vöglein (»wohlgestalt«), die so willig auf den Jäger gewartet zu haben scheinen, werden sich nicht ernstlich der derben Assoziation durch ein volkstümliches Verbum entziehen wollen. Denn bei aller feinsinnigen Bildsprache sieht natürlich auch dieser unbekannte Dichter dem Volk aufs Maul und weiß nur zu gut, was es hören und singen will: Wie sich da einer einen uralten Männertraum verwirklicht, doch darf er keinen Namen tragen; aussprechen hieße auslöschen. Dieses Lied mit seiner rhythmisch-akzentuierten und zugleich so sehnsüchtig ziehenden Melodie wirkt nicht im mindesten grob, sondern verzaubert uns mit seinen Bildern und Verwandlungen nun schon seit vier Jahrhunderten.

PHILIPP NICOLAI
EIN GEISTLICH BRAUT-LIED

von der Stimm zu Mitternacht
und von den klugen Jungfrauen, die ihrem
himmlischen Bräutigam begegnen,
Matth. 25.

Wachet auf, ruft uns die Stimme
Der Wächter sehr hoch auf der Zinnen,
Wach auf, du Stadt Jerusalem!
Mitternacht heißt diese Stunde,
Sie rufen uns mit hellem Munde,
Wo seid ihr klugen Jungfrauen?
Wohlauf, der Bräutigam kommt,
Steht auf, die Lampen nimmt,
Halleluja!
Macht euch bereit zu der Hochzeit!
Ihr müsset ihm entgegengehn.

Zion hört die Wächter singen,
Das Herz tut ihr von Freuden springen,
Sie wachet und steht eilend auf:
Ihr Freund kommt vom Himmel prächtig,
Von Gnaden stark, von Wahrheit mächtig,
Ihr Licht wird hell, ihr Stern geht auf.
Nun komm, du werte Kron,
Herr Jesu, Gottes Sohn,
Hosianna!

Wir folgen all zum Freudensaal
Und halten mit das Abendmahl.

Gloria sei dir gesungen
Mit Menschen- und englischen Zungen,
Mit Harfen und mit Zimbeln schon!
Von zwölf Perlen sind die Pforten
An deiner Stadt, wir sind Konsorten
Der Engeln hoch um deinen Thron.
Kein Aug hat je gespürt,
Kein Ohr hat mehr gehört
Solche Freude.
Des sind wir froh, io, io!
Ewig in dulci jubilo.

ECKART KLESSMANN
NICOLAIS FREUDENSCHREI

Das Gleichnis von den klugen und den törichten Jungfrauen, die den himmlischen Bräutigam erwarten, hat den evangelischen Pfarrer Philipp Nicolai aus Unna zu einem Choral inspiriert, der 1599 gedruckt wurde und seither einen besonderen Platz unter den Chorälen einnimmt. Das hat gewiß mit seiner einprägsamen Melodie zu tun, von der sich Komponisten wie Bach, Mendelssohn und Reger anregen ließen. Die Weise konnte sich darum so nachdrücklich behaupten, weil sie von einem großen Text geboren worden war, denn wir dürfen in Philipp Nicolai zugleich den Komponisten vermuten, auch wenn vielleicht Hans Sachs das Grundmotiv lieferte.
Von den zu früh erloschenen und den rechtzeitig brennenden Lampen erzählt das Christus-Gleichnis (es ist ein erzählender, nicht – wie sonst oft – ein betrachtender Choral), und von diesem Bild geht Nicolai aus. Eine mächtige Bewegung durchläuft die drei Strophen, eine Bewegung von der Dunkelheit zum Licht. Die Melodie steigt in einem Dreiklang, der nächtliche Ruf »mit hellem Munde« (die Weise gipfelt auf dem Wort »hell«) und das feste Verharren der Wächter »sehr hoch auf der Zinnen« verlangen nach der Gegenbewegung: »Ihr müsset ihm entgegengehn.« Doch erst, nachdem die Lampen entzündet sind, die Finsternis schwindet und das Licht sich ausbreitet, das Licht Zions, das »hell« wird und deren Stern aufgeht, öffnen sich die Türen zum beglänzten »Freudensaal«.

Umschreiben die beiden ersten Strophen einen Vorgang, so führt uns die dritte ins Zentrum der Heilsgewißheit, nicht als theologische Nutzanwendung subsumiert, sondern gipfelnd vielmehr in einen Freudenausbruch, den das 19. Jahrhundert als überaus peinlich empfand. Jene Konsistorialräte, die damals dem evangelischen Gesangbuch jeden Hauch von eigenwilliger Farbigkeit austrieben, verhunzten gerade diesen Teil. So mißfiel ihnen ganz besonders Nicolais Vorstellung, sich die Menschen dermaleinst als »Konsorten« (Gefährten) der Engel zu denken, und reimten dafür: »Von zwölf Perlen sind die Tore / an deiner Stadt, wir stehn im Chore / der Engel hoch um deinen Thron«, obwohl damit Nicolais Aussage verfälscht wird. Aber schlimmer noch: Der spontane Freudenschrei »io, io!« wurde – wo kämen wir denn hin, wenn in der Kirche einmal wirklich jubiliert würde – grausam gekappt: »Des jauchzen wir und singen dir / das Halleluja für und für.« So verkam der »süße Jubel« (in dulci jubilo) zum Amtsapplaus einer Amtskirche.
Ein minderer Dichter hätte wohl auf einen gehörigen Reim geachtet, Nicolai hingegen verfährt sorglos. Er reimt ganz unbekümmert »Stimme« auf »Zinnen«, »kommt« auf »nimmt«, »gespürt« auf »gehört«, und das selbstgesetzte Reimschema wird in den drei Strophen ebenso lässig durchbrochen. »Kein Aug hat je gespürt«: Andere hätten vielleicht von »gesehen«, »geschaut« oder »erblickt« geschrieben, aber Nicolai meint mehr als nur die optische Wahrnehmung über die Netzhaut, sein »gespürt« zielt auf die ganze ungebrochene Intensität der Wahrnehmung, die mit dem leiblichen Auge allein nicht aufzunehmen ist, und das Licht, das sich hier ausbreitet (jener »Morgenglanz der Ewigkeit«, von dem Christian

Knorr von Rosenroth ein halbes Jahrhundert später singt), wird nicht mehr von der Körperlichkeit wahrgenommen. Aber der sehr irdischen Kehle entringt sich in der Erwartung des himmlischen Jerusalems der in geistlichen Liedern wohl einmalige Freudenschrei »io, io!«. Es ist der ganz elementare Jubel eines in seinem Glauben glückseligen Menschen. In Bachs Kantate ist er im strahlenden Es-Dur vierstimmig zu vernehmen.

UNBEKANNTER DICHTER
ES IST EIN ROS ENTSPRUNGEN

Es ist ein Ros entsprungen
aus einer Wurzel zart,
wie uns die Alten sungen,
von Jesse kam die Art,
und hat ein Blümlein bracht
mitten im kalten Winter
wohl zu der halben Nacht.

Das Blümlein, das ich meine,
davon Jesaja sagt,
hat uns gebracht alleine
Marie, die reine Magd;
aus Gottes ewgem Rat
hat sie ein Kind geboren,
welches uns selig macht.

Das Blümelein so kleine,
das duftet uns so süß;
mit seinem hellen Scheine
vertreibt's die Finsternis.
Wahr' Mensch und wahrer Gott,
hilft uns aus allem Leide,
rettet von Sünd und Tod.

O Jesu, bis zum Scheiden
aus diesem Jammertal

laß dein Hilf uns geleiten
hin in den Freudensaal,
in deines Vaters Reich,
da wir dich ewig loben;
o Gott, uns das verleih!

HERMANN KURZKE
EIN VERBORGENER PRINZ

Was wir hier vor uns haben, ist ein Gemisch aus mehreren Jahrhunderten. Die erste Strophe geht auf ein katholisches Weihnachtslied zurück, dessen ältester erhaltener Text, dreiundzwanzig Strophen lang, 1587 oder 1588 von einem Trierer Kartäusermönch niedergeschrieben wurde, das aber sicher noch älter ist. Die zweite Strophe, die 1609 von Michael Praetorius bekannt gemacht wurde, aber erst im neunzehnten Jahrhundert weite Verbreitung fand, ist eine evangelische Bearbeitung der ursprünglichen Fassung. Die dritte und vierte wurden zusammen mit einer weiteren, im neuen Gesangbuch fehlenden Strophe 1844 von dem fränkischen Pfarrer Fridrich Layriz dazugedichtet. Aus unseren Tagen schließlich stammt das Wort »Blümlein« in der zweiten Strophe, dort, wo vorher »Röslein« stand. Das Röslein, das ich meine.

Aber worum geht es hier überhaupt? Wer sind die Wurzel, der Rosenstock, das Blümlein? Die erste Strophe stellt ein Rätsel. Ein Wurzelstock hat einen Rosenzweig hervorgetrieben. Die Wurzel ist »zart«, das hieß einstmals nicht etwa schmächtig, sondern lieb und teuer. Die »Alten«, die davon gesungen haben, sind die Propheten des Alten Testaments. Die entscheidende Bezugsstelle ist Jesaja 11, Vers 1: »Ein Zweig wird hervorwachsen aus der Wurzel Jesse, und eine Blume wird aus ihr aufgehen.« Jesse, von dem die »Art« kam, also der Stamm oder das Geschlecht, ist ein Nachfahre des Urahns Jakob, der Israel genannt wurde, und der Vater von König David. Abgestorben schien zu Jesajas Zeiten der Wurzelstock. David war lange tot. Und doch sagt das Lied, sein Stamm habe einen Zweig und eine Blüte hervorgebracht, und zwar verblüffenderweise mitten im Winter und mitten in der Nacht.

Die zweite Strophe löst das Rätsel. Das Blümlein, das Jesaja weissagte, ist Jesus, der Sohn Marias, aus dem Stamme Davids. Aber warum eigentlich stand in der zweiten Strophe früher »Röslein«? Weil des Rätsels Lösung ursprünglich eine andere, raffiniertere war: *Das Röslein, das ich meine, / davon Jesaja sagt, / ist Maria, die Reine, / die uns das Blümlein bracht. / Aus Gottes ewgem Rat / hat sie ein Kind geboren / und blieb doch reine Magd.*

Also ein Marienlied. Die Wurzel ist Jesse, der Trieb Maria, die Blume Jesus. Es liegt auf der Hand, daß dies die Protestanten plagte. Sie veränderten das Marienlied zum Jesuslied, geniert von der starken Betonung auf »und blieb doch reine Magd«. Um das zu vermeiden, gaben sie sich sogar mit der schwächlichen Verlegenheitszeile »welches uns selig macht« zufrieden. Heute sprechen alle Gründe dafür, die rostige Axt des Konfessionsstreits im Museum zu vergraben und zur ursprünglichen Fassung zurückzukehren. Sie ist nicht nur logischer und nicht nur poetisch stärker, sondern auch aussagekräftiger. Denn was bedeutet die Jungfrauengeburt anderes als die Göttlichkeit des Kindes? Es geht ja nicht um Sexualität, gar daß sie »unrein« sei. Es geht um die Unvergleichlichkeit des Kindes aus Nazareth. Die Jungfrauengeburt ist eine Auszeichnung nicht in erster Linie für Maria, sondern für Jesus. Dieser Niedrigste, in eine ordinäre Futterkrippe Gebettetete, ist ein Allerhöchstgeborener, ein verborgener Prinz. Inkognito geht er durch die Menge, lautlos weinend über all das Elend, das

ihn umgibt. »Er kam in sein Eigentum, und die Seinen nahmen ihn nicht auf.« (Johannes 1,11)
Doch nicht davon, nicht vom Ende am Kreuz erzählt das verspielte Rätsellied, sondern von Maria, von der unermeßlichen Lieblichkeit des Anfangs. Es weckt eine Hoffnung, die über alles Begreifen geht. Von Pfarrer Layriz aber soll nicht weiter geredet werden. Dieses Lied hat im Grunde nur zwei Strophen: eine, die das Rätsel stellt, und eine, die es löst. Alles Weitere stört.

FRIEDRICH SPEE VON LANGENFELD
ERMAHNUNG ZUR BUSSE

Tu auf, tu auf du schönes Blut,
  Sich Gott zu dir will kehren:
O Sünder greif nun Herz und Mut,
  Hör auf die Sünd zu mehren:
Wer Buß zur rechten Zeit verricht
  Der soll gewißlich leben:
Gott will den Tod des Sünders nicht,
  Wann willst du dich ergeben?

Vergebens ist all Rat und Tat,
  Was willst du länger säumen?
Es sei nun gleich früh oder spat,
  Die Festung mußt du räumen:
O armes Kind, o Sünder blind
  Wem willst du widerstreben?
Dein Stärk verschwind gleich wie der Wind:
  Laß ab: es ist vergeben.

Tu auf, tu auf, sag dir fürwahr,
  Gott läßt mit ihm nicht scherzen:
Dein arme Seel steht in Gefahr,
  Und wird dich ewig schmerzen:
Kehr wieder, o verloren Sohn,
  Reiß ab der Sünden Banden.
Ich schwör dir bei dem Gottesthron,
  Die Gnad ist noch fürhanden.

Geschwind, geschwind, all Uhr und Stund
  Der Tod tut auf uns eilen:
Ist ungewiß, wann er verwundt
  Mit seinen schnellen Pfeilen:
Wen er nicht find in Gnadenzeit,
  Wär nützer nie geboren:
Wer unbereit von hinnen scheidt,
  Ist ewiglich verloren.

O Ewigkeit, O Ewigkeit,
  Wer wird dich können messen!
Sind deiner doch schon allbereit
  Die Menschenkind vergessen:
O Gott, vom hohen Himmel gut,
  Wann wird es besser werden?
Die Welt noch immer scherzen tut,
  Kein Sinn ist mehr auf Erden.

HERMANN KURZKE
DIE MAUERN SCHLEIFEN, DAS HERZ WASCHEN

Es kann doch nicht sein, daß der reiche Schatz religiöser Erfahrung, den Jahrhunderte und Jahrtausende angesammelt haben, für uns Ungläubige ganz wertlos geworden ist! Im Grunde sind die Menschen doch, wie Erich Kästner einmal sagte, die alten Affen geblieben – wie könnten sie sich dann von diesen Erfahrungen so gänzlich verabschiedet haben?

Natürlich ist das Gedicht eine herbe Zumutung. Sünder sollen wir alle sein, Buße sollen wir tun, umkehren sollen wir, und das ungesäumt, unsere »arme Seel« sei in Gefahr, an den Tod sollen wir denken und mit der Hölle bedroht werden wir auch noch: *Wer unbereit von hinnen scheidt, / Ist ewiglich verloren.* Der Katholik erinnert sich an die Krämpfe einer religiösen Erziehung, die Beichte und Kommunion als eine Art Seelenwäsche verstand und vom rechtzeitigen Empfang der Sterbesakramente ewige Verdammung oder ewige Seligkeit abhängen sah. Wen er, der Tod, *nicht find in Gnadenzeit, / wär nützer nie geboren.*

Der Tonfall ist beschwörend, besorgt, warnend und mahnend, um rechtzeitige Einsicht flehend zur Vermeidung einer großen Katastrophe. Gedenke des Todes! lautet die ernste, nie veraltende Botschaft: *all Uhr und Stund / Der Tod tut auf uns eilen.* Wem gilt die Sorge? Dem »schönen Blut«: damit ist der schöne Mensch gemeint, vital und lebenslustig, von allen geliebt, ohne Gedanken an den Tod. Was wird von ihm verlangt? Auftun soll er die Burg seines

Herzens. Er soll sich ergeben, kapitulieren, die Festung räumen, und zwar bedingungslos. »O Sünder, und o Sünderin!« mahnt Friedrich von Spee im »Güldenen Tugend-Buch«, in dessen Handschrift das Gedicht um das Jahr 1630 herum das erste Mal belegt ist, »was haltest so hart versperret und verrieglet die feste Burg deines verstockten Herzens? Warum öffnest nicht dem Himmelfürsten JESU Christo, der so freundlich dich vom Kreuz ermahnet?«
Mit dem Bild des Herzens als Burg erreichen wir eine Zone, in der sich der Text auch heute noch unmittelbar erschließt. Denn der Erfolgsmensch der Gegenwart ist selbstverständlich eine solche Festung. Er gibt sich keine Blöße, ist niemals weich, niemals persönlich. Er ist gepanzert, nicht mit Eisen und Leder, aber mit Masken und Rollen, hinter denen das wahre Ich, das ja stets arm und verletzlich ist, sich perfekter verbirgt als früher der Ritter hinter seinem Blech. Büßen heißt die Türen aufmachen, die Mauern schleifen, aus den Rollen fallen. Aus Festungen werden Menschen. Kämpfer werden weich. Das Starre der Masken zerfließt, das Eis der Vorsicht schmilzt, die Träne quillt... Lust und Leid des Lebens standen vor dem, der an den Mond dichtete: *Füllest wieder Busch und Tal / still mit Nebelglanz; / Lösest endlich auch einmal / meine Seele ganz.*
Wie weit der Sprung noch ist von der gelösten Seele zur erlösten, wir wissen es nicht. Dem, der die Burg seines Herzens auftut, verspricht Spee nicht die Gunst der Leute. Sie neigen dazu, solche Gelöstheit zu mißbrauchen und in der geöffneten Burg herumzutrampeln. Aber, so viel stimmt doch immer noch, in der letzten Stunde, der Todesstunde, sind die Leute gleichgültig. Dann spätestens löst sich die Seele ganz, weil alle Rücksichten sinnlos werden. Im Tod

zerfließen die Grenzen, er wirft die Festungsmauern der Individuation nieder. Büßen heißt das Herz waschen.

FRIEDRICH SPEE VON LANGENFELD
EIN KURZ POETISCH CHRISTGEDICHT
VOM OCHS UND ESELEIN BEI DER KRIPPEN

Der Wind auf leeren Straßen
Streckt aus die Flügel sein,
Streicht hin gar scharf ohn' Maßen
Zur Bethlems Krippen ein;
Er brummlet hin und wieder,
Der fliegend Winterbot,
Greift an die Gleich* und Glieder
Dem frisch vermenschten Gott.

Ach, ach, laß ab von Brausen,
Laß ab, du schnöder Wind,
Laß ab von kaltem Sausen
Und schon dem schönen Kind!
Vielmehr du deine Schwingen
Zerschlag im wilden Meer,
Allda dich satt magst ringen,
Kehr nur nit wieder her!

Mit dir nun muß ich kosen,
Mit dir, o Joseph mein,
Das Futter misch mit Rosen
Dem Ochs und Eselein,
Mach deinen frommen Tieren

* Gleich = Leib, Körper

So lieblichs Mischgemüs,
Bald, bald, ohn Zeitverlieren
Mach ihn' den Atem süß!
Drauf blaset her, ihr beiden,
Mit süßem Rosenwind,
Ochs, Esel wohl bescheiden,
Und wärmet's nacket Kind.
Ach, blaset her und hauchet,
Aha, aha, aha.
Fort, fort, euch weidlich brauchet,
Aha, aha, aha.

IRING FETSCHER
EIN TAFELBILD

Der 1591 in Kaiserswerth bei Düsseldorf geborene Dichter Friedrich von Spee hat in jungen Jahren als Beichtvater zum Tode verurteilter angeblicher Hexen und als Pfleger von Verwundeten und Kranken im Dreißigjährigen Krieg den Fanatismus und die Brutalität seiner Zeit kennengelernt. Mit seiner anonymen Schrift »Cautio criminalis« (1631) gelang es ihm, mehrere Fürsten zur Einschränkung, einige sogar zur Abschaffung der Hexenprozesse zu veranlassen. Er starb 1635 in Trier. Leibniz hat ihn in seiner Theodizee rühmend erwähnt. Erst nach dem Tode erschienen zwei Bücher aus seiner Feder: ein erbauliches »Gülden Tugendbuch« und die Gedichtsammlung »Trutz Nachtigall« (1649), der auch dies ungewöhnliche Weihnachtsgedicht entnommen ist. »Trutz-Nachtigall«, meint von Spee, »wird dies Büchlein genannt, weilen es trutz allen Nachtigallen süß und lieblich singet, und zwar aufrichtig-poetisch; also daß es sich auch wohl bei sehr guten lateinischen und andern Poeten durft hören lassen.« Man spürt etwas von der Frische und Naivität des Beginnens in diesen Gedichten, die der deutschen Sprache trotzig zutrauen, es an »Poesie« dem Lateinischen (und Französischen) gleichzutun. Bei dem gebildeten Jesuiten, der seinen Ordensbrüdern schon als junger Mann philosophische und moraltheologische Vorlesungen hielt und gewiß mit der klassischen Literatur der Römer vertraut war, bedeutete das mehr als bei manchem anderen, der jene Tradition nur von ferne kannte.

Das »Christgedicht vom Ochs und Eselein bei der Krippen« spricht von Kälte und Wärme. Die ersten beiden Strophen reden vom kalten Wind, von dem die Erde voll ist und der hier jeden empfängt. Es ist die wirkliche natürliche Kälte gemeint, aber vielleicht auch die Kälte jener Menschen, die das verdächtige Ehepaar nicht in ihre warmen Wohnungen einlassen wollten. Der »frisch vermenschte Gott« muß frieren. Kaum auf der Erde, hat er schon Teil am Leid der Menschheit.

Aber auch wenn der Wind sich gewendet hat, ist dem Neugeborenen noch kalt. Aus der warmen Geborgenheit des mütterlichen Leibes ist es eben erst hinausgestoßen worden in die rauhe Welt. Es bedarf des belebenden Hauches, ähnlich wie einst der Lehmklumpen durch Gottes Atem zum Menschen verlebendigt wurde. Für diese Aufgabe aber stehen »Ochs, Esel wohl bescheiden« bereit. Die freundlichen Haustiere, die Spee sich nicht scheut, »fromm« zu nennen, erhalten die hohe Aufgabe, den »frisch vermenschten Gott« zu wärmen mit dem warmen Anhauch ihres tierischen Atems. Das Bild ist von erstaunlichem Mut und rührender Einfachheit. Man denkt an gotische Tafelbilder.

Die eigentliche Originalität von Spees tritt vollends in der dritten Strophe hervor. Während Wind und Wetter lediglich das magische Dichterwort beschwören kann, vermögen Menschen, Bauern, aber warum nicht auch ein Zimmermann Haustiere durchaus praktisch und auf natürliche Weise zu beeinflussen. Um dem lebend-warmen Odem der Tiere jenen lieblichen Duft zu verleihen, welcher der Würde und dem Rang des »frisch vermenschten Gottes«

entspricht, soll Joseph ihrem Futter Rosen beimischen. Das für die damalige Zeit gewiß ungewöhnliche Wort »Mischgemüs«, das wir heute eher der Konservenindustrie zurechnen würden als einem Lyriker, unterstreicht die Nüchternheit des Vorgangs.

Hohes und Niedriges, Gott, Tier und Mensch sind in diesem Bild ineinander verschlungen, wobei dem Joseph nur die relativ untergeordnete Funktion der Futterbereitung zufällt, während Maria, so dürfen wir annehmen, von den Anstrengungen der Geburt erschöpft, ruht, aus halbgeöffneten Augen dankbar auf die ihrem Kind wohlriechende Wärme spendenden Tiere blickend.

Mag das dreifache »aha« nun die freudige Registrierung des Erfolgs der besonderen Fütterung der Tiere und der Aufforderung zum wärmenden Anhauchen sein oder nur dem Unvermögen entspringen, einen andren Reim zu finden, man soll den Dichter deshalb nicht tadeln, hat er doch so etwas von der kindlichen Naivität des frommen Bildes eingefangen, die größere Gewandtheit nur zerstört haben würde.

FRIEDRICH SPEE VON LANGENFELD
ZU BETHLEHEM GEBOREN

Zu Bethlehem geboren
ist uns ein Kindelein.
Das hab ich auserkoren,
sein eigen will ich sein.
Eja, eja, sein eigen will ich sein.

In seine Lieb versenken
will ich mich ganz hinab,
mein Herz will ich ihm schenken,
und alles, was ich hab.

O Kindelein, von Herzen
will ich dich lieben sehr
in Freuden und in Schmerzen,
je länger mehr und mehr.

Dich, wahren Gott, ich finde
in meinem Fleisch und Blut,
darum ich fest mich binde
an Dich, mein höchstes Gut.

Dazu Dein Gnad mir gebe,
bitt ich aus Herzens Grund,
daß ich allein Dir lebe
jetzt und zu aller Stund.

Laß mich von Dir nicht scheiden,
knüpf zu, knüpf zu das Band
der Liebe zwischen beiden.
Nimm hin mein Herz zum Pfand.

JÜRGEN BUSCHE
TRIUMPH DES GLAUBENS

Was ist an diesem Gedicht weihnachtlich? Was läßt an den ersten drei, den überall in Deutschland bekannten Strophen das Weihnachtslied erkennen? Die Geburt eines Kindes wird bejubelt. Die Liebe zu diesem Kind wird beschworen und besungen. Nur von dieser Liebe ist die Rede, nicht immer in den gleichen Worten, aber was die Worte sagen, ist in allen drei Strophen dasselbe. So könnte jeder überglückliche Vater sprechen, wenn er des Neugeborenen ansichtig wird, zumal dann, wenn er mit dem Kind das einzige in Händen hält, was ihn glücklich machen kann.
Als der Jesuitenpater Friedrich Spee von Langenfeld im Jahr 1637 dieses Gedicht schrieb, mochten wohl die Schrecken des Dreißigjährigen Krieges vielen Menschen bewußt gemacht haben, daß die Freude über die Geburt eines Kindes – trotz all der Not ringsum – die einzige Freude war, die ihnen das Leben gelassen hatte. Friedrich Spee, der etliche Frauen, die als Hexen angeklagt, gefoltert und auf dem Scheiterhaufen verbrannt worden waren, auf ihrem Leidensweg begleitet hatte, der daraufhin mit seinem Buch »Cautio Criminalis« ein mutiges und wirksames Werk gegen den Hexenwahn und die Prozesse schrieb, wußte alles über das Elend seiner Zeit. Um so schwerer wiegt sein Zeugnis für das Glück der Geburt, die Kraft der Liebe und, daraus folgend, den Glauben an das Leben – das Leben, das ein Leben in Gott ist, wie nun die folgenden Strophen bekennen.

Mit der Zeile »in meinem Fleisch und Blut« geht Spee über die persönliche Erfahrung eines Menschen seiner Zeit hinaus. Das neugeborene Kind ist jetzt nicht mehr das Kind, das jedem zu jeder Zeit geschenkt werden könnte, sondern es ist dieses besondere Kind, in dessen Fleisch und Blut Gottes Sohn zur Welt gekommen ist. Als Geschöpfe Gottes sind alle Menschen, ohne Ansehen ihrer Nation und Rasse, gleich in ihrem Fleisch und Blut. Dem jungen Spee wurde der Wunsch, als Missionar nach Ostasien zu gehen, nicht erfüllt. Doch es ist weltumspannender Glaube, daß Gott, da er Mensch geworden war, im Fleisch und Blut jedes Menschen zu finden ist. Man kann von dieser Glaubensüberzeugung eine weite Brücke schlagen zu dem säkularisierenden Wort Albert Einsteins, der gegenüber dem Rassenwahn des 20. Jahrhunderts bemerkt hat, er glaube an die grundsätzliche Gleichheit von allem, was miteinander Junge haben kann.

Erst in der vierten Strophe ist von Gott die Rede. Dennoch wird jeder Christ schon aus der ersten Zeile des Gedichts erkennen, daß dies ein Weihnachtslied ist. Das erkennt er aus der bescheiden anmutenden Ortsangabe: zu Bethlehem. Aber diese drei ersten Worte »zu Bethlehem geboren« sind alles andere als Ausdruck von Bescheidenheit. Darin verbirgt sich, was die Christen von Beginn der Geschichte ihrer Religion an als den größten Triumph ihres Glaubens verstanden haben. Nicht ein Mythos, nicht ein sagenhaftes Geheimnis umgibt ihren Gott, nicht vermittelte Offenbarung läßt sie an ihn glauben, sondern historische Gewißheit: zu Bethlehem geboren und als Quirinius Statthalter von Syrien war. Nicht, was Dichter und Priester sagen, so lautet hier die Botschaft, ist der Kern unseres Glaubens, sondern das, was Historiker sagen. Und: Nicht

in einem brennenden Dornbusch ist uns Gott begegnet, sondern in unserem Fleisch und Blut, zuerst als neugeborenes Kind, in Bethlehem.
Niemand will von Triumph etwas wissen im tiefen Unglück des Dreißigjährigen Krieges, der auch ein Glaubenskrieg ist. Und so schnurrt die unmittelbare Botschaft des Weihnachtsfestes auf die schlichte geographische Angabe zusammen: zu Bethlehem geboren.

MARTIN OPITZ
AN DIE DEUTSCHE NATION.

DEr blinden Venus Werck / die suͤsse Gifft zu lieben /
Vnd schoͤne Zauberey / in dieses Buch geschrieben /
Nimb erstlich an von mir du werthes Vatterland;
Nimb an der Liebe Sach' / als meiner Liebe Pfand.
Mein Sinn floch vber hoch: ich wolte dir vermelden
Durch Kunst der Poesie den Lauff der grossen Helden /
Die sich vor dieser Zeit den Roͤmern wiedersetzt /
Vnd in dem stoltzen Blut' jhr scharpffes Schwerd genetzt:
Apollo nahm mich an in seine Gunst vnd Holde /
Vulcanus hatte schon gemacht von gutem Golde
Die Feder meiner Faust: ich war nun gantz bereit
Mit meines Geistes Frucht zu brechen durch die Zeit.
Da kam der Venus Kind / bracht' einen Krantz von Myrten
Vor meine Lorbeerkron' / vnd stieß mich zu den Hirten
In einen gruͤnen Wald / wieß auff ein schoͤnes Bildt /
Die edle Nymph' hat mir Gemuͤth' und Sinn erfüllt.
In jhren Augen hab ich alles dieses funden
Was ich mich in diß Buch zu schreiben vnterwunden:
Das jrrdische Gestirn' hat meinen hohen Geist
In dieses enge Meer der Eitelkeit geweist.
In dieses enge Meer / auff welchem meine Sinnen
Nicht als von Freundligkeit vnd Liebe dencken koͤnnen /
Von Lieb' vnd Freundligkeit: die bittersuͤsse Pein
Die muste mir an statt der Heldenthaten seyn.

Ich thue / Asterie / nach deinem Wolbehagen /
Vnd will dein hohes Lob biß an die Sternen tragen:
So weit der Deutschen Red' vnd Tugend ist bekandt
Soll auch dein' Ehr' vnd Preiß durchdringen alles Landt.
O hohe werthe Seel' in Weißheit außerkohren /
Zum Spiegel weiblicher vollkommenheit gebohren /
Sey mir mit deiner Gunst vnd trewen Huld bereit;
Komm / komm / vnd laß vns gehn den Weg der Ewigkeit.
Du Deutsche Nation / voll Freyheit / Ehr' und Tugend
Nimb an diß kleine Buch / die Frůchte meiner Jugend /
Biß daß ich hǒher steig' / vnd deiner Thaten Zahl
Werd' vnablåssiglich verkůnden vberall.
Diß Buch ist mein Beginn in Lieb vnd auch das Ende:
Ein nochgelehrter Werck / zu dem ich jetzt mich wende /
Daß soll mehr als diß Buch so viel mal besser seyn /
Je besser Weißheit ist als Venus sůsse Pein.

WULF SEGEBRECHT

DIE NATIONALE BEDEUTUNG DER JUGENDSÜNDEN DES MARTIN OPITZ

Mit einer poetischen Ansprache an die deutsche Nation eröffnete Martin Opitz 1624 selbstbewußt den Teil seiner gesammelten »Deutschen Poemata« (er nennt sie »Poetische Wälder«), der seine frühen Liebesgedichte enthält. Der Autor betrachtet diese Verse offenbar nicht als seine »Privatsache«, sondern als eine Angelegenheit von großer öffentlicher Bedeutung. Seine Liebesgedichte gehen die ganze deutsche Nation etwas an. Das will er zeigen. Ein schwieriges Unterfangen! Es erfordert höchste rhetorische Kunstfertigkeit.

Denn einerseits steht natürlich außer Frage, daß die deutsche Nation, die hier durch ihre Geschichte und durch ihre Sprache definiert wird, einen weitaus gewichtigeren Wert repräsentiert als die Liebesgeschichte eines jungen Poeten; andererseits aber verdient und besitzt die Liebe, wenn man liebt, unbedingt Vorrang vor allem anderen. Opitz unternimmt den heiklen Versuch, zwischen diesen einander scheinbar ausschließenden Prioritäten zu vermitteln: Er will der deutschen Nation geben, was ihr gebührt, zugleich aber will er auch den Forderungen der Liebe den ihr zukommenden Platz einräumen. Diese Unvereinbarkeit aufzuheben ist das argumentative Ziel des Gedichts.

Opitz verfolgt dieses Ziel auf folgende Weise: Er sei drauf und dran gewesen, so erzählt er, zum lobpreisenden Geschichtsschreiber der Helden seines Vaterlands zu werden;

die besten Absichten und die günstigsten Bedingungen hätten vorgelegen, sogar an der Unterstützung durch die für Schönheit und das leidenschaftliche Feuer zuständigen Götter Apoll und Vulcanus habe es nicht gefehlt – da sei ihm der kleine Amor dazwischengekommen und habe seine hochfliegenden Pläne durchkreuzt. Die »bittersüße Pein« der Liebeserfahrung mit Asterie, wie Opitz sich petrarkistisch ausdrückt, habe entschieden den Vorrang vor weiterreichenden Projekten verlangt und ihn zur sehr irdischen schäferlichen Liebesdichtung verführt.

Doch was sich zunächst fast wie ein Betriebsunfall anhört, das erweist sich in der Praxis als unabdingbare Voraussetzung für den Dichter, der auf dem Wege ist, ein deutscher Nationalschriftsteller zu werden. Denn er übt, während er Liebesgedichte für Asterie schreibt, exakt die rhetorischen Kunstgriffe ein, die er benötigt, um einst Gedichte für die deutsche Nation zu schreiben. Er lernt, indem er in den »Spiegel weiblicher vollkommenheit« blickt, wie Schönheit, Vorbildlichkeit, Ehre und Tugend – Eigenschaften der Asterie, aber auch der deutschen Nation – so hoch gelobt und gepriesen werden können, daß man sie überall wahrnimmt und bewundert. Er lernt schließlich, begleitet von der »Gunst« und »Huld« seiner geliebten Asterie, die er bedichtet, wie es anzustellen ist, die »Eitelkeit« (also die Vergänglichkeit) der Welt in die »Ewigkeit« der Poesie umzuwandeln – und das ist eigentlich die Hauptsache.

Die jugendliche Liebe stattet den Autor mit der notwendigen Erfahrung und mit den geeigneten Fähigkeiten und Fertigkeiten aus, die erforderlich sind, um ihn zum Dichter der deutschen Nation werden zu lassen. Deshalb sind die Liebesgedichte Opitz', die »Früchte meiner Jugend«, nicht nur legitim, sondern geradezu unentbehrlich. Sie sind die Basis seines späteren Werkes, als dessen Etüden, aber auch als dessen prinzipielle Voraussetzungen. Sie sind in diesem Sinne, wie Opitz sagt, »Beginn in Lieb und auch das Ende«. Ohne die Liebesgedichte seiner frühen Jugend fehlte seiner Zuwendung zur deutschen Nation die Grundlage. Drum sei Asterie auch bedankt: Sie hat sie ihm abverlangt.

1624, im gleichen Jahr, in dem dieses Gedicht zuerst erscheint, hat Opitz sein »Buch von der deutschen Poeterey« veröffentlicht, jene berühmte Programmschrift, mit der er nachweisen wollte und nachgewiesen hat, daß die deutsche Sprache zur Poesie ebenso geeignet ist wie die antiken und zeitgenössischen Literatursprachen. Dieses vergleichsweise »noch gelehrter Werck« enthielt die Regeln, seine »Deutschen Poemata« enthielten die Beispiele seiner Poetik, die im wesentlichen über das gesamte Barockzeitalter hinweg bis hin zu Gottsched gültig geblieben ist, so daß Opitz noch heute als »Vater der deutschen Poesie« gilt.

MARTIN OPITZ
DAS FIEBERLIEDLIN

Nechst als zugleiche lagen
Zwey lieb in fiebers schmertz /
Sprach er: ich bin zutragen
Für dich bereit / mein hertz /
Für dich bin ich bereit zu leiden /
Vnd soll sich meine Seele scheiden.

Er lag in heisser flammen /
Die Sprache ließ schon nach /
Die Hitze kam zusammen /
Der Puls schlug sehr gemach;
Empfund doch mitten in dem leiden /
Weil er bey jhr wahr / lust vnd freuden.

Sie schlug die augen nieder /
Als er fiel in den todt /
Er wandte hin vnd wieder
Sein haupt in letzter noth /
Sein Hertz wurd matt / die adern sprungen /
Der Geist würd auß zufahrn gezwungen.

Sie sprach: mein lieb / mein leben /
Jch schwimme wegen dein /
Vnd ich / er sagt / muß geben
Für dich mein Seelelein.
So ist er in der Schoß gestorben /
Die er so treulich hatt erworben.

HANSPETER BRODE
ERREGUNG DER LEIBER UND SEELEN

Dieses ekstatische Liebesgedicht stammt, kaum möchte man es glauben, aus dem Jahre 1624. Der Dreißigjährige Krieg steht in seinem ersten Drittel, und man mag sich die Erschütterung der Epoche durchaus als aufwühlenden Hintergrund vorstellen für die Erregung der Seelen und Leiber, von welcher die hier angesprochene Liebesvereinigung zeugt.

Von zwei Partnern ist die Rede, deren körperliche Beziehung sich im Fortgang der vier Strophen steigert wie eine unaufhaltsame Krankheit zum Tode. In zweierlei Hinsicht wird die Verrückung der Sinne vorgestellt: Einmal im Wechselgespräch von Mann und Frau; und zum anderen – denn »Die Sprache ließ schon nach« und fällt als Mitteilungsbrücke vorübergehend aus – durch die mit erregter Genauigkeit vorgetragene Beschreibung der physiologischen Begleiterscheinungen körperlicher Vereinigung: »Fieber«, »Hitze«, »Puls«, »Augen«, »Haupt«, »Herz«, »Adern«.

Nachdem die vorletzte Versgruppe in sehr durchsichtiger Metaphorik den Höhepunkt des Liebesaktes bezeichnet hat, stellt sich in den letzten Zeilen ein Abklingen der Erregung ein. Und damit erneuert sich die Sprachfunktion. Die wechselseitig eingestandene vollständige Ermattung von Körper und Seele ruft abschließend die uralte Vorstellung vom Liebestod herbei.

Martin Opitz war siebenundzwanzig Jahre alt, als dieses

stürmische Liebespoem entstand. Gewiß gehört es nicht in die Sparte »galante Lyrik«, dazu ist es viel zu direkt. Der Vollzug erotischer Begegnung wird eingeprägt als Vorgang des Leidens und Sterbens, als Rauscherfahrung, welche zur Entgrenzung und Sprengung von Leib und Bewußtsein führt. Man mag vorwärts denken bis ins neunzehnte Jahrhundert, an Richard Wagners hochstilisierte Feier des Liebestodes im »Tristan«. Man kann aber auch bei Vorgängern und Zeitgenossen von Opitz verharren und dabei die mystische Tradition in Rechnung ziehen. Dort ist die Vorstellung vom »Scheiden« der Seele, vom »Ausfahren« des Geistes im Moment sinnlicher Verzükkung verbreitet.

Der mystische Gedanke, daß der Liebesakt die ihrem Schöpfer entgegendrängende Seele aus der sterblichen Schale heraustreibe, daß die erotische Verknüpfung den Kerker des Leibes aufsprenge, ist leicht zu erkennen. Freilich fehlt bei Opitz jede Transzendenz. Geläufige Begriffe wie »Seele«, »Geist«, »Herz« scheinen eher eine heftig überschießende Sexualität mühevoll abzuschirmen, als daß sie die Idee asketischer Gottsuche geziemend beförderten. Barocke Sinnenfreude triumphiert, obgleich um den Preis des Todes, über Daseinsangst und Jenseitsspannung.

Viel älter als die Klangeruptionen des Wagnerschen Orchesters, weit voraus der klug verschleiernden psychologischen Begrifflichkeit unseres Jahrhunderts, spricht dieses erstaunliche »Fieberliedlin« eine klare, scharf akzentuierte Sprache. Nicht umsonst erscheinen uns die Barockepoche und einige ihrer großen Vertreter von eindrucksvoller Modernität. Ein Blick ins siebzehnte Jahrhundert erinnert daran, welch kraftvolle Höhe Wortkunst und Seelenstimmung schon einmal erreicht hatten, ehe die bürgerliche Welt mit ihrem Arbeitsethos derartige Sprach- und Empfindungsschichten verschüttete. Daß Erotik und Körperlichkeit auch heute ins dichterische Wort gefaßt werden können, dazu vermag die Wiederbegegnung mit barocker Lyrik ihren Beitrag zu leisten.

DANIEL CZEPKO
WO FREIHEIT IST

Wo Freiheit ist und Recht, da ist das Vaterland,
Dies ist uns aber nun und wir ihm unbekannt:
Es streite, wer da will. Es ist dahin gekommen,
Der falsche Frieden hat das Land nun eingenommen:
Die Faulheit aber uns. Doch wüte dar und hier.
Auch aus der Asche wirft die Freiheit Flammen für,
Die kein Blut nicht verlöscht. Laß alle Kirchen schließen,
Und jage Gott selbst aus, er kommt in die Gewissen.

ALBRECHT SCHÖNE
SCHLESIEN – UND SO WEITER

Altertümliche Verse sind das: Alexandriner. Jede Zeile, zwölf oder dreizehn Silben umfassend, immer eine unbetonte und eine betonte in gleichmäßigem Wechsel, und zu einer kleinen Sprechpause anhaltend nach der dritten ihrer jeweils sechs Hebungen. Auf solche Weise müßte man sie skandieren. Aber bei sinngemäßem Sprechen des ersten Verses setzt eine irreguläre Hebung diese metrische Konvention außer Kraft, fällt der Hauptakzent der ganzen Eingangszeile auf das in eigentlich unbetonter Position stehende Wörtchen »da« und reißt es aus der Senkung. So setzt das Gedicht wahrhaftig mit einem Paukenschlag ein: Wo Freiheit und Recht herrschen – da, nur da, ist das Vaterland!
Der das geschrieben hat, wohl im Jahr 1632, war ein Meister epigrammatischer Dichtkunst. In einen einzigen Vers hat er hier gefaßt, was unser durch Dolf Sternberger und Jürgen Habermas gängig gewordener Begriff »Verfassungspatriotismus« besagen will. Nicht viel anders als heute verstanden Czepkos Zeitgenossen als Vaterland doch ihre Vaterstadt oder den heimatlichen Territorialstaat, auch schon den von einer Nation eingenommenen Lebensraum. Und daß er mit seinem metrisch irregulären Paukenschlag tatsächlich auch das reguläre, konventionelle Wortverständnis außer Kraft setzt, bestätigen die staats- und verfassungsrechtlichen Traktate dieses schlesischen Juristen. Ausdrücklich hat er in ihnen erklärt, »das

allgemeine Vaterland bestünde nicht in einem besondern mit Mauern umschlossenen Platze; nicht in einem auf etliche Meilen abgemessenen Erdklumpen; nicht in Häusern und Gütern, in Gärten und Ackerstücken: sondern vielmehr in der Freiheit, in den Begnadungen (den diese Freiheit sichernden Rechten), in den Grundgesetzen und guten Verfassungen«.

Ein solches Vaterland kannten seine Landsleute nicht mehr, und wo es andernorts doch Freiheit gab und Recht, waren sie ihrerseits Unbekannte, Flüchtlinge nämlich und Fremde. Unbestreitbar nennt er das. 1632 ist dieser Zeitgenosse des aus Konfessionszwist und Machtgelüst aufbrechenden großen Krieges in Deutschland, ein Zeuge seiner wechselseitigen Massaker und Massenvertreibungen, aus dem heimischen protestantischen Schweidnitz geflüchtet. Er hat berichtet, wie es jahrelang von wechselnden fremden Truppen belagert und »mit glühenden Kugeln, Feuerballen und erschrecklichen Steinwerfen« in Schutt, in Asche geschossen worden ist: »die ganze Stadt eine Leiche« und ein grauses Aas«. Hat überliefert, wie die plündernde und vergewaltigende, entmenschte Soldateska da Männern, Frauen, Kindern glühende Eisenstangen in die Gurgel trieb, ihnen Jauche einzwängte und dann auf die Bäuche trampelte, sie zusammengeschnürt an einem Balken über dem Feuer schaukelte und zu Tode prügelte: Ein grauenvoller Anschauungsunterricht liegt den vier knapp gefaßten, tränenlos abstrahierenden Zeilen der Gedichtmitte zugrunde.

Vom »falschen Frieden« ist da zuletzt die Rede, von der Friedhofsruhe nämlich, die über dem Land liegt, und von einer »Faulheit« der Überlebenden, die Czepkos gleichzeitiger Brief an einen Freund als dumpfe, quietistisch gottergebene Tatenlosigkeit zu verstehen gibt: »Gott hört die Faulen nicht... Gott will, wenn du nur willst!« Denn er schreibt keine Kapitulationserklärung, macht keine Jammerlappensprüche. In seine drei grandiosen Schlußverse kehrt die lapidare epigrammatische Kraft der Eingangszeile zurück. Da bezeugt sich in der dichterischen Sprachgewalt das Widerstandsvermögen einer unauslöschlichen Hoffnung.

Wo dieser wortgewaltige Fürsprecher der Gewissensfreiheit an die dem Terror der Gegenreformation ausgesetzten Lutheraner dachte, reden seine Verse zu uns doch von allen Gotteshäusern, von Synagogen wie von katholischen Kirchen, von Moscheen und Hindu-Tempeln. Wo ihm sein Schlesien vor Augen stand, weisen sie doch weit hinaus über das, was er kannte und wußte. Bis nach Bosnien wohl, bis nach Tschetschenien. Oder auf Städte und Länder, an die auch wir dabei noch nicht denken. *Laß alle Kirchen schließen, / Und jage Gott selbst aus, er kommt in die Gewissen* – das sollte man besser nicht nur überfliegen und wieder vergessen, sondern auswendig lernen, behalten.

SIMON DACH
AN HN. OBER-MARSCHALLEN AHASV. VON BRANDT, DASS SEIN GEHALT ERFOLGEN MÖGE.

Herr, ich bin kein hofeman,
Welcher unverschämt seyn kan,
Sonst würd ich wol selber kommen;
Dieser reim, seht, schämt sich nicht,
Gönnt ihm euer angesicht,
Lasset ihn seyn aufgenommen,

Habet seiner kein beschwer.
Aber was ist sein begehr
Und was wird ihm anbefohlen,
Bringt er etwa zu euch ein
Einig hundert thaler? Nein,
Herr, verzeiht, er wil sie hohlen.

Ostern sind schon längst vorbey,
Wisst, daß ich ganz krafftloß sey
Vor dem hunger nach dem gelde.
Thut, hochedler herr, mir kund,
Sind sie da für meinen mund,
Oder noch im weiten felde?

O, ein wildpret, das erst schmeckt,
Hätt es sich gleich auch versteckt
Tieff in wild verwachsen hecken,

Ich verfolg es, wie ich kan,
Kriegt ich es, wie werd ich dann
Meine finger darnach lecken!

Herr, seyd mein befördrer hier,
Helfft mir jagen dieses thier,
Springt mir bey mit schnellen winden,
Weil kein raht ist also bald,
Es verlaufft sich in dem wald,
Wo und wenn werd ich es finden?

WILHELM KÜHLMANN
BEVOR ES DIE IG MEDIEN GAB

»Arbeiter der Faust« und »Arbeiter der Stirn«, so liest man, haben sich endlich zusammengeschlossen. Der Schriftsteller von heute zahlt nun seinen Beitrag an den Gewerkschaftssekretär, freut sich auf sein Streikrecht und grübelt über die Segnungen eines poesiefördernden Tarifvertrags. Als diese frohe Kunde mich erreichte, stieß ich auf das Gedicht des Königsberger Poeten Simon Dach, der von 1605 bis 1659 lebte.

Landläufig Barockes ist hier wenig zu finden, keine »himmelsteigenden Herzensseufzer«, keine pathosdröhnenden Vanitas-Rufe, keine mystische Inbrunst und heilsgeschichtliche Meditation. Auch das gewohnte Themenspektrum der weltlichen Muse bleibt außen vor. Weder werden die mosaikartig zusammengesetzten Reize schöner Damen gepriesen, noch macht sich Lüsternheit im reich verbrämten Versgewande breit.

Doch wie die meisten Gedichte jener Zeit sind auch diese Verse anlaßgebunden. Damit hat sich freilich die Analogie zum Alltagsgeschäft des Barockdichters bereits erschöpft. Denn Simon Dach, der so viele Hochzeiten besang und hohe »Leichen« mit Ehrenversen zu Grabe geleitete, spricht hier in eigener, durchaus banaler, wenngleich lebenswichtiger Sache. Es geht ums liebe Geld, nicht nur, wie in anderen Gedichten, um prompten Dank für ein »Tönnchen« Bier oder einen geschenkten Mastochsen. Simon Dach war als brandenburgischer Hofpoet und Universitätslehrer beamtet, denn Kunst war auch in Königsberg lehrbar, Pflichtfach des Gebildeten. Gedichte »schämten« sich nicht, angepriesen und verkauft zu werden. Der Hofpoet war ein Ahnherr literarischen Warenhandels. Insofern tat Dach gut daran, sich nicht an untere Chargen, sondern gleich direkt an den Hofmarschall zu wenden.

Die Strophen kommen leicht daher, liedartig im trochäischen Vierheber und im unprätentiösen Paarreim. Nicht verborgen werden sollte der Gestus der mündlichen Rede. Das Gedicht vertritt die mündliche Supplik, beruft sich auf gnädige Gönnerschaft. Witzige Gedankenwendungen sind beiläufig eingebaut: so in der zweiten Strophe die Antithese von »Thaler bringen« und »Thaler hohlen«, verkoppelt durch das nachdrückliche »Nein« am Versende. Der »hunger nach dem gelde« erweist sich als hintergründig realistische Metapher, denn das Geld diente dazu, den Hunger zu stillen. Dachs Salär war offensichtlich auf dem Instanzenweg einstweilen verlorengegangen: Ein fernes »wildpret«, das im Dickicht höfischer Umständlichkeit und Finanznot durch den Hornruf dieser Verse herausgelockt werden sollte. Im – wörtlich zu nehmenden – Vorgeschmack auf die erträumten Leckereien scheut sich Dach nicht, alle Konventionen des Zierlichen, alle Normen der standesgemäßen Dichtersprache im Parlando-Ton zu überspringen und die drastische Bildlichkeit des gemeinen Mannes zu bemühen. Der abhängige Untertan, nicht das Dichtergenie, »leckt sich die Finger« in der Vorstellung künftigen Genießens.

Über den Sinn dieser Verse ist nichts zu verhandeln. Sie wollen nicht mehr, als sie sagen. Freilich scheint Dach scherzhaft die Würde des akademischen Poeten mit der witzigen Schilderung seiner Notlage in ironisches Licht zu tauchen. Noch darin allerdings ganz selbstbewußter Dichter, daß selbst das banale Anliegen sich in flinke Stegreifverse fügte. Wie die Zeitgenossen wußten, bewies das Gedicht seinen Gebrauchswert. Dach soll einen Tag später, am 25. April 1652, seine hundert Taler erhalten haben, offenbar ohne weitere Antragsformulare, wahrscheinlich sogar steuerfrei. *Pecunia, nervus rerum* oder auch: »Helfft mir jagen dieses thier!« Heute stellen sich natürlich die soziale Lage und die Kampfbereitschaft des Schriftstellers ganz anders dar – oder nicht?

SIMON DACH
DIE SONNE RENNT MIT PRANGEN

Die Sonne rennt mit prangen
Durch jhre Frühlings Bahn,
Sie lacht mit jhren Wangen
Den runden Erdkreiß an,
Der Westwind lest sich hören,
Die Flora, seine Braut,
Kömpt auch vns zu verehren
Mit Blumen, Graß vnd Kraut.

Die Vögel kommen nisten
Auß frembden Ländern her,
Das Vieh' hengt nach den Lüsten,
Die Schiffe gehn ins Meer,
Der Schäffer hebt zu singen
Von seiner Phyllis an,
Die Welt geht wie im springen,
Es frewt sich was nur kan.

Drumb wer anjtzt zum lieben
Ein ehrlich Mittel hat,
Der flieh' es auffzuschieben,
Vnd folge gutem Raht,
Weil alles, was sich reget,
In dem es sich verliebt
Vnd zu seins gleichen leget,
Hiezu vns Anlaß giebt.

WULF SEGEBRECHT
EIN EHRLICHES MITTEL ZUM LIEBEN

Ein fröhliches Lied: schlicht, zuversichtlich, direkt. Unmißverständlich fordert es zur Liebe auf. Sonne und Wind, Tiere, Pflanzen und Menschen, ja sogar die aus dem Hafen ausfahrenden Schiffe vermitteln ansteckende Lebensfreude. Die ganze Welt scheint nur eine einzige Botschaft zu kennen: Liebe, Liebe, Liebe!

Und das nicht in einem übertragenen oder nur allgemeinen, sondern, wie sich schließlich herausstellt, in einem ganz konkreten Sinne: Um das »Beilager« geht es, um das Beieinanderliegen derer, die sich lieben; um ihre Hochzeit.

Es ist ein Hochzeitsgedicht, geschrieben und gedruckt im Jahre 1632; am 20. April dieses Jahres wurde es einem namentlich bekannten Brautpaar aus Königsberg in Preußen von Simon Dach gedruckt überreicht und wohl auch, wie es damals üblich war, vorgelesen.

Tausende von Hochzeitsgedichten sind aus dieser Zeit überliefert, nur wenige haben sich über den Anlaß hinaus als beständig erwiesen. Simon Dachs Gelegenheitsgedichte gehören gewiß dazu, sie zeichnen sich vor der Masse konventioneller Kasualcarmina durch ihre raffinierte Einfalt und durch ihre einladende Sangbarkeit aus, so daß ihr Verfasser zu einem gesuchten Spezialisten für Gratulations- und Trauergedichte wurde. Er, von dem zu seinen Lebzeiten (1605 bis 1659) kein einziger Gedichtband erschien, war trotzdem als »Vater der preußischen

Poesie« schon zu seiner Zeit weitberühmt. Das verdankte er seinen einzeln gedruckten Hochzeits- und Begräbnisgedichten und seinem Freund, dem Königsberger Domorganisten Heinrich Albert, der viele Gedichte Simon Dachs, darunter auch die Freundschafts- und Trinklieder (z. B. *Der Mensch hat nichts so eigen*), vertonte und sie in der Reihe seiner »Arien« veröffentlichte.

Dort, bereits im ersten Heft, erschien 1638 Dachs Hochzeitsgedicht unter der Überschrift *Veris tempore fervet Hymen* (»Zur Frühlingszeit gerät der Hochzeitsgott Hymen in Wallung«) als Lied mit sieben vierzeiligen Strophen, deren zweite dem Zartgefühl anderer Herausgeber zum Opfer gefallen ist; denn sie lautet:

Der Himmel kömpt zur Erden
Erwärmt vnd macht sie nass,
Drumb muß sie schwanger werden
Gebieret Laub vnd Graß.

In unschuldiger Drastik spielt Dach hier auf das zu erwartende hochzeitliche Geschehen an. Es wird gleichsam legitimiert durch den Geschlechtsverkehr zwischen Himmel und Erde. In solcher Drastik kommt weder Blasphemie noch Obszönität zum Ausdruck, sondern ein uneingeschränktes Bekenntnis zu den natürlichen Freuden des Lebens, die genossen werden müssen, wenn und solange sie sich bieten. Wie schnell ist der Frühling wieder vorbei! Und die Kehrseite des Lebensgenusses ist ja dem Menschen im siebzehnten Jahrhundert stets gegenwärtig. Kriegsereignisse, Seuchen und Hungersnöte waren die unerbittlichen Lehrmeister der christlichen Dialektik von *Carpe diem* und *Memento mori*.

Dieser Dialektik entspricht es, wenn in Heinrich Alberts »Arien« unmittelbar auf Simon Dachs Hochzeitsgedicht eine Parodie, ein Gegengesang von Robert Roberthin, folgt, dem älteren Freund des Dichters, der das geistige Zentrum des »Königsberger Dichterkreises« war. In genauer Entsprechung zu Simon Dachs Gedicht wird hier Punkt für Punkt und Strophe um Strophe nachgewiesen, daß nicht nur der erweckende und erwärmende Frühling, sondern erst recht die kalte Jahreszeit Anlaß genug gibt, auf Mittel zu sinnen, die es gestatten, sich liebend zueinanderzulegen:

Der Schäfer läßt sein Singen
Vnd heitzt den Ofen an,
Die Kälte zu bezwingen
Verkreucht sich was nur kan.

Drumb wer anjetzt zum Lieben
Ein ziemlich Mittel hat,
Der woll' es nicht verschieben
Vnd löffle sich nur satt!

Denn, wer es recht erweget,
Sieht, wie sich alles übt,
Daß es sich dichte leget
Vnd so die Wärme liebt.

Simon Dachs Hochzeitsgedicht, eines seiner frühesten, erfüllt die Gesetze der anlaßgebundenen Poesie und sprengt sie zugleich. Darin liegt sicherlich seine Bedeutung.

Als »Lied« läßt sich das ebenso schlichte wie mitreißende Gratulationscarmen jederzeit wiederholen, wenn es um einen Hymnus auf eine lebendige, regsame Liebe geht.

PAUL GERHARDT
DER I. PSALM DAVIDS

Wol dem Menschen der nicht wandelt
In gottloser Leute Raht.
Wol dem der nicht unrecht handelt
Noch trit auf der Sünder Pfad:
Der der Spötter Freundschafft fleucht
Und von ihren Sesseln weicht:
Der hingegen liebt und ehret
Was uns Gott vom Himmel lehret.

Wohl dem der mit Lust und Freuden
Das Gesetz des Höchsten treibt
Unnd hier als auf süsser Weiden
Tag und Nacht verharrend bleibt:
Dessen Seege wächst und blüht
Wie ein Palmbaum den man sieht
Bey den flüssen an der seiten
Seine frische Zweig ausbreiten.

Also sag ich wird auch grünen
Wer in Gottes Wort sich übt:
Lufft und Erde wird ihm dienen
Bis er reiffe Früchte giebt.
Seine Blätter werden alt
Und doch niemahls ungestalt:
Gott giebt Glück zu seinen Thaten
Was er macht muß wohl gerathen.

Aber wem die Sünd erfreuet
Mit dem gehts viel anders zu:
Er wird wie die Sprew zerstreuet
Von dem Wind im schnellen Nu!
Wo der Herr sein Häufflein richt
Da bleibt kein Gottloser nicht
Summa: Gott liebt alle Frommen
Und wer böß ist muß umkommen.

TILO MEDEK
SCHÖNES BILDERSPIEL

Von Paul Gerhardts Gedichten eines für die »Frankfurter Anthologie« auszuwählen heißt, unter 120 Geistlichen Andachten und vierzehn Gelegenheits-Lobreden (fünfzehn lateinische Dichtungen entfallen sowieso) einen Text zu finden, der überhaupt in den möglichen Wochenend-Satzrahmen paßt. Denn 18, 25, ja 29 und 36 Strophen sind bei Gerhardt keine Seltenheit, sondern fromme Alltäglichkeit. Wie gern hätte ich das »Sommerlied«, »Geh aus mein Hertz und suche Freud«, mit fünfzehn Strophen gepriesen, oder das Matthias Claudius vorwegnehmende »Abendlied«: »Nun ruhen alle Wälder«, mit neun von ausgereifter Länge. Hundert Jahre vor Claudius steht bei Gerhardt in der dritten Strophe: »Der Tag ist nun vergangen: Die güldnen Sternlein prangen / Am blauen Himmels-Saal.« Paulus Gerhard kam 1607 in Gräfenhainichen, gelegen inmitten der Dübener Heide, als Ackerwirt- und Bürgermeisterssohn zur Welt. Von der früh gestorbenen Mutter, Tochter des ortsansässigen Pfarrers, erbte er die Neigung zur Pastorenlaufbahn, die im nahe Berlin gelegenen Mittenwalde ihren Ausgangspunkt nahm und 1657 dann an der Berliner Sankt-Nikolai-Kirche kulminierte. Der Konfessionsstreit im Brandenburgischen brachte den halsstarrigen Lutheraner Paul Gerhardt zu Fall, gleichzeitig starb seine Frau, und von den vier Kindern wuchs nur ein Sohn heran. Im Exilort Lübben im Spreewald starb Paul Gerhardt 1676.

Zwei Kantoren an Berlins Sankt Nikolai machten aus dem dichtenden Pastoren Gerhardt einen frommen Dichter: Johann Crüger vertonte achtzehn geistliche Weisen von ihm und nahm sie als Herausgeber in das führende evangelische Gesangbuch auf, Johann Georg Ebeling vertonte gleich das gesamte Dichtwerk Gerhardts. Nur durch diese Notenfassung überhaupt liegt eine vollständige Ausgabe der Gerhardtschen Dichtung vor. Von hundertzwanzig Titeln hatte der rührige Kantor hundertzwölf mit neuen Melodien verziert, sie vierstimmig gefaßt und mit zwei zusätzlichen Violinstimmen bereichert.
So auch die Versifizierung des 1. Psalms. Diese Art der Poetisierung von Erbauungstexten hielt ja bis in unsere Tage an, als sich Bertolt Brecht anschickte, das »Kommunistische Manifest« in Hexameter zu setzen. Aus der Gesellschaftsanalyse wurde beinahe ein Rollkommando. Der Seligkeit der Frommen und der Unseligkeit der Gottlosen gewann Paul Gerhardt seine Versmaße ab. Auf das lutherische »Rat« reimt er »Pfad«, der in Bibelprosa den »Weg« der Gottlosen kennzeichnet.
Es ist mir zuwider, Gerhardts Verse in heutigen Gesangbüchern gekürzt und retuschiert nachzulesen. Deshalb auch hier der zeitgenössische Abdruck von 1667. »Dessen Seege wächst und blüht« weist noch auf das althochdeutsche »segene«, gleich »segen«. Die klimpernde Moral am Schluß erinnert an Hans Sachsens wiederum hundert Jahre zurückliegende Zeigefingersentenzen. Und so knüpft sich ein moralisierendes Band von Sachs zu Gerhardt, von Gerhardt zu Claudius, und beinahe hätte ich nochmals Brecht genannt, dessen liebstes Buch die Bibel war, aus dem nicht nur Gerhardt Verse extrahierte.
Und wie Luthers Deutsch ins Prokrustesbett der Reform-

wütigen gezerrt wurde, so ist Gerhardts schönes Bilderspiel weitgehend zugedeckt von geglätteten Singbüchern gereinigter Sonntagsandachten. Wenn schon Komponisten Gerhardt überhaupt als Dichter erhalten haben, dann sollten die Germanisten auch von den Musikologen lernen, die Werke im Urtext zu bewahren und verkalkt geglaubte Stimmbänder, wie historische Musikinstrumente, wieder zum Schwingen zu bringen.

PAUL GERHARDT
WEIHNACHTGESANG

Kommt und laßt uns Christum ehren,
Herz und Sinnen zu ihm kehren:
Singet fröhlich, laßt euch hören,
Wertes Volk der Christenheit.

Sünd und Hölle mag sich grämen,
Tod und Teufel mag sich schämen:
Wir, die unser Heil annehmen,
Werfen allen Kummer hin.

Sehet, was hat GOtt gegeben!
Seinen Sohn zum ewgen Leben.
Dieser kann und will uns heben
Aus dem Leid in's Himmels Freud.

Seine Seel ist uns gewogen,
Lieb und Gunst hat ihn gezogen,
Uns, die Satanas betrogen,
Zu besuchen aus der Höh.

Jakobs Stern ist aufgegangen,
Stillt das sehnliche Verlangen,
Bricht den Kopf der alten Schlangen
Und zerstört der Höllen Reich.

Unser Kerker, da wir saßen
Und mit Sorgen ohne Maßen
  Uns das Herze selbst abfraßen,
  Ist entzwei und wir sind frei.

O du hochgesegn'te Stunde,
Da wir das von Herzengrunde
  Glauben und mit unserm Munde
  Danken dir, o JEsulein.

Schönstes Kindlein in dem Stalle,
Sei uns freundlich, bring uns alle,
  Dahin, da mit süßem Schalle
  Dich der Engel Heer erhöht!

RENATE SCHOSTACK
SEHET, WAS HAT GOTT GEGEBEN!

Mit welchem Wohllaut, welcher tänzerischen Leichtigkeit hebt der Gesang an. Wir finden in diesem 1666 erstmals veröffentlichten Poem die Kombination von Natürlichkeit und Eleganz, die »kunstvolle Simplicität« des lutherischen Pastors, der so dichtete, als gäbe es den barocken Sprachüberschwang seiner Zeit nicht. Satzbau, Wortfolge, Tonfall folgen, wie es Martin Opitz, der Literaturtheoretiker der Zeit, vorschreibt, dem Gesetz der Natürlichkeit. Keines der sprachlichen Mittel wirkt gezwungen, weder die Parallelen von Synonymen und Kontrasten, die Paul Gerhard liebt (Sünd und Hölle, Lieb und Gunst, Leid und Freud), noch die ungewöhnlich gereimte Strophenform, die im vierten reimlosen Vers das Wichtigste bringt, eine Summe zieht.

Scheinbar mühelos wird die Vorstellung der göttlichen Menschwerdung in einfache Sprache, in poetische Bilder überführt. Der Dichter hat das ganze biblische Rüstzeug parat, er schlägt den Bogen von der Genesis zur Apokalypse, dabei mit wenigen Wörtern einen Psalm, den Lobgesang des Zacharias, die Theologie des Apostels Paulus, zitierend. Seine Spannweite reicht von der Verheißung, die den Vätern des Alten Bundes gegeben wurde, zu der christlichen Gewißheit des Ewigen Lebens. Auch wenn der gelehrte Poet allen Sprachmanierismus der Epoche meidet, so ist er doch, wie wäre es anders möglich, ein Kind seiner Zeit, die erstmals zuläßt, zum Ausdruck drängende Gefühle in Sprache umzusetzen. Man braucht nur einen Blick auf Luther zurückzuwerfen, um den Unterschied zu erkennen. Der Reformator stellt in seinen Liedern fest, erzählt, betrachtet. Bei Gerhardt ist ein stark bewegtes Ich unterwegs, hier ein »Wir«, das potentiell die ganze »Christenheit« umfaßt.

Der Dichter ruft zum Aufbruch. Mächtig bewegte »Sinne« – ein Gerhardtsches Hauptwort, welches das ganze innere Wesen des Menschen meint – sind am Werk. Im Hintergrund steht der Kampf um die menschliche Seele. Die Gegenwelt Gottes, seines Sohnes und der englischen Heerscharen wird ausführlich benannt: Teufel, Satan, die alte Schlange, denen Sünde, Tod, Hölle zugeordnet sind. Hoch bewegt wird das Heilsgeschehen gepriesen. Das Gedicht gipfelt in dem machtvollen Bild der sechsten Strophe. Das Ergebnis des Kampfes: Freiheit. Darauf der charakteristische Perspektivenwechsel, der Gerhardts Gedichten innere Dramatik gibt. Hier ein ekstatischer Ausruf, eine innige Hinwendung zum Jesuskind. Sein Kommen bezeugt, was für den Dichter im Mittelpunkt seiner Glaubensüberzeugung steht: daß Gott für uns ist.

Weihnachten und Musik, das gehört seit dem Loblied der Engel über den Feldern von Bethlehem zusammen. Paul Gerhardt, für den alles Gotteslob mit Gesang verbunden ist, beginnt und endet mit Musik. Das Singen der Christenheit ist auf den süßen Schall der himmlischen Musik ausgerichtet. Sein Text mit den weihnachtlichen Attributen von Stern, Stall, Engel, dem eine wiegende Melodie des vierzehnten Jahrhunderts beigegeben ist, steht in der Tradition mittelalterlicher Hirtenlieder, die im Kind in der Krippe den nahen, sich erniedrigenden, den mit dem

Menschen solidarischen Gott anbeten. Der Grundton, das Schlüsselwort des Textes heißt, wie in vielen Liedern unseres Dichters, der in sehr finsteren Zeiten lebte: Freude. Weihnachtsfreude, Himmelsfreude – in der einen scheint die andere schon hervor.

PAUL FLEMING
AN SICH

SEY dennoch unverzagt. Gieb dennoch unverlohren.
Weich keinem Glücke nicht. Steh' höher als der Neid.
Vergnüge dich an dir / und acht es für kein Leid /
hat sich gleich wieder dich Glück' / Ort / und Zeit verschworen.

Was dich betrübt und labt / halt alles für erkohren.
Nim dein Verhängnüß an. Laß' alles unbereut.
Thu / was gethan muß seyn / und eh man dirs gebeut.
Was du noch hoffen kanst / das wird noch stets gebohren.
Was klagt / was lobt man doch? Sein Unglück und sein Glücke

ist ihm ein ieder selbst. Schau alle Sachen an.
Diß alles ist in dir / laß deinen eiteln Wahn /
und eh du förder gehst / so geh' in dich zu rücke.
Wer sein selbst Meister ist / und sich beherrschen kan /
dem ist die weite Welt und alles unterthan.

WALTER HINDERER
UNROMANTISCHER WEG NACH INNEN

Dieses geradezu heroisch-entschlossene Barockgedicht im herben sechsfüßigen Alexandrinerrhythmus findet sich in allen deutschen Lyrikanthologien, die etwas auf sich halten, allerdings meist in modernisierter Schreibweise, was die historische Distanz auf Anhieb verringert. So lernte ich es auch während meiner Schulzeit in einer Gedichtsammlung kennen, die ein poesiefreundlicher Deutschlehrer zur regelmäßigen Pflichtlektüre erklärte.

Was mich auf den ersten Blick für dieses Lehrgedicht in Sonettenform einnahm, war der radikale Rückzug auf das Ich, der sich schon im Titel ausdrückt. Und in der Tat: gleichgültig, ob man diese Verse im Kontext ihrer oder unserer Zeit liest, immer wieder fesselt aufs neue dieses frühe Vertrauen in das Selbstbewußtsein.

Als sie geschrieben wurden, war in der von Religionskrieg, Pestilenz und Terror verunsicherten Welt des siebzehnten Jahrhunderts in Deutschland der Optimismus der Renaissance fast erloschen; es herrschten vielmehr neben- und gegeneinander: allgemeine Verzweiflung und Unsicherheit, hektische Lebensfreude und religiöse Weltangst und Weltflucht. Trotzdem: das in vieler Hinsicht erstaunliche Sonett des jung verstorbenen Mediziners und Weltreisenden Paul Fleming (1609-1640) weist über dieses zeitgeschichtliche Panorama hinaus in die Zukunft, nicht auf die mehr passive Ideologie der »Beständigkeit« *(constantia)*, die der christliche Stoizismus der Zeit zu einem der höchsten Werte erhob, sondern auf eine eindeutig weltlich orientierte, aktive Auffassung. Das richtige Verhalten, das in der Selbstzufriedenheit (»Vergnüge dich an dir«) seinen Schwerpunkt hat, führt nicht von ungefähr auf den Höhepunkt des Gedichts, wie ihn die beiden letzten Zeilen des Sonetts signalisieren: von der Selbstbeherrschung zur Weltbeherrschung.

Schon die erste Strophe verweist mit dem markanten und trotzigen »dennoch« auf den antithetischen Aufbau des Sonetts, vor allem der beiden Quartette. Äußere Werte und Umstände, Ort und Zeit, das wetterwendische Glück, die launische Fortuna, Affekte wie Haß (»Neid«) und Leid, so wird hier mit pointierten, aber körnigen Worten erklärt, verlieren in dem Augenblick jede Macht, in dem sich der Mensch auf seinen eigentlichen, den inneren Wert (»so geh' in dich zu rücke«) besinnt.

Die eigene Person als der göttliche Atomkern ist, wie schon die Mystiker predigten, der einzige Halt, die einzige Beständigkeit in einer haltlosen und unbeständigen Welt. Rät das zweite Quartett im ersten Teil dazu, alles Verhängte ohne Klage »stoisch« hinzunehmen, so enthält es im zweiten Teil einen deutlichen Aufruf zur aktiven Tätigkeit. Die erstaunlichste thematische Wendung jedoch erfolgt im ersten Terzett: Klage und Lob, Unglück und Glück, also eben die äußeren Werte, die Umstände und das Schicksal, werden idealistisch auf das eigene Selbst zurückgeführt, was dann im zweiten Terzett in der geradezu klassisch anmutenden Formulierung gipfelt: »Wer sein selbst Meister ist / und sich beherrschen kan / dem ist die weite Welt und alles unterthan.«

Die Lyrik des ehemaligen Thomasschülers zu Leipzig stand zunächst im Bann der lateinischen, gesellschaftlich geprägten Renaissancedichtung, vor allem des Petrarkismus, und erhielt erst später, durch Einflüsse der zeitgenössischen Lyrik von Johann Hermann Schein bis Martin Opitz und vor allem durch die Erfahrungen seiner beiden ausgedehnten Persienreisen den allgemein bewunderten individuellen und persönlichen Ausdruck, so daß er zu Recht drei Tage vor seinem Tode in seinen Grabspruch selbstbewußt die Zeile setzen konnte: »Mein Schall floh überweit. Kein Landsmann sang mir gleich.«

Dies auch ästhetisch vollkommen überzeugende Exempel von denkender Dichtung hält eine entscheidende Phase der Selbstentdeckung des modernen Menschen fest, mit der er sich von den übergreifenden Mächten, von Religion, Staat und Gesellschaft zu befreien und auf seine eigenen Kräfte, seine eigene Verantwortlichkeit und Mündigkeit zu besinnen begann. Paul Flemings so ganz unromantischer Weg nach innen nahm nicht nur die spätere idealistische Apotheose von der Vergottung des Menschen vorweg, sondern bereitete auch den Boden für eine neue, optimistischere Ideologie, die Immanuel Kant fast ein halbes Jahrhundert später, im Dezember 1783, auf folgenden bekannten Nenner brachte: »Aufklärung ist der Ausgang des Menschen aus seiner selbstverschuldeten Unmündigkeit.«

PAUL FLEMING
WIE ER WOLLE GEKÜSSET SEYN

NIrgends hin / als auff den Mund /
da sinckts in deß Hertzen grund.
Nicht zu frey / nicht zu gezwungen /
nicht mit gar zu fauler Zungen.

Nicht zu wenig nicht zu viel.
Beydes wird sonst Kinder-spiel.
Nicht zu laut / und nicht zu leise /
Bey der Maß' ist rechte weise.

Nicht zu nahe / nicht zu weit.
Diß macht Kummer / jenes Leid.
Nicht zu trucken / nicht zu feuchte /
wie Adonis Venus reichte.

Nicht zu harte / nicht zu weich.
Bald zugleich / bald nicht zugleich.
Nicht zu langsam / nicht zu schnelle.
Nicht ohn Unterscheid der Stelle.

Halb gebissen / halb gehaucht.
Halb die Lippen eingetaucht.
Nicht ohn Unterscheid der Zeiten.
Mehr alleine / denn bey Leuten.

Kuͤsse nun ein Iedermann
wie er weiß / will / soll und kan.
Ich nur / und die Liebste wissen /
wie wir uns recht sollen kuͤssen.

CLAUS-ULRICH BIELEFELD
GEBRAUCHSANWEISUNG

Wer je geliebt hat, wird sich diesem Gedicht nicht entziehen können. Lesend, von Strophe zu Strophe eilend, wird er sich der Atemlosigkeit des eigenen Begehrens erinnern, der Lust, dem oder der Geliebten nahe zu sein und immer näher zu kommen. Und wie könnte das unschuldiger und zugleich vielversprechender geschehen als mit einem Kuß. Einem Kuß? Viele müssen es sein, und nie ist es genug.
Mitten im Dreißigjährigen Krieg hat Paul Fleming dieses Gedicht geschrieben, und doch spüren wir nichts vom Grauen der Zeit, wir hören nicht die »donnernde Carthaun«, die Gryphius beschwört, kein *vanitas vanitatum* erklingt. Einem Gesang auf die Diesseitigkeit, auf die Freuden der Liebe und der Liebenden lauschen wir. Es ist ein naives und zugleich äußerst kunstvolles Lied, das angestimmt wird. Mit einer Gebrauchsanweisung beginnt es: Natürlich muß auf den Mund geküßt werden, denn hier fließt der Odem des Lebens.
Dies ist der Ort, von dem der Kuß sich in Herz und Seele des Partners ergießt. Einfach ist das Küssen aber nicht, ein Maß muß gefunden werden. Und so benutzt der Dichter ein spielerisches Ausschlußverfahren: Von der Mitte der ersten bis zur vierten Strophe sagt er, wie er *nicht* wolle geküsset sein. In der fünften Strophe gibt er dann die Lösung: Maß und Mitte sind gefunden. Und in der abschließenden sechsten Strophe verabschiedet er sich augenzwinkernd: Jetzt sind wir, die Leser, dran – mit Küssen.

Flemings Gedicht bezaubert durch seine Leichtigkeit und Frische, durch seinen freien Gestus. Es kommt ungezwungen daher, und so kann man leicht übersehen, daß Fleming ein *poeta doctus* war, der sich überlieferter Themen und Formen bediente und sie kunstfertig fortführte. Die Ausbildung des 1609 in Hartenstein im Erzgebirge als Sohn eines Pastors geborenen Paul Fleming folgte der humanistischen Bildungstradition. Mit zwölf Jahren kam er an die Thomasschule in Leipzig. Sein Studium der Philosophie schloß er 1633 mit der Promotion ab. Bereits 1631 war er zum *poeta laureatus* ernannt worden. Er war befreundet mit Martin Opitz und beeinflußt von dessen »Buch von der Deutschen Poeterey«.

Sein Gedicht »Wie Er wolle geküsset seyn« kam nicht einfach aus heiterem Himmel über ihn, es hat Vorläufer. Etwa Catulls Gedichte an seine Geliebte Lesbia, Oswald von Wolkenstein fällt uns ein, Johannes Secundus, der hundert Jahre vor Fleming seine Kußgedichte schrieb, und, nicht zu vergessen, Petrarca, dem seinerzeit von den »Petrarkisten« unverdrossen nachgeeifert wurde. Sie alle und einige mehr mögen Fleming vorgeschwebt haben, als er sein Gedicht schrieb, das er in vierhebige Trochäen setzte, die ideal sind für die antithetische Gestalt seiner Verse, die dem Gedicht die vorwärtsdrängende Rhythmik geben und nicht zuletzt für seine eingängige Musikalität sorgen.

Mein Schall floh überweit / Kein Landsmann sang mir gleich, schrieb der dreißigjährige Paul Fleming »drey Tage vor seinem seel: Absterben«; es war ihm klar, daß er seine Grabinschrift formulierte. 1640 starb er in Hamburg. Aus der deutschen Misere, aus dem verwüsteten Deutschland war er einst hinausgegangen in die weite Welt. Als Hofjunker hatte er von 1633 bis 1639 an einer holsteinischen Gesandtschaft nach Rußland und Persien teilgenommen. Er war der erste deutsche Dichter, der den Orient geschaut und bedichtet hatte. Adam Olearius, Flemings Lehrer, Freund und Herausgeber seines Werks, hat die Expedition in eine fremde Welt in dem Band »Offt begehrte Beschreibung der Newen Welt« festgehalten.

Diese Reise mag dazu beigetragen haben, daß Paul Fleming ein freier und unabhängiger Geist werden konnte, wie es damals in deutschen Landen nicht viele gab. Noch wichtiger aber war, daß er auf dieser Reise im estländischen Reval die Liebe kennenlernte in Gestalt der Kaufmannstochter Elisabeth Niehusen, die er zu seiner Muse erkor und die er als Elsabe, Salibande, Salibene und Basilene besang. Zwar »erhörte« sie ihn nicht, sie inspirierte ihn aber zu seinen schönsten und sinnlichsten Gedichten, die in betörendem Klang von der Schönheit und vom Schmerz der Liebe künden.

PAUL FLEMING
ZUR ZEIT SEINER VERSTOSSUNG

Ein Kaufmann, der sein Gut nur einem Schiffe traut,
Ist hochgefährlich dran, indem es bald kann kommen,
Daß ihm auf einen Stoß sein ganzes wird genommen.
Der fehlt, der allzuviel auf ein Gelücke traut.

Gedenk ich nun an mich, so schauret mir die Haut:
Mein Schiff, das ist entzwei, mein Gut ist weggeschwommen.
Nichts mehr, das ist mein Rest; das machet kurze Summen.
Ich habe Müh und Angst, ein andrer meine Braut.

Ich Unglückseliger! mein Herze wird zerrissen,
Mein Sinn ist ohne sich; mein Geist zeucht von mir aus.
Mein Alles wird nun Nichts. Was wird doch endlich draus?
Wär eins doch übrig noch, so wollt ich alles missen.
Mein teuerster Verlust, der bin selbselbsten ich.
Nun bin ich ohne sie; nun bin ich ohne mich.

MARCEL REICH-RANICKI
OHNE SIE, ALSO OHNE MICH

Vergessen ist Paul Fleming, der von 1609 bis 1640 gelebt hat, gewiß nicht. Aber man kennt ihn als Autor zunächst und vor allem von Psalmen und Chorälen. Sein wohl berühmtester Interpret und Bewunderer, der Dichter Rudolf Alexander Schröder, nahm ihn nahezu ganz für die protestantische Kirche in Anspruch und lieferte so die literarische Rechtfertigung für einen längst bestehenden Sachverhalt. Denn schon viel früher hatten die Herausgeber evangelischer Gesangsbücher keine Bedenken – Klabund machte sich hierüber lustig –, Flemings Lyrik für ihre Zwecke zu adaptieren: Sie strichen aus manchen seiner Lieder den Namen des von ihm angebeteten Mädchens Elsabe und setzten einen anderen ein, nämlich Jesus.

Keineswegs ist es die Liebe zu Gott oder Jesus, die Fleming am häufigsten feiert, sondern die zu den Frauen. Sie haben ihm, soweit sich dies seinen Versen entnehmen läßt, viel Kummer bereitet. Doch so sind viele Poeten: die glückliche Liebe genießen sie eher schweigend, die unglückliche besingen sie wortreich. Auch Flemings erotische Gedichte sind vor allem Klagen eines Enttäuschten und Abgewiesenen, Bekenntnisse eines Einsamen.

In Reval hatte er sich in die Tochter eines aus Hamburg stammenden Kaufherrn verliebt, ebenjene Elsabe, ein angeblich besonders launenhaftes Mädchen. Allerdings hielt er sich dort nur vorübergehend auf: Er gehörte (als »Hofjunker und Truchseß«) der Expedition eines holsteinischen Herzogs an; sie war über Reval und Moskau nach Persien unterwegs. Fleming mußte also Elsabe, in der er schon seine Braut sah, verlassen. Sie sollte auf ihn warten – so hatte er es gehofft, so hatte sie es versprochen.

Aber Reisen, lange zumal, gefährden bestehende und ermöglichen neue Beziehungen. Während Fleming seiner Elsabe schöne Briefe schrieb (und zwar in Versen), suchte sie offenbar einen neuen Hafen. Ein Professor war es, den sie dem Literaten vorzog und mit dem sie sich rasch vereinte. Als die Trauerbotschaft, mit der er überhaupt nicht gerechnet hatte, Fleming erreichte – er weilte gerade im Kaukasus –, reagierte er, wie es in seiner Zunft üblich und in seiner Epoche Mode war: mit einem Sonett.

Er habe den Fehler begangen, alle seine Gefühle einem einzigen Menschen zuzuwenden – die allegorische Umschreibung dieses einfachen Gedankens wirkt heute unfreiwillig komisch. Sie ist auch, gelinde gesagt, ziemlich naiv. Der Handel und die Liebe? Der poetische Vergleich hinkt, weil ein Kaufmann über sein Gut verfügen kann, wie er es für richtig hält, wohingegen die Entscheidungsfreiheit des Liebenden (nicht des Geliebten!) zumindest partiell oder temporär eingeschränkt ist.

In dieser ersten Strophe erweist sich Fleming als der glänzende Schüler (aber eben nur der Schüler) seines Meisters, des gelehrten, des allzu gelehrten Dichters Martin Opitz. Doch in den nächsten Strophen, vor allem in der letzten und besten, gelingt es Fleming, innerhalb der überlieferten Form, deren strenge Regeln er genau befolgt, einen den Zeitstil überwindenden individuellen Ton zu treffen und so Persönliches auch persönlich auszudrücken.

Zugleich wird hier deutlich, wie modern dieser erste große Erotiker des Barocks, seine Vorgänger übertreffend, die

Liebe versteht: Er sieht in ihr eine Möglichkeit der Selbstverwirklichung des Mannes. Und jetzt, da er sich verstoßen fühlt, ist er entsetzt, daß dieselbe Liebe seine Selbstbehauptung gefährdet, ja seinem ganzen Leben die Grundlage entzieht: »Mein Sinn ist ohne sich; mein Geist zeucht von mir aus. Mein Alles wird nun Nichts.«

Es ist also – und gerade das trägt zur Modernität dieses Gedichts bei – nicht der Verlust der Geliebten, der ihn erschüttert, sondern eher die Angst, dieser Verlust könne ihn seiner Identität berauben, ihn selber zerstören. Dafür findet Fleming eine poetische Formel, die so klar wie knapp, die vollkommen ist: »Nun bin ihn ohne sie; nun bin ich ohne mich.« Was hier erzählt wird: Es ist eine alte Geschichte, doch bleibt sie immer neu.

ANDREAS GRYPHIUS
ABEND

Der schnelle Tag ist hin, die Nacht schwingt ihre Fahn
Und führt die Sternen auf. Der Menschen müde Scharen
Verlassen Feld und Werk; wo Tier' und Vögel waren,
Traurt itzt die Einsamkeit. Wie ist die Zeit vertan!

Der Port naht mehr und mehr sich zu der Glieder Kahn.
Gleich wie dies Licht verfiel, so wird in wenig Jahren
Ich, du, und was man hat und was man sieht, hinfahren.
Dies Leben kömmt mir vor als eine Rennebahn.

Laß, höchster Gott, mich doch nicht auf dem Laufplatz gleiten,
Laß mich nicht Ach, nicht Pracht, nicht Lust, nicht Angst verleiten!
Dein ewig heller Glanz sei vor und neben mir!

Laß, wenn der müde Leib entschläft, die Seele wachen,
Und wenn der letzte Tag wird mit mir Abend machen,
So reiß mich aus dem Tal der Finsternis zu dir.

HANS-RÜDIGER SCHWAB
DAS LEBEN ALS RENNEBAHN

In Dramen wie Gedichten spricht Andreas Gryphius von der Vergänglichkeit. Meist bedient er sich der pathetisch bewegten Rede voller Drastik, Wucht und rhetorischer Dringlichkeit. Nur selten wählt er eine so verhaltene Instrumentierung wie in dem vorletzten Text aus dem Zyklus seiner Tageszeitensonette von 1646.

Es beginnt mit einer meditierenden Naturbetrachtung. Sparsam ausgewählte Details einer typischen Abendstimmung folgen einander in kurzen, unaufwendigen Sätzen. Während die Nacht beginnt, tritt mit dem »schnellen Tag« zugleich alles Lebendige ab. Es weicht einer übermächtigen, »trauernden Einsamkeit«, die Leere abbildet, Verlorenheit, Tod und so, zugleich auf den Fluchtpunkt der eigenen Existenz vorausdeutend, das wahre Antlitz der Wirklichkeit spiegelt. Im Ablauf der Tageszeiten mit seinen Gegensätzen ist die Natur ein verweisendes Zeichen.

So wendet sich die Perspektive alsbald von der Außenwelt zur Reflexion menschlicher Befindlichkeit. In paradoxer, umgekehrter Bewegung einer Metapher, die zum festen Bestand der Barockpoeten gehört, naht sich der Hafen unaufhaltsam dem Schiff. Der Tod kommt auf das Leben zu: »mehr und mehr« wächst und reift er in ihm. Folgerichtig gerinnt nun die aus den Bildern gewonnene Einsicht zu einer direkten Aussage über die Flüchtigkeit des Lebens, die jeden Menschen angeht und zum Abschluß der beiden Quartette noch einmal in ein Bild übersetzt wird.

Das Leben als »Rennebahn« nimmt die Eingangsbewegung des »schnellen Tags« auf und erweitert sie im ethischen Sinne: als *Cursus* der existentiellen Bewährung. Gemeint ist nicht nur die rasch dem Ziel zueilende Geschwindigkeit, sondern mehr noch der damit verbundene Wettkampf mit sich selbst. Denn natürlich konnte der Dichter darauf vertrauen, daß seine Leser ihren Paulus ebensogut kannten wie er selbst und sich in den Sinn zu rufen vermochten, was er denen, so (wie Luther übersetzt) »in den Schranken laufen«, als Verpflichtung mitgab.
Durch diese Assoziationen ist die Wendung zum Gebet in den beiden Terzetten vorbereitet. Der Wechsel des Rhythmus verleiht der Anrede flehentlichen Nachdruck, auch wenn das sprechende Ich natürlich keineswegs individuell, sondern modellhaft zu verstehen ist. Eine zentrale Antithese setzt gegen das stets aufs neue »verfallende Licht« den »ewig hellen Glanz« eines Gottes, dem allein die Macht eignet, aus der beständigen Krankheit zum Tode zu erlösen. Im Aufblick zu diesem Gott findet die uralte Sehnsucht des Menschen nach Abwesenheit von Zeit und Leid zu sich selbst, jene Sehnsucht nach einem ganz anderen Zustand, einem Jenseits der eigenen Hinfälligkeit, die die Welt nicht erfüllen kann.
Die Bitte um stete Wachsamkeit auf dem rechten Weg gilt einer stoischen Tugend: allen Verlockungen des Lebens, und zwar nicht nur seinen Bedrängnissen, sondern auch seiner Größe und Schönheit, gegenüber unbeeindruckt zu bleiben. Während man aus dem Bewußtsein der rasenden Vergänglichkeit allenthalben auch eine leidenschaftliche Hinwendung zum Jetzt, zum äußersten Auskosten des Augenblicks, ableiten könnte, verbietet sich dies bei Gryphius für den, der die Bedeutung der Dinge zu dechiffrie-

ren versteht, als haltlose Illusion. Ist derlei spiritualistische Weltverneinung? Doch wohl eher das Bemühen um eine unerschütterliche Distanz zu allem, was die unkontrollierbaren Affekte in Gang setzt, um eine unberauschbare, tapfere Gelassenheit.

Gryphius' »Abend« ist ein Gedicht, das von weit her kommt. Merkwürdigerweise vermittelt es trotz der stilistischen Konvention seiner Epoche eine suggestiv berührende Aura – wie von überwundener Verzweiflung, von Gehaltenheit noch inmitten der Katastrophe.

ANDREAS GRYPHIUS
GRABSCHRIFFT MARIANAE GRYPHIAE SEINES BRUDERN PAULI TŎCHTERLEIN

Gebohren in der Flucht/umbringt mit Schwerd und Brand/
Schir in dem Rauch erstůckt/der Mutter herbes Pfand/
Des Vatern hȫchste Furcht/die an das Licht gedrungen/
Als die ergrimmte Glutt mein Vaterland verschlungen.
Ich habe dise Welt beschawt und bald gesegnet:
Weil mir auff einen Tag all Angst der Welt begegnet.
Wo ihr die Tage zehlt; so bin ich jung verschwunden/
Sehr alt; wofern ihr schåtzt/was ich für Angst empfunden.

KLARA OBERMÜLLER
AUF EINEN TAG ALL ANGST DER WELT

Ein Kind spricht. Wir wissen wenig von ihm: daß es nur ein paar Tage gelebt hat und daß diese kurze Spanne Zeit von Krieg überschattet war. Menschen waren auf der Flucht, Städte brannten, feindliche Truppen zogen sengend und mordend durchs Land. Mariana Gryphius ist in einen Krieg hineingeboren worden, der als der Dreißigjährige in die Geschichte eingegangen ist. Wäre ihr Onkel nicht ein berühmter Dichter gewesen, sie wäre vergessen wie Tausende und Abertausende, die in jenen Jahren in Deutschland für Luther oder Papst ihr Leben ließen. Was Krieg und Brand nicht dahinrafften, holte sich die Pest. Mehr als dreihundert Jahre trennen uns von dem kleinen Gedicht, aber ich kenne keins, das mich den Wahnsinn des Krieges schmerzlicher fühlen ließe.
Gryphius selbst war zwei Jahre alt, als der Krieg ausbrach. Er hat mit angesehen, wie die schlesischen Städte Glogau und Freystadt in Schutt und Asche versanken, und ist zweimal nur knapp einer Pestepidemie entronnen. Als er 1656 nach Glogau zurückkehrte, hatten nur gerade dreihundert Bürger das Wüten des Schwarzen Todes überlebt. Gryphius wußte, worum es ging, wenn er vom Krieg sprach. Im Gegensatz zu manch anderen Begriffen ist »Krieg« in seinen Gedichten keine Metapher. Der Krieg ist konkret. So konkret, daß neugeborene Kinder über Nacht alt werden und sich entsetzt aus der Welt stehlen. So konkret, daß die Toten die Lebenden betrauern, weil

sie auf dieser Erde weiterleben müssen. »Trauer über dich, der du mußt auf der Erden kämpfen«, läßt Gryphius in einem Sonett eine sterbende Frau zu ihren Hinterbliebenen sagen. »Selig sind zu schätzen/ Die welchen keine Not die Klau ins Herz kann setzen,/ Weil sie der Tod entsetzt«, heißt es in dem Gedicht »Über den Untergang der Stadt Freystadt«.

Dem Gedanken, daß eine Zeit kommen könnte, da die Lebenden die Toten beneiden, bin ich zuerst in der Friedensbewegung begegnet. Gryphius hat noch nichts geahnt von der Möglichkeit eines atomaren Holocausts; aber er hat die Wirklichkeit des Krieges gekannt, er hat die Not und das Elend der Zivilbevölkerung gesehen und gewußt, daß da der Tod als Erlöser kommt.

Erleichterung und fast so etwas wie ein absurdes Glück sprechen auch aus den acht Zeilen, die das kleine Flüchtlingskind aus dem Schlesien des siebzehnten Jahrhunderts an die Nachwelt richtet. Es hat »all Angst der Welt« empfunden; doch nun hat es diese Angst hinter sich. Die Trauer ist bei den Überlebenden: bei den Eltern, die ihr Kind verloren haben, bei uns, die wir unseren Kindern noch immer keine friedlichere Welt zu bieten haben. Die Trauer gilt uns, den Lebenden. Giftkrieg am Persischen Golf, Unruhen in Israel, Aufstände im Punjab, in Sri Lanka, in Afghanistan, Hungersnot einmal mehr in Äthiopien – und überall gehören Kinder zu den Opfern. Kinder wie diese ferne Mariana Gryphius aus Schlesien: »der Mutter herbes Pfand/ des Vatern höchste Furcht«. Sie ist gestorben vor der Zeit. Woran, wird nicht gesagt. Es genügt, zu wissen, daß ihr »auf einen Tag all Angst der Welt begegnet«, einem Kind, so unschuldig, wie nur ein Kind sein kann.

Andreas Gryphius hat zahlreiche Kriegsgedichte geschrieben, aber kein anderes, das so empört und so traurig macht. Es geht um ein Kind, ein neugeborenes und doch »Sehr alt; wofern ihr schaͤtzt, was ich fuͤr Angst empfunden«. Da kann auch der barocke *poeta laureatus* auf all seine Rhetorik und all sein Pathos verzichten – und auch auf allen geistlichen Trost. Es gibt ihn nicht, wo Kinder sterben; er wäre falsch, unecht, das muß auch Gryphius gespürt haben. Seine »Grabschrifft Marianae Gryphiae« entläßt uns ohne frommen Zuspruch und ohne Zuversicht, es sei denn die, daß dem Kind in einer anderen Welt zuteil werde, worauf es in seinem kurzen Erdenleben verzichten mußte: Liebe und Glück. Aber gesagt wird auch das nicht. Es wäre angesichts der Qual dieses Kindes schon zuviel.

ANDREAS GRYPHIUS
MORGEN SONNET

Die ewig-helle Schaar wil nun ihr Licht verschlissen /
  Diane steht erblaßt; die Morgenroͤtte lacht
  Den grauen Himmel an / der sanffte Wind erwacht /
Vnd reitzt das Federvolck / den neuen Tag zu gruͤssen.
Das Leben diser Welt / eilt schon die Welt zu kuͤssen
  Vnd steckt sein Haupt empor / man siht der Stralen Pracht
  Nun blinckern auff der See: O dreymal hoͤchste Macht
Erleuchte den / der sich itzt beugt vor deinen Fuͤssen!
  Vertreib die dicke Nacht / die meine Seel umbgibt /
  Die Schmertzen Finsternuͤß / die Hertz und Geist betruͤbt /
Erquicke mein Gemuͤtt / und staͤrcke mein Vertrauen.
  Gib / daß ich disen Tag / in deinem Dinst allein
  Zubring: und wenn mein End' und jener Tag bricht ein
Daß ich dich / meine Sonn / mein Licht moͤg ewig schauen.

RUPRECHT WIMMER
DIESE WELT UND GOTT

Das Gedicht ist eigentümlich ortlos. Es kennt keinen Schauplatz, kein Zentrum des Erlebens, sondern versammelt allgemeinste Kennzeichen einer Morgenszenerie: die verblassenden Sterne, den verschwindenden Mond, die aufkommende Morgenröte, den frischen Wind, der sich erhebt und die Vögel zum Singen bringt. Die Sonne schließlich, die aufgeht und deren Strahlen sich im Meer spiegeln. Dazu ist das alles in einer Weise gesagt, die dem heutigen Leser Schwierigkeiten macht – feierlich, mit künstlich-schwerfälligen Bildern und Umschreibungen. Für die Sterne steht die *ewig-helle Schar*, der Mond wird mit dem Namen seiner römischen Göttin *Diane* bezeichnet, die Vögel werden zum *Federvolk* und die Sonne zum *Leben diser Welt*. Das einzige Anliegen des Betrachtenden scheint es vorerst zu sein, die schwindende Nacht und den anbrechenden Tag einander entgegenzusetzen, wobei die jeweiligen »Lichter« – Sterne, Mond und Sonne – die beherrschende Rolle spielen.
Und doch ist das Gedicht mehr als eines der vielen Beispiele handwerklich-stereotyper Barockrhetorik. Zunächst einmal gehört es zu einem kleinen Zyklus, den sogenannten Tagzeitensonetten, in dem Andreas Gryphius in vierfach abgewandeltem Spiel das Licht der jeweiligen Tageszeit zum Gegenstand seiner Betrachtung macht, einer Betrachtung, die stets auf die Ewigkeit ausgreift, auf das Schicksal des Menschen nach dem Tod mithin. Die

Qualität des Textes liegt also auch darin, wie er das zentrale Motiv des Zyklus behandelt und abwandelt.

Doch auch wenn wir uns auf das »Morgen Sonnet« beschränken, erkennen wir einen Teil dieser Qualität. Der Übergang von der Anschauung zum Ewigkeitsgedanken erfolgt nicht parallel zur zweiteiligen Sonettform, also von den vierzeiligen zu den dreizeiligen Strophen, sondern gewissermaßen überstürzt, nämlich bereits innerhalb der Quartette, und zwar inmitten der zweiten Strophe, und dort auch noch inmitten einer Zeile: *O dreymal höchste Macht ...* Das gibt diesem Übergang Spontaneität, vermittelt den Eindruck des Gedrängtseins. Der Blick auf die Naturvorgänge des Morgens erzwingt den Aufblick zu Gott.

Hat man aber diese Dynamik, diesen dem Text eigenen Drang einmal erkannt, so erscheint manches von der Bildwelt des Gedichteingangs gar nicht mehr so selbstzweckhaft rhetorisch; die Art, wie die Natur angeschaut wird, ist ein Vorspiel der Betrachtung und des Gebetes, denn diese Natur wird schon als Abbild und Hinweis auf das Übernatürliche gesehen, ja »gelesen«. Die Sterne weisen als *ewighelle Schar* ins Überzeitliche, die antike Bezeichnung des Mondes hat göttliche Qualität, und die Sonne wird vorausblickend so umschrieben, wie dies auch für den *Creator mundi* möglich wäre: *Das Leben diser Welt.* An diesen Weltschöpfer in seiner Dreifaltigkeit wendet sich der Betrachter – zunächst in einem Morgengebet, das einen gottgefälligen Tag gelobt und zugleich erbittet. In einer unvermittelten Geste der Steigerung und der Weitung aber kommt es dann zum Blick auf das Weltende. Der eine Morgen wird unversehens zum entscheidendsten aller Morgen, zum Jüngsten Tag, und das an den einen Morgen gebundene Gebet wird zur Bitte um die ewige Seligkeit. Was an diesem Sonett die Jahrhunderte hindurch anrührt, ist seine im eigentlichen Wortsinn mitreißende innere Bewegtheit: vom Blick auf die Morgennatur hin zum Blick auf Gott; vom Morgengebet hin zum »Lebensgebet«. Und das eine wird nicht rhetorisch-pedantisch aus dem anderen gefolgert und entwickelt; vielmehr geben Rhetorik und Bildlichkeit der Gedichtbewegung ihre Bruchlosigkeit und ihren Schwung.

ANDREAS GRYPHIUS
TRÄNEN DES VATERLANDES

Anno 1636

Wir sind doch nunmehr ganz, ja mehr denn ganz verheeret!
Der frechen Völker Schar, die rasende Posaun,
Das vom Blut fette Schwert, die donnernde Kartaun
Hat aller Schweiß und Fleiß und Vorrat aufgezehret.

Die Türme stehn in Glut, die Kirch ist umgekehret,
Das Rathaus liegt im Graus, die Starken sind zerhaun,
Die Jungfraun sind geschänd't, und wo wir hin nur schaun,
Ist Feuer, Pest und Tod, der Herz und Geist durchfähret.

Hier durch die Schanz und Stadt rinnt allzeit frisches Blut.
Dreimal sind schon sechs Jahr, als unser Ströme Flut
Von Leichen fast verstopft, sich langsam fort gedrungen.

Doch schweig ich noch von dem, was ärger als der Tod,
Was grimmer denn die Pest und Glut und Hungersnot,
Daß auch der Seelenschatz so vielen abgezwungen.

MARIAN SZYROCKI
DIE WELT IST AUS DEN FUGEN

Dieses Sonett, eines der bekanntesten Barockgedichte, schrieb der erst zwanzigjährige Glogauer Pastorensohn Andreas Gryphius. Seit seiner Kindheit war er Zeuge von Kriegshandlungen, Feuersbrünsten, Pest und Tod. Er erlebte die Verfolgungen der Protestanten und mußte selbst für Jahre im polnischen Exil Zuflucht suchen. Diese Erfahrungen bestimmten in einem nicht geringen Maß seine Dichtung: »Mir zwang die scharfe Not / die Federn in die Faust.«

Anno 1636 waren im verwüsteten Schlesien wieder die Kaiserlichen an der Macht und suchten die protestantische Bevölkerung gewaltsam zu rekatholisieren. In dieser Situation entstand das Gedicht, geschrieben aus der Sicht des engagierten Lutheraners. Das Wort »Tränen« im Titel bezeichnet auch die poetische Gattung, die Trauerklage. Es ist die Klage über den Zustand des Vaterlandes, wobei die Steigerung »mehr denn ganz verheeret« nicht nur auf die materielle Verwüstung des Landes, sondern auch auf die geistige Verfassung der Menschen verweist.

In vier Halbversen werden die zerstörenden Mächte des Krieges, ihre apokalyptische Raserei, vorgeführt. Hab und Gut, das geistliche Amt, das weltliche Regiment, die Mächtigen, aber auch die Tugend wurden durch das Wüten des Krieges schwer getroffen, die Ordnung im öffentlichen und privaten Bereich ist aus den Fugen geraten. Bereits seit dreimal sechs Jahren dauert das Morden an. Die lange Zeitspanne von achtzehn Jahren, sie wird durch die Worte »verstopft« und »langsam« unterstrichen, drückt der Dichter durch Zerlegung in drei kleinere Zahlen aus, von denen jede für sich einen langen Zeitabschnitt bedeutet. Die drei Sechsen ergeben der Offenbarung des Johannes zufolge die bedeutungsträchtige apokalyptische Teufels- und Vanitaszahl »666«, mit deren Hilfe Gryphius auf den eigentlichen Urheber des Krieges hinzudeuten und die totale Vernichtung, das Weltende, anzukündigen scheint.

Im letzten Terzett folgt dann die Pointe: Ärger als Tod, Pest, Feuer und Hungersnot sei der Verlust des Seelenschatzes. Die Feststellung, daß »so viele« nicht die Kraft aufbringen konnten, sich den Zwangsbekehrungen zu widersetzen und im wahren Glauben auszuharren, steigert die Tragik der Aussage.

Die Trauerklage über das gewaltige Unglück des Vaterlandes ist extrem. Sie bedient sich der größtmöglichen Steigerung, die Komposition und die Stilmittel sind auf das Thema abgestimmt. Das wechselnde Verstempo, der starke Versrhythmus werden durch Häufung, durch stabende Lautanalogien, Binnenreime und Enjambements unterstrichen.

Der Dichter, der durch die verzweifelte Situation der Protestanten in seiner Heimat selbst aufs schmerzlichste betroffen war, hat seinen persönlichen Erfahrungen in dem Sonett Allgemeingültigkeit verliehen. Zwar benutzte der rhetorisch geschulte Andreas Gryphius überlieferte Bilder und Motive, er verwendet sie aber in einer damals beispiellosen Dichte und erreicht damit eine Intensität der Aussage, die dem Sonett individuelles Gepräge verleiht.

ANDREAS GRYPHIUS
VANITAS, VANITATUM, ET OMNIA VANITAS

Es ist alles gantz eytel. Eccl. 1. v. 2.

Ich seh' wohin ich seh / nur Eitelkeit auff Erden /
Was dieser heute bawt / reist jener morgen ein /
Wo jtzt die Städte stehn so herrlich / hoch vnd fein /
Da wird in kurtzem gehn ein Hirt mit seinen Herden:
Was jtzt so prächtig blüht / wird bald zutretten werden:
Der jtzt so pocht vnd trotzt / läßt vbrig Asch vnd Bein /
Nichts ist / daß auff der Welt könt vnvergänglich seyn /
Itzt scheint des Glückes Sonn / bald donnerts mit beschwerden.
Der Thaten Herrligkeit muß wie ein Traum vergehn:
Solt denn die Wasserblaß / der leichte Mensch bestehn
Ach! was ist alles diß / was wir vor köstlich achten!
Alß schlechte Nichtigkeit? als hew / staub / asch vnnd wind?
Als eine Wiesenblum / die man nicht widerfind.
Noch wil / was ewig ist / kein einig Mensch betrachten!

MARIAN SZYROCKI
AUGENZEUGE DES ZERFALLS

Andreas Gryphius' Sonett »Es ist alles eitel«, eines der berühmtesten Gedichte der Barockzeit, ist unter diesem Titel in der Fassung der Ausgabe letzter Hand aus dem Jahre 1663 bekannt geworden. Der Urtext, den wir hier abdrukken, entstand fast drei Jahrzehnte früher, mitten im Wüten des Dreißigjährigen Krieges, als das Werk des kaum zwanzigjährigen Dichters.

Dreimal nacheinander erklingt am Anfang der Vergänglichkeitsgedanke: lateinisch im Titel, im Untertitel deutsch – wörtlich nach der Bibel – und in der ersten Zeile des Sonetts als persönliche Erfahrung. Der Dichter, in dessen Heimat Krieg, Pest, Tod wüten, selbst Augenzeuge des Zerfalls, fühlt sich, nachdem er das Gesetz der Vergänglichkeit, das den Weltablauf bestimmt, erkannt hat, zur Wahrheitsverkündigung ermächtigt.

Das Gedicht beginnt mit einer prophetischen Formel »Ich seh' wohin ich seh«, in der das »Ich« sowohl durch die Anfangsstellung als auch durch seine Wiederholung besonders betont wird. In einer gehobenen offenbarenden Sprache wird die Abfolge von Konstruktivem und Destruktivem von »Heute« auf »Morgen« als Gesetzmäßigkeit dargestellt. Die Zerstörung der Städte – wohl das Werk des Krieges – erwähnt Gryphius direkt mit keinem Wort. Sie wird zwischen »jtzt« und »in kurtzem« stattfinden; zurückbleiben wird nur eine Wüstenei. Die seherische Untergangsverkündigung setzt Gryphius im zweiten Quartett in

antithetischen Halbversen fort und formuliert dann in der Mitte des Sonetts den *Vanitas*-Gedanken als allgemeingültigen Satz: nichts auf der Welt ist unvergänglich.
Die Kette von antithetischen Wendungen, in der auch Glück und Ruhm als unbeständig erkannt werden, klingt in einer Frage aus: wie soll, da alles vergeht, der Mensch bestehen? Sie bleibt, weil von vornherein nur eine negative Antwort gegeben werden kann, unbeantwortet. Nicht wie üblich nach dem achten, sondern erst jetzt, nach dem zehnten Vers, folgt der Sonetteinschnitt. Am Ende zieht Gryphius den Schluß aus dem Erfahrenen und Durchdachten: kein Mensch will, obwohl alles, was ihm wertvoll erscheint, nur Nichtigkeit ist, aus dieser Erkenntnis Folgerungen ziehen.
Der Dichter spielt die Möglichkeiten der Antithetik aus, zwischen Vers und Vers, Halbvers und Halbvers, Wort und Wort, zwischen Satzperiode und Satzperiode, bis zur Gegenüberstellung von Anfangs- und Schlußzeile, in denen das Irdisch-Vergängliche und das Transzendental-Ewige angedeutet werden. Als Seher erhebt er die mahnende Stimme, leitet aus den angeführten Beispielen das allgemeingültige Gesetz ab. Die Bestandsaufnahme wird zur Klage und klingt mit einer Anklage aus, die auf die Ursache allen Unheils, auf das Verhalten des Menschen selbst, verweist. Die in dem Leid der Zeitverhältnisse fundierte Grunderfahrung des jungen Gryphius, der *Vanitas*-Gedanke, ist die Hauptidee seiner ersten, 1637 veröffentlichten Gedichtsammlung.
Nach Jahren, während eines Auslandsaufenthaltes, arbeitete Gryphius die Sonette um, feilte auch später von Ausgabe zu Ausgabe weiter an ihnen. Seit der Zweitfassung trägt das *Vanitas*-Gedicht den Titel »Es ist alles eitel«. Die

Änderungen machen die Tendenz von Gryphius deutlich, aus der Distanz der Jahre von der persönlicheren zeitbedingten Aussage abzurücken zugunsten einer objektiven rhetorischen Sprache. Die Germanisten schwören auf die »korrektere« Ausgabe letzter Hand; von mir befragte Dichter ziehen den Urtext vor, so auch Günter Grass, der in einem neuen Roman die Erstfassung der Jugendsonette von Andreas Gryphius zitieren will.

CHRISTIAN HOFMANN VON HOFMANNSWALDAU
AUF DEN MUND

Mund! der die Seelen kann durch Lust zusammen hetzen,
Mund! der viel süßer ist als starker Himmelswein,
Mund! der du Alikant des Lebens schenkest ein,
Mund! den ich vorziehn muß der Inden reichen Schätzen,
Mund! dessen Balsam uns kann stärken und verletzen,
Mund! der vergnügter blüht als aller Rosen Schein,
Mund! welchem kein Rubin kann gleich und ähnlich sein,
Mund! den die Gratien mit ihren Quellen netzen;
Mund! ach Korallenmund, mein einziges Ergetzen!
Mund! laß mich einen Kuß auf deinen Purpur setzen.

WOLFGANG KOEPPEN
DIE REINE LUST

Seine Zeitgenossen, soweit sie sich für Poesie interessierten oder gar dichteten, eine beständige Minderheit, haben ihn geschmäht; die Literaturgeschichte hat ihn gebeutelt. Christian Hofmann von Hofmannswaldau (1616-1679) galt als Führer der sogenannten zweiten schlesischen Schule in der deutschen Barockdichtung, die, in der Zange der Nachgeburt, epigonal zu bleiben oder über die Kraft der Empfindung hinaus originell zu sein hatte. Die Armut kleidete sich ausländisch und modisch.
Hofmannswaldau war ein patrizisch kleinadliger Karrierist. Nach dem Besuch des Gymnasiums, einem ordentlichen Studium an der Universität begleitete er, die Chance junger Talente, einen Fürsten auf die übliche Bildungsreise durch Europa. Als Weltmann kehrte er zurück. Er bekam eine Ratsherrenstelle in seiner Geburtsstadt Breslau, wurde in Wien Kaiserlicher Rat, zeigte sich geschäftig, brauchbar, in seinem Lebenswandel unbescholten.
Die Literaten – Kollegen und Kritiker – versuchten, ihn in das Kabinett der Pornographie zu sperren, warfen ihm Schwülstigkeit, ausschweifende Sinnlichkeit, Nachahmung der »geilen Italiener« vor und verfolgten ihn mit kleinlichen Verhören über die Erlaubtheit der Ornamenta in der deutschen Sprache. Den Ruf des Kaiserlichen Rates schädigte es nicht. Hofmannswaldau war ein Hobbydichter. Es hätte ihn aber sehr gekränkt, das zu hören. Wie nachher dem Goethe war ihm seine Stellung in der gemei-

nen Welt die natürliche Beschäftigung und selbstverständliche Pfründe eines Herrn. Ein Dichter war er von Gottes Gnaden; was man ihm so wenig nehmen konnte wie dem Neger die schwarze Haut.
Sie schalten ihn einen Marinisten, einen Nachahmer des Giambattista Marini aus Neapel, dessen berühmtestes Gedicht »Adone« wegen unzüchtiger Stellen in Rom auf dem Index der verbotenen Bücher stand. Aus dem Schüler des stil marinesco wurde Hofmannswaldau wie sein Meister in der Literaturrangliste zum Manieristen, zu einem, der übertreibt und den guten Geschmack der Professoren und des gebildeten Publikums verletzt. Urteile, üblich in der Kunstgeschichte, die sich mit dem Winde ändern. Schon mancher Manierist entzückte die Sammler.
Sicher war Hofmannswaldau von einer Gedichtzeile Marinis beeindruckt, der vom Maler Schidoni mit der Strenge des Frost und der Flamme porträtiert werden wollte. In Hofmannswaldau brannte eine Flamme, die im Frost des Schreibens ein Kunstwerk der Sprache, ein Gedicht schmieden sollte. Benn meinte, ein Gedicht wird gemacht.
Mir gefällt die leidenschaftliche Rede »Auf den Mund«, die starke Beschwörung, die fast wütende Dokumentation des Begehrens. Die Aussage könnte von heute sein, die Form der ständigen Wiederholung eines Leitwortes nicht minder. Dieser Mund hat ein Kunststück der Photographie vorweggenommen, eine Großaufnahme des Mundes der Geliebten, ein Körperdetail, schwellend, prall, feuchtrot glänzend, ein erotisches Objekt, eine Seite in einer dieser Zeitschriften, der Mund als Sexualorgan – und nicht entwürdigt. Der Dichter, der ihn besingt, beseeligt ihn.
Hofmannswaldau scheut nicht die schmückenden Ver-

gleiche, rare Ornamente, um seinen Traummund zu erhöhen und sein eigenes Entflammtsein begreiflich zu machen. Er häuft Schätze um die Begierde, streift die Verkaufssprache eines Juweliers, doch kein Mädchen, keine Frau, kein Hals ist geschaffen, den Rubin zu tragen. Das Gedicht bleibt geklammert an seine alleinige Faszination: den Mund. Es gewinnt durch diese Monomanie die Stärke des Ausdrucks, die Kraft des Bekennens und vermittelt für den Augenblick des Lesens die sinnlichste Verzauberung.

CHRISTIAN HOFMANN VON HOFMANNSWALDAU
DIE WELT

Was ist die Lust der Welt? nichts als ein Fastnachtsspiel /
So lange Zeit gehofft / in kurzer Zeit verschwindet /
Da unsre Masquen uns nicht hafften / wie man wil /
Und da der Anschlag nicht den Ausschlag recht empfindet.
Es gehet uns wie dem / der Feuerwercke macht /
Ein Augenblick verzehrt offt eines Jahres Sorgen;
Man schaut / wie unser Fleiß von Kindern wird verlacht /
Der Abend tadelt offt den Mittag und den Morgen.
Wir fluchen offt auf diß / was gestern war gethan /
Und was man heute küst / muß morgen eckel heissen /
Die Reimen / die ich itzt geduldig lesen kan /
Die werd ich wohl vielleicht zur Morgenzeit zerreissen.
Wir kennen uns / und diß / was unser ist / offt nicht /
Wir treten unsern Kuß offt selbst mit steiffen Füssen /
Man merckt / wie unser Wunsch ihm selber widerspricht /
Und wie wir Lust und Zeit als Sclaven dienen müssen.
Was ist denn diese Lust und ihre Macht und Pracht?
Ein grosser Wunderball mit leichtem Wind erfüllet.
Wohl diesem / der sich nur dem Himmel dienstbar macht /
Weil aus dem Erdenkloß nichts als Verwirrung quillet.

RUPRECHT WIMMER
REVUE DER WELTLUST

Hofmannswaldau hat mit Andreas Gryphius das Geburtsjahr 1616 gemeinsam, viele seiner Dichtungen entstanden zeitgleich mit denen seines geschätzteren schlesischen Landsmannes. Da er diesen aber um fünfzehn Jahre überlebte und die meisten seiner kunstvollen Texte wegen des posthumen Erscheinens (1679 und später) nur schwer zu datieren sind, hat er das Odium des nachgeborenen Wort-Artisten auf sich gezogen. Die sogenannte zweite schlesische Schule, die er mitrepräsentierte, gilt seit der Aufklärung als verantwortlich für Substanzverlust, Formversessenheit, »Schwulst« der spätbarocken Dichtung. Das vorliegende Gedicht scheint dieses Urteil zu bestätigen. Es stellt eine Frage, die für das siebzehnte Jahrhundert alles andere als neu ist: *Was ist die Lust der Welt?* – beantwortet sie durch eine Reihe von Bildern und Vergleichen, die das Vergängliche, die »Vanitas« aller Weltlust belegen, um am Ende auf das einzig Beständige, das Jenseits, »den Himmel« hinzuweisen.

Wir sind bis heute von der Vorstellung des lyrischen Erlebnisses bestimmt und möchten ein gelungenes Gedicht als Textereignis ansehen, um das herum zumindest für die Zeit des Hörens oder Lesens nichts anderes gelten darf. Deshalb sind wir nicht unbedingt das richtige Publikum für solche »Abrisse« in Gedichtform. Die Hörer und Leser des Barockjahrhunderts wußten, wie sie diesen Typus zu nehmen hatten: als bekannte, aber sprachlich neu, gelegentlich überraschend formulierte Botschaft, die im Einverständnis mit ihren Adressaten hinüberschaut auf Vergleichbares und bereits Gesagtes in Wort und Bild – etwa auf themenverwandte Gedichte desselben Autors (»Was ist die Welt und ihr berühmtes Glänzen?«), vielleicht auch auf populäre Theologie – ein Büchlein des Jesuiten Sandaeus über den »Mundus fallax«, die betrügerische Welt, war 1631 erschienen und ist nur einer von vielen derartigen Traktaten.

Im Hintergrund können auch Sammlungen von Emblemen stehen, welche die verschiedenen Aspekte der Welt in Bilder und Sentenzen fassen. Die ebenso wuchtig wie banal klingende Eingangsfrage des Gedichts wird spielerisch-kulant, wie durch das Vorblättern einiger Seiten eines Emblembuches, wieder einmal beantwortet. Der Gedanke, der die Bilder dieser Antwort zusammenhält, ist leicht auszumachen: Lange Erwartetes und Vorbereitetes ist unversehens Vergangenheit, *Anschlag* und *Ausschlag*, Plan und Ergebnis, passen nicht zusammen, das Morgen desavouiert das Gestern und Heute. Dabei erfahren wir Menschen Enttäuschungen *(unser Fleiß von Kindern wird verlacht)* und bereiten selber welche, etwa wenn wir *unsern Kuß* – das ist kurz und gut gesagt vom geliebten Gegenüber, das wir umarmen – unvermittelt *mit steiffen Füßen* treten, also rücksichtslos behandeln.

Die Antwort des Gedichts gibt sich leicht; und sein Reiz liegt nicht nur in seinem indirekt eingestandenen Ausschnitt- und Spielcharakter, sondern auch in der Folge seiner Bilder und Vergleiche. Mit dem Fastnachtsspiel und seinen Masken, mit dem Feuerwerk, dem *Kuß*, den *Reimen* und dem bunten Ballon (dem *Wunderball*) kommen die attraktiven Seiten der barocken Welt – und nicht nur dieser – ins Gedichtspiel: die Kunst, vor allem auch in ihren dekorativen Varianten, und die Liebe. Die zwei letzten der insgesamt zwanzig Alexandriner, die sich vom *Erdenkloß* der Welt abwenden und auf den Himmel schauen, können diese angedeutete Revue der Weltlust nicht vergessen machen und wollen das wohl auch nicht. In der dichterischen Freude an den bunten Weltbildern verbirgt sich viel Freude an der Welt selbst – bei aller Klage.

CHRISTIAN HOFMANN VON HOFMANNSWALDAU
VERGÄNGLICHKEIT DER SCHÖNHEIT

Es wird der bleiche Tod mit seiner kalten Hand
Dir endlich mit der Zeit um deine Brüste streichen,
Der liebliche Korall der Lippen wird verbleichen,
Der Schultern warmer Schnee wird werden kalter Sand;

Der Augen süßer Blitz, die Kräfte deiner Hand,
Für welchen solches fällt, die werden zeitlich weichen.
Das Haar, das itzund kann des Goldes Glanz erreichen,
Tilgt endlich Tag und Jahr als ein gemeines Band.

Der wohlgesetzte Fuß, die lieblichen Gebärden,
Die werden teils zu Staub, teils nichts und nichtig werden,
Denn opfert keiner mehr der Gottheit deiner Pracht.

Dies und noch mehr als dies muß endlich untergehen.
Dein Herze kann allein zu aller Zeit bestehen,
Dieweil es die Natur aus Diamant gemacht.

MARIAN SZYROCKI
TOD ALS VORWAND

Es gibt eine Leichtigkeit, die nur späten Zeiten zu eigen ist. Der Abschied von dem, was einer zu Ende gehenden Epoche sein Gepräge gab, erlaubt ein Spiel, in dem die Schwere des Überkommenen sich löst. Das Sonett Hofmannswaldaus, 1695 zum erstenmal postum veröffentlicht, kündigt sich an als Mahnung an die Vergänglichkeit alles Lebendigen, und weibliche Schönheit ist dessen Inbegriff. Ein ehrwürdiger und schwerblütiger Gedanke, der den Zeiten des Dreißigjährigen Krieges selten aus dem Sinn geriet.

Der Tod indessen, der das Gesetz alles Irdischen zu exekutieren hat, ist hier kein Dürerscher Sensenmann mehr und noch kein Claudiusscher Freund Hein; wie ein galanter Liebhaber verhält er sich. Die Aufzählung weiblicher Reize mit dem ganzen Arsenal des Schönheitspreises, das die Liebeslyrik seit den Sonetten Petrarkas angesammelt hatte, mit ihrer inzwischen unbändigen Lust am Funkeln der Antithesen und Oxymora (»warmer Schnee«), ihrer Freude, dem oft Gesagten doch noch eine geistreiche Wendung abzugewinnen – sie fügt Leben und Sterben dergestalt zusammen, daß das eine zum Anlaß des anderen wird: Die Vergänglichkeit läßt schöne Körperlichkeit in ihrer Fülle und Wirkung erglänzen, und diese verweist in all ihren Teilen auf die Nichtigkeit des Irdischen. Was aber, wenn alles aus ist? »Denn opfert keiner mehr der Gottheit deiner Pracht«. Vanitas: darin hätte noch Gryphius jene Pointe gefunden, die das barocke Sonett gebot.

Aber der Sinn der Zeile begnügt sich eben damit nicht, denn die Mahnung an den Tod enthüllt sich in Wahrheit als Taktik eines Liebhabers, dem der Liebhaber Tod als Vorwand diente. Hinter der Todesmahnung des *memento mori* wird jetzt gehört das frohere Argument des *carpe diem:* nütze den Tag, ergib dich dem Leben, solange es noch nicht zu spät ist. Nicht genug aber mit dieser spielerhaften Auswechslung zweier Gedanken, die die Lyrik der Epoche bestimmt hatten: die vorletzte Zeile des Sonetts scheint einen weiteren hinzuzufügen, den stoischen Gedanken der »großmütigen« Beständigkeit gegenüber Schicksal und Tod; »bestehen« – *constantia.*

Allein, auch damit hat es sein Bewenden nicht. Von aller Nichtigkeit ausgenommen ist das Herz der Frau nicht deshalb, weil es von stoischer Großmut beseelt wäre, sondern: es ist von Stein, vom härtesten. Das aber bedeutet – erst im letzten Halbvers rückt Hofmannswaldau mit seiner dritten Pointe heraus – die Sprödigkeit und Unerweichlichkeit der Geliebten, über die die petrarkistischen Liebesdichter schon einige Jahrhunderte lang ihren konventionellen und prächtigen Jammer angestimmt hatten.

So ist auf dem engen Raum der vierzehn Zeilen eines Sonetts versammelt, wovon die Poeten vorher zu reden wußten: Vergänglichkeitsmahnung, petrarkistisches Frauenlob, stoische Beständigkeit werden zugunsten des *carpe diem* ironisch gegeneinander ausgespielt. Die Motive haben die Leichtigkeit des Verfügbaren bekommen, der Ernst wird in ästhetischem Spiel aufgehoben. Ein glücklicher und meisterhafter Abschied, dessen unnachahmlicher Reiz freilich historische Einsicht in die Traditionen voraussetzt, denen er auf so geistvolle Weise gilt.

CHRISTIAN HOFMANN VON HOFMANNSWALDAU
WO SIND DIE STUNDEN

Wo sind die Stunden
Der süßen Zeit,
Da ich zuerst empfunden,
Wie deine Lieblichkeit
Mich dir verbunden?
Sie sind verrauscht. Es bleibet doch dabei,
Daß alle Lust vergänglich sei.

Das reine Scherzen,
So mich ergetzt
Und in dem tiefen Herzen
Sein Merkmal eingesetzt,
Läßt mich in Schmerzen,
Du hast mir mehr als deutlich kund getan,
Daß Freundlichkeit nicht ankern kann.

Das Angedenken
Der Zuckerlust
Will mich in Angst versenken.
Es will verdammte Kost
Uns zeitlich kränken.
Was man geschmeckt und nicht mehr schmecken soll,
Ist freudenleer und jammervoll.

Empfangne Küsse,
Ambrierter Saft,

Verbleibt nicht lange süße
Und kommt von aller Kraft;
Verrauschte Flüsse
Erquicken nicht. Was unsern Geist erfreut,
Entspringt aus Gegenwärtigkeit.

Ich schwamm in Freude,
Der Liebe Hand
Spann mir ein Kleid von Seide;
Das Blatt hat sich gewandt,
Ich geh im Leide,
Ich wein itzund, daß Lieb und Sonnenschein
Stets voller Angst und Wolken sein.

HANS CHRISTOPH BUCH
ABGESANG AUF DIE WELT DES BAROCK

Dieses Liebesgedicht hat mich ein halbes Leben lang begleitet, seit ich die Verse in Benjamin Neukirchs Anthologie »Herrn von Hofmannswaldau und andrer Deutschen auserlesener und bißher ungedruckter Gedichte erster theil / nebenst einer vorrede von der deutschen Poesie« vor dreißig Jahren für mich entdeckte. Nach ihrem ersten Erscheinen 1695 wurde die »Neukirchsche Sammlung«, wegen ihrer anzüglichen Erotica, in Raubdrucken vervielfältigt und mehrfach neu aufgelegt, während Hofmannswaldaus Lyrik nach kurzlebigem Erfolg der Vergessenheit anheimfiel.
Die Kritik brach ihren Stab über den dichtenden Ratsherrn aus Breslau, dessen an italienischen Vorbildern orientierter, manieristischer Stil all dem diametral entgegengesetzt war, was eine an Goethe und Schiller orientierte Germanistik später zur Norm erhob: die sexuelle Freizügigkeit von Hofmannswaldaus Poesie war im prüden neunzehnten Jahrhundert ebenso verpönt wie ihre marmorne Glätte und als schwülstig diffamierte Metaphorik. »In seinem Werke machen sich neben der Gemeinheit die seichte Gelegenheitsdichterei, die reimende Schwatzhaftigkeit, die kriecherische Schmeichelei in einer unglaublichen Art breit. Kaum aus einer anderen Quelle vermag man die Armut des deutschen Geisteslebens so wie hier kennen zu lernen«, schrieb etwa der Literaturhistoriker Otto von Leixner vor hundert Jahren.

Wie alle guten Liebesgedichte schildern Hofmannswaldaus Verse nicht das Glück der Liebe, sondern den Umschlag von Euphorie in Melancholie; die Trauer um die verlorene Geliebte wird zur Suche nach der verlorenen Zeit. Anders als in seinem berühmten Sonett *Es wird der bleiche Tod mit seiner kalten Hand / Dir endlich mit der Zeit um deine Brüste streichen*, das mit seinem morbiden Ästhetizismus selbst dem Verwesen des Körpers noch sinnliche Reize abgewann, wird das biblische Pathos der Vergänglichkeit hier ins Persönliche, ja Intime zurückgenommen und herabgestimmt.
Das Gedicht ist ein Abgesang auf das Weltempfinden des Barock, das noch einmal rhetorisch beschworen und zugleich, in aller Stille, nostalgisch verabschiedet wird. Die preziösen Metaphern: Zuckerlust, ambrierter Saft (Sirup oder Gelee) und Seide wirken wie ein letztes Aufgebot. Die Angebetete erscheint weder als leichtgeschürzte Schäferin namens Clorinde, Doris oder Flavia noch als eine der klassischen Literatur entlehnte Venus oder Lesbia – sie bleibt namenlos, und gerade darin liegt die Glaubwürdigkeit des Gedichts.
Hier spricht kein Versemacher, der virtuos mit Reimen und Metaphern spielt, sondern ein lyrisches Ich, dessen Aussage durch ihre Authentizität betroffen macht – das Modewort dafür heißt Subjektivität oder Sensibilität. Schon metrisch unterscheidet sich das Gedicht vom gravitätisch schreitenden Alexandriner des zitierten Sonetts: sein volksliedhaft lockerer Ton nimmt, an der Schwelle zur Aufklärung, bereits die spätere Erlebnislyrik von Johann Christian Günther und Goethe vorweg.
Das Gedicht ist dermaßen untypisch für die metaphorisch gespreizte und rhetorisch gestanzte Poesie des Spätbarock,

daß Hofmannswaldaus Autorschaft in Zweifel gezogen worden ist. Dazu hat der Herausgeber Benjamin Neukirch in seiner Vorrede das Entscheidende gesagt: »Solten etwan die lieder versehen sein / und etliche / so ich dem Herrn von Hofmannswaldau gegeben / einem andern zustehen / so wird sich hoffentlich dieses namens niemand zu schämen / dieser grosse Mann auch keinen schimpff davon haben.«

UNBEKANNTER DICHTER
WILLST DU DEIN HERZ MIR SCHENKEN

Willst du dein Herz mir schenken,
So fang es heimlich an,
Dass unser beider Denken
Niemand erraten kann.
Die Liebe muss uns beiden
Allzeit verschwiegen sein,
Drum schliess die grössten Freuden
Im innern Herzen ein.

Behutsam sei und schweige
Und traue keiner Wand,
Lieb innerlich und zeige
Dich aussen unbekannt.
Kein Argwohn musst du geben,
Verstellung nötig ist,
Genug, dass du, mein Leben,
Der Treu versichert bist.

Begehre keine Blicke
Von meiner Liebe nicht.
Der Neid hat viele Tücke
Auf unsern Bund gericht!
Du musst die Brust verschliessen,
Halt deine Neigung ein,
Die Lust, die wir geniessen,
Muss ein Geheimnis sein.

Zu frei sein, sich ergehen,
Hat oft Gefahr gebracht.
Man muss sich wohl verstehen,
Weil ein falsch Auge wacht.
Du musst den Spruch bedenken,
Den ich vorher getan:
Willst du dein Herz mir schenken,
So fang es heimlich an.

FRANK TROMMLER
DIE LIST DES LIEBENDEN

Gedichte von unbekannten Verfassern haben etwas mit anonymen Briefen gemein: sie verunsichern, auch wenn sie Wahrheiten sagen. Ich fand das Gedicht neben anderen literarischen Waisen wie »Dort oben auf jenem Berge da geht ein Mühlerad« und »Es ist ein Schnitter, heißt der Tod« in einem »Deutschen Gedichtband für Ausländer« jenseits des Atlantik in einem Büro voller amerikanischer Textbücher. Jemand hatte es ausgewählt, um Ausländer mit uns Deutschen vertraut zu machen. Wie aufschlußreich, gerade in seiner Anonymität!
In seinen Zeilen begegnete ich dem anheimelnd Lieben, Zarten, Innigen und Schlichten, das so lange als unser schönster, allerdings auch heimlichster Besitz gegolten hat – anderen nur schwer zugänglich –, aber auch dem eigentümlich aktiven Hinnehmen einer ungreifbaren Autorität, die uns unseren Alltag vergällt, wenn wir nicht genaue Vorsichtsmaßregeln und Sprachregelungen aufstellen – anderen ebenfalls nur schwer zugänglich. War es wirklich nur ein Liebesgedicht aus früherer Zeit, als die Liebe noch nicht so befreit war wie heute? Bezogen sich die geschilderten Verhaltensformen nur auf die Liebe oder nicht doch auch auf die Gesellschaft? Tritt nicht dort, wo bei zwei Menschen die Liebe das Verhalten zueinander bedingt, im gesellschaftlichen Raum die Politik an deren Stelle und gibt der Auseinandersetzung mit den Autoritäten ihr Gepräge?

Erst nach einiger Zeit habe ich einen neuen Anlauf unternommen, zu klären, warum mich diese vier schlichten, melodischen Strophen so anrühren. Ich fand sie unter den vielen schönen Gedichten wieder, die Rudolf Borchardt in der Sammlung »Ewiger Vorrat deutscher Poesie« vereinigt hat. Dort sind sie mit dem Hinweis versehen, daß der unbekannte Dichter in Simon Dachs Kreis zu suchen sei, der um 1630 in Königsberg hervortrat und innerhalb der Barocklyrik eine Sonderstellung einnimmt.

Borchardt verlegte die Entstehung des Gedichts lange vor das Erscheinen von Bachs »Notenbüchlein für Anna Magdalena Bach«, durch das es als Lied volkstümlich geworden ist.

Mit dem Schwulst vieler Barockgedichte hat es nichts zu tun, sonst hätte es als Lied nicht so großen Erfolg gehabt. Hier sagt ein Liebender ohne Schnörkel und Getue seiner Geliebten, genauer: seiner Liebenden, sie müßten ihre Liebe geheimhalten, um sie nicht zu gefährden. Ihr Vertrauen zueinander stehe gegen Neid und Argwohn der Gesellschaft. Ohne Zweifel ist es ein Mann, der redet. Die Klugheit und Diplomatie seiner Aussage ist, was einst wohl weniger auffiel als heute, nicht ohne Anmaßung. Doch spricht er mit Wärme und Überzeugungskraft, als erfahrener Liebender, der ihrer beider Liebe mit allen Mitteln schützen will.

Diese Verse bewegen sich so natürlich von Strophe zu Strophe, daß ihre listenreiche Botschaft als etwas Selbstverständliches erscheint. Sie überspannen die Jahrhunderte, weil sie die literarische Mode ihrer Zeit hinter sich lassen und zur persönlichen Erfahrung vorstoßen. Ihre Schönheit liegt darin, daß sie die Poesie der Liebe nicht eigens zu beschwören brauchen, sondern diese, indem sie

vom konkreten Ich und Du reden, in gelebte Wirklichkeit verwandeln.
Zugleich lenken sie den Blick auf die Liebe in unserer Zeit, die viel freier und unkomplizierter geworden ist. Der Kontrast ist schlagend: die Geheimnistuerei brachte so viel Beschwerlichkeit mit sich, daß wir uns glücklich schätzen können, ohne solche gesellschaftliche Restriktionen zu leben. Allerdings – ist das noch die Liebe, die in unserem Gedicht gemeint ist? Lebt Liebe nicht gerade auch von den Widerständen der Gesellschaft? Es scheint, als ob jene Heimlichkeit auch spezielle Intensität und Intimität ermöglichte. So könnte in dem Gedicht nicht nur eine Wahrheit darüber liegen, wie man Liebe erhält, sondern auch darüber, wie man sie entfacht und brennen macht.

SIBYLLA SCHWARZ
IST LIEB EIN FEUR

ISt Lieb ein Feur / und kan das Eisen schmiegen /
bin ich voll Feur / und voller Liebes Pein /
wohrvohn mag doch der Liebsten Hertze seyn?
wans eisern waͤr / so wuͤrd eß mir erliegen /
Wans guͤlden waͤr / so wuͤrd ichs koͤnnen biegen
durch meine Gluht; solls aber fleischern seyn /
so schließ ich fort: Eß ist ein fleischern Stein:
doch kan mich nicht ein Stein / wie sie / betriegen.
Ists dan wie Frost / wie kalter Schnee und Eiß /
wie presst sie dann auß mir den Liebesschweiß?
Mich deucht: Ihr Herz ist wie die Loorberblaͤtter /
die nicht beruͤhrt ein starcker Donnerkeil /
sie / sie verlacht / Cupido / deine Pfeil;
und ist befreyt fuͤr deinem Donnerwetter.

WULF SEGEBRECHT
DONNERWETTER!

Wer bis zum Ende dieses von keiner Orthographiereform nivellierten Sonetts vorgedrungen ist, wird kaum zögern, dem Gedicht sein letztes Wort mit dem Ausdruck der Bewunderung zurückzugeben: »Donnerwetter!« Wie routiniert wird hier gereimt und geredet, versifiziert und verglichen! Eine Meisterin ihres Fachs war hier offensichtlich am Werk. Die Liebe ist eine hitzige Angelegenheit; von dieser Allerweltsweisheit geht sie aus. Die Liebe glüht und brennt wie Feuer; vor ihr müßte eigentlich schlechterdings alles hinschmelzen, also auch das geliebte Herz. Doch gerade daran scheint es hier zu fehlen. Denn in diesem Fall ist das geliebte Herz vom Feuer der Liebe offenbar nicht zu erreichen. Was für ein Herz muß das sein, das diesen Liebesflammen widersteht? Das ist das Thema des Gedichts. Es ist auf der Suche nach dem zutreffenden Vergleich für ein Herz, das geliebt wird, sich aber selbst von der Liebe nicht entflammen läßt.

In einer geradezu experimentellen Testreihe werden verschiedene Vergleichsmöglichkeiten erwogen und sogleich wieder verworfen: Aus Eisen und sogar aus Gold kann dieses Herz nicht sein, denn dann hätte es sich vom Feuer der Liebe schmelzen lassen müssen. Aus Fleisch und Blut kann es ebenfalls nicht bestehen, weil es sich tatsächlich als ein unerweichlicher Stein erwiesen hat; aber steinern kann es auch wieder nicht sein, weil es sich trügerisch verhält. Ein Vergleich des kalten Herzens mit Eis und Schnee kommt schließlich ebenfalls nicht in Frage, weil dann nicht zu erklären wäre, wie es einem Eisblock gelingen kann, dem Liebenden die Schweißperlen der Liebeshitze abzupressen. So bleibt nur noch der abschließende Vergleich des unerreichbaren Herzens mit den Lorbeerblättern übrig. Gerade dieser Vergleich kommt uns heute einigermaßen rätselhaft vor; ausgerechnet Lorbeerblätter sollen unberührt bleiben von den Donnerschlägen des Gewitters und von den Blitzpfeilen des Liebesgottes?

Spätestens hier zeigt sich, daß wir es nicht nur mit einem sehr gelungenen, sondern zugleich auch mit einem sehr gelehrten Gedicht zu tun haben. Denn der Vergleich des unberührbaren Herzens mit den Lorbeerblättern bezieht sich auf eine sinnbildliche Deutung des Lorbeerbaums, die bis in die Antike zurückreicht, von Plinius in seiner enzyklopädischen »Naturgeschichte« überliefert wurde und in den Emblembüchern des 16. und 17. Jahrhunderts wiederbegegnet. So zeigt ein Emblem des Gelehrten Joachim Camerarius unter dem Motto »Unantastbare Tugend« ein Bildchen, auf dem zu sehen ist, wie aus schwerem Gewitterhimmel zackige Blitze rechts und links an einem Baum vorbeizischen und in die Landschaft einschlagen. Die Erläuterung bringt das unter dem Bild stehende lateinische Distichon, das zu deutsch lauten könnte: *So wie die schönste Tugend unverletzt bleibt vom Übel / So vom Blitz unberührt steht der Lorbeerbaum da.*

Daß unter solchen Umständen auch das Gewitter der Pfeile des Liebesgottes nichts auszurichten und die Tugendhaftigkeit der Geliebten nicht ernsthaft in Gefahr zu bringen vermag, versteht sich schon fast von selbst. Über so konventionelle Liebesmühen und über ein solches mythologisches Donnerwetter kann die Geliebte nur spotten.

Wünscht sie sich insgeheim eine andere als eine nur gelehrte Liebe, die, wie das Gedicht zeigt, mit dem Inventar herkömmlicher petrarkistischer Liebeslyrik, mit den Kenntnissen einer verbreiteten Sinnbild-Kunst und mit der allgegenwärtigen Mythologie trefflich umzugehen versteht?

Das Gedicht, von einer Frau verfaßt, bedient sich der Perspektive des Mannes: Seine Schwierigkeiten, den zutreffenden Vergleich für das offensichtlich nicht zu erobernde Herz der Geliebten zu finden, stehen im Zentrum. Aber im Verlaufe des Gedichtes wird immer deutlicher, daß sich die Dichterin keineswegs damit begnügt, den männlichen Part nur zu imitieren, sondern daß sie es unternimmt, diese Rolle als ungenügend zu qualifizieren. Die gespreizte Gelehrsamkeit der Annäherungsversuche des Mannes wird letzten Endes als ein Bildungs- oder Theater-Donnerwetter entlarvt. So, beim besten Willen, kann das Herz einer Frau nicht gewonnen werden!

Wer mag die Frau gewesen sein, die im 17. Jahrhundert, als Ausbildung, Gelehrsamkeit und Poesie noch fast ausschließlich Privilegien der Männer waren, ein so kunst- und kenntnisreiches, raffiniertes und gewitztes Gedicht geschrieben hat? Sie, die Tochter eines Greifswalder Bürgermeisters, war »traun ein Wunder ihrer Zeit«, wie der Kieler Polyhistor und Poet Daniel Georg Morhof 1682 begeistert schrieb. Im Alter von nur siebzehn Jahren ist Sibylla Schwarz 1638 gestorben. Ihre postum publizierten Gedichte warten unbegreiflicherweise bis heute auf ihre Wiederentdeckung.

SIBYLLA SCHWARZ
LIEBE SCHONT DER GOͤTTER NICHT

LIebe schont der Goͤtter nicht /
sie kan alles uͤberwinden /
sie kan alle Herzen binden /
durch der Augen klahres Licht.
Selbst des Phebus Hertze bricht /
seine Klahrheit muß verschwinden /
er kan keine Ruhe finden /
weil der Pfeil noch in ihm sticht.
Jupiter ist selbst gebunden /
Hercules ist uͤberwunden
durch die bittersuͤsse Pein;
wie dan koͤnnen doch die Herzen
bloßer Menschen dieser Schmerzen
gantz und gahr entuͤbrigt seyn?

WALTER HINCK
DAS SONETT LERNT TANZEN

Unter allen Meteoren der deutschen Literatur verglüht einer besonders rasch: die Lyrikerin Sibylla Schwarz. Ihr Leben erreicht nicht eimal die Dauer des Kriegs, der ihre Epoche überschattet – gerade siebzehneinhalb Jahre wird sie alt. Wer aber ist diese Sibylla Schwarz? Die Literaturgeschichten, auch die der Frauenliteratur, haben, wenn überhaupt, nur einen Nebensatz für sie; ganzer Gedichte nehmen sich erfreulicherweise neuere Anthologien an. Sie lebte von 1621 bis 1638 in der Seestadt Greifswald, die ihr Vater eine Zeitlang als Bürgermeister durch den Dreißigjährigen Krieg steuerte, und es paßt in das unglückliche Bild ihres kurzen Daseins, daß sie am Hochzeitstag ihrer Schwester starb. Sie hat Poetiken und Dichtungen ihrer Zeit studiert und ist offenbar bei dem Versmeister Martin Opitz in die Schule gegangen. Kann dabei überhaupt mehr herausgekommen sein als Gymnasiastenpoesie?

Und ob! Zwölf Jahre nach ihrem Tod erscheint in Danzig, aus den Handschriften herausgegeben, »Sibyllen Schwarzin Vohn Greiffswald aus Pommern / Ander Teil Deutscher Poëtischer Gedichten«. Deren bester Teil braucht den Vergleich mit Versen der gerühmten Zeitgenossen nicht zu scheuen. Die junge Dichterin hält sich an bevorzugte Formen des Jahrhunderts wie Sonett und Ode und an Lieblingsthemen wie Liebe, Freundschaft oder Geselligkeit. *ISt Lieb ein Feur / und kan das Eisen schmiegen / bin ich voll Feur / und voller Liebes Pein*, beginnt eines ihrer Sonette; *Wahre Freundschafft ist beständig* lautet der Titel eines Gedichts in Reimpaarversen. Vieles entrichtet den Konventionen der Poetik seinen Tribut. Ein kleines Formwunder unter den Texten der Zeit aber ist das hier ausgewählte Gedicht.

Oft sind Barockgedichte vollgepfropft mit gelehrten Anspielungen. In unserem Gedicht bleibt die Bildungsfracht verhältnismäßig leicht. Die Beispielreihe für die Allmacht der Liebe umfaßt drei römische Götternamen, hinter denen man sich die griechischen denken muß: Phöbus (Apollon), Jupiter (Zeus) und Hercules (Herakles). Selbst den Göttern und Heroen widerfährt die »bittersüße Pein« der Liebe. Mit seiner nicht eben erfolgreichen Leidenschaft verfolgt Phöbus Daphne, die Liebesobsessionen Jupiters / Zeus' sind geradezu sprichwörtlich, und Hercules / Herakles bekommt die Liebespein unmittelbar zu spüren, als er sich mit dem Gewand, das Deianeira mit einem Liebeszauber bestrichen hat, das Fleisch vom Leibe reißt. Warum also klagen, wenn auch die Götter mit der Liebe gesegnet und geschlagen sind?

Nicht diese tröstlich-heitere Botschaft selbst aber entzückt uns so sehr, sondern die geschmeidige Form, in der sie uns geboten wird. Das im siebzehnten Jahrhundert beliebte Sonett ist mit seinen zwei Quartetten und zwei Terzetten eine überaus strenge Form. Der von Opitz in Deutschland eingebürgerte sechshebige Alexandrinervers mit einem festen Einschnitt nach der dritten Hebung sorgt für ein zusätzliches Reglement: Vers und Sonett kommen geschnürt und im Stiefelschritt der Antithesen daher. Auch unser vierzehnzeiliges Gedicht fügt sich der Sonettform, allerdings hat es die Korsettstange des Alexandriners abgeworfen, schreitet in den vierhebigen Versen viel freier einher und greift im letzten Terzett über die Versschlüsse hinweg in einen größeren grammatischen und rhythmischen Bogen aus. Das Liebesthema bekommt Luft, es atmet frei.

Hier entsteht im schweifenden Rhythmus und in der fast spielerischen Reimfolge der Terzette eine lebendige Gangart der Verse, die wir erst ein gutes Jahrhundert später in der Liebesdichtung eines Friedrich von Hagedorn und natürlich dann beim jungen Goethe wiederfinden. Wirklich ein Ereignis: In der Dichtung eines nicht einmal achtzehnjährigen Mädchens hat das Sonett tanzen gelernt.

CATHARINA REGINA VON GREIFFENBERG
ÜBER DAS UNAUSSPRECHLICHE HEILIGE GEISTES-EINGEBEN!

Du ungeseh'ner Blitz du dunkel-helles Licht
du Herzerfüllte Kraft doch unbegreiflichs Wesen.
Es ist was Göttliches in meinem Geist gewesen
das mich bewegt und regt: Ich spür ein seltnes Licht.

Die Seel ist von sich selbst nicht also löblich licht.
Es ist ein Wunder-Wind ein Geist ein webend Wesen
die ewig' Atem-Kraft das Erz-Sein selbst gewesen
das ihm in mir entzünd dies Himmel-flammend Licht.

Du Farben-Spiegel-Blick du wunderbuntes Glänzen!
du schimmerst hin und her bist unbegreiflich klar
die Geistes Taubenflüg' in Wahrheits-Sonne glänzen.

Der Gott-bewegte Teich ist auch getrübet klar!
es will erst gegen ihr die Geistes-Sonn beglänzen
den Mond dann dreht er sich wird Erden-ab auch klar.

RUTH KLÜGER
EIN SELTNES LICHT

Worüber man nicht reden könne, darüber möge man tunlichst schweigen, empfahl der Philosoph Ludwig Wittgenstein. Die Verfasserin unseres Gedichts verkündet indessen schon in der Überschrift, daß sie von »Unaussprechlichem« sprechen werde. So sind die Dichter: Daß sich eine Sache der Sprache entziehe, geben sie nicht ungern zu, um sie, froh über das Paradox, desto wortgewandter zu besprechen. Es geht um ein Erlebnis, das frommen Menschen seit je als Offenbarung gilt, das aber auch Ungläubige nicht bestreiten. Sigmund Freud nannte es das »ozeanische« Gefühl, während Wittgenstein es lakonisch als »das Mystische« bezeichnete, das sich »zeige«. Unbeschreiblichkeit hier wie dort.

Mystische Lyrik gebraucht als Stützpunkte oft überraschende Anekdoten, griffige Bibelzitate und sublimierte Erotik. Bei unserem Gedicht fällt dagegen ein hoher Grad von Abstraktion auf. Kosmische und Naturkräfte werden herangezogen, von Menschlichem ist nur indirekt die Rede. Die beherrschende Metapher ist das Licht, dem Himmel und Erde, Sonne und Mond zugeordnet sind.

Wir lesen ein Sonett, doch wo wir die Musik des Reims erwarten, treffen wir auf den Gleichklang der Wiederholung. Die Sprache schlägt Kreise, kommt an ihre Grenzen und kann nicht über sich hinaus. Bewegung findet nur innerhalb dieses Gleichklangs statt, ein Wasser, das nicht melodisch von einem Becken ins andere plätschert, wie in den berühmten Brunnen von Conrad Ferdinand Meyer und Rilke, sondern im geschlossenen Rhythmus auf sich selbst zurückfällt. Die Endworte »Licht« und »Wesen« der ersten acht Zeilen, »klar« und »glänzen« der letzten sechs sind Motive und Stichworte. »Licht« ist sowohl Substantiv wie Adjektiv. Das Partizipium »gewesen«, das den Gleichlaut zum Substantiv »Wesen« abgibt, ist grammatisch abhängig von »sein«, und beide beziehen ihren Sinn vom »Erz-Sein« der siebenten Zeile.

Der Text deutet den transzendenten Zustand als eine von außen kommende Eingebung. Es sei etwas Göttliches in ihrem Geist gewesen, bekennt die Dichterin, das nicht von ihr selbst stammen könne, weil es lichter als die menschliche Seele sei. Diese Seele ist der gottbewegte Teich des zwölften Verses, der, physischen Gesetzen zum Trotz, im Wind, nämlich im Wunderwind der ewigen Atemkraft, klar bleibt und im neunten Vers das Farbenspektrum spiegelt. In den beiden letzten Versen beleuchtet die göttliche Sonne den mondähnlichen menschlichen Geist, der das geborgte Licht an die Erde weitergibt. So wirkt der Moment der Erleuchtung, als Abglanz der göttlichen Bestrahlung, im irdischen Alltag fort. Diese physikalischen Gleichnisse für die Mensch-Gott-Beziehung erinnern daran, daß im siebzehnten Jahrhundert nicht nur große religiöse Dichtung (in England: Milton und Donne), sondern auch die Grundlagen der modernen Wissenschaft entstanden.

Welche Frau verfügte damals über die Bildung, die diesem Gedicht zugrunde liegt? Und welchen Preis zahlte sie dafür? Das Fräulein von Greiffenberg, früh verwaist, wird von einem Halbbruder ihres Vaters erzogen. Dieser, dreißig Jahre älter als sie, will seinen begabten Zögling heiraten. Sie weigert sich lange, gibt schließlich nach. Der Onkel und Ehemann muß wegen Blutschande eine Gefängnisstrafe absitzen. Im Jahre 1662, noch vor der Heirat, erschien das Werk, das lesenswert geblieben ist, die »Geistlichen Sonette, Lieder und Gedichte«. Ich stelle mir vor, daß der Hochdruck der inzestuösen Bedrängnis der Dichterin diese Leistung abforderte und daß die vollzogene Verbindung ihr die hart erworbene Folgerichtigkeit und Intensität der Sprache wieder raubte. Zwar schrieb sie noch viel und versuchte sogar, mittels alexandrinischer Verse den Kaiser zum Luthertum zu bekehren. Doch der Höhenflug war vorbei. Für die deutsche Literatur blieb Catharina Regina von Greiffenbergs Ehe unfruchtbar. Vielleicht war sie glücklich, man darf es bezweifeln.

DANIEL CASPER VON LOHENSTEIN
AUFSCHRIFT EINES LABYRINTHS

Wie irrt ihr Sterblichen, die ihr den Irrbau seht
Für einen Irrgang an, der euch nur soll verführen.
Ein gleicher Fußpfad scheint dem Blinden auch verdreht,
Ein Weiser aber kann die Spur hier nicht verlieren.
Wenn euer Vorwitz sucht in Sternen Glück und Leid,
Muß euch die Sonne selbst ein schädlich Irrlicht werden,
Und euer Wahnwitz geht den Pfad der Eitelkeit,
Wenn ihr hiers Paradies, den Himmel sucht auf Erden.

Des Menschen Lebenslauf gleicht einer Irrebahn,
Aus Einfalt irrt ein Kind, ein Weiser durch Begierde,
Des Alters Irrweg ist ein falschgesetzter Wahn,
Des Geizes schimmernd Erz, der Geilheit fremde Zierde.
Jedwedes Laster fehlt und fällt vom Mittel ab,
Sucht einen Abweg ihm zum eigenen Verderben.
Ja, nicht der Hundertste weiß seinen Weg ins Grab,
Er kennt ja wohl die Not, doch nicht die Art zu sterben.

Wer aber durch den Bau vernünftig irregeht,
Wird seines Heiles Weg, der Wahrheit Richtschnur finden;
Denn unser toter Geist wird lebhaft und erhöht
Zu Gott erst, wenn er sieht sein scheinbar Nichts verschwinden.

Die Leichen lehren euch: der Leib sei Mad und Aas,
Wenn sich die Seele schwingt in ihres Schöpfers Hände.
Der Tempel zeigt, Gott sei ein Zirkel ohne Maß,
Ein Brunnquell ohne Grund, ein Wesen sonder Ende.

MICHAEL KRÜGER
VERNÜNFTIG IRREGEHN

Meine Generation kennt dieses Gedicht des Daniel Casper von Lohenstein aus Gustav René Hockes Manierismus-Essay, wo es allerdings nur zum Teil abgedruckt war – gerade die uns heute so irritierende dritte Strophe fehlte, in der ein zwar paradox klingender, aber deshalb nicht minder akzeptabler Weg aus der als Labyrinth verstandenen Weltordnung angedeutet wird.
Die entscheidende, wenngleich einem der Vernunft verschriebenen Denken sonderbar anmutende Zeile lautet: vernünftig irregehn. Der sich hinter dieser Formulierung verbergende Vorschlag bedeutet einen zögernden Schritt vom Barock in die Aufklärung, aus dem fremdbestimmten göttlichen Plan in das vom Menschen selbstverantwortete Leben. Der Wahrheit Richtschnur findet nur, wer sich auf die spezifischen Bedingungen des eigenen Lebens, und sei es noch so kümmerlich, einläßt, auch wenn sich dessen Sinn nur labyrinthisch verrätselt darstellt.
Auch wer den christlichen Trost der letzten Verse in seinem Lebensplan nicht unterzubringen vermag, muß über die Modernität dieser Aussage erstaunt sein. Denn trotz oder gerade wegen des Fortschritts unserer Zivilisation und der ihn begleitenden Philosophie ist die Frage nach dem Sinn der persönlichen Existenz jedes einzelnen Menschen nicht zu beruhigen gewesen. Lohensteins strikter Verweis, er sei nur im Leben selber zu finden, ist ebenso aktuell in unserem Verständnis wie die daraus sich erge-

bende Folgerung, daß nur derjenige angstlos den Weg ins Grab finden wird, der den Sinn nicht außerhalb des eigenen Lebenszusammenhangs sucht. Zumal auf die Art zu sterben kommt es einer bestimmten Sozialhilfe an, die den ausgegrenzten Tod wieder ins Leben zurückholen möchte.

Der Lyrik des 17. Jahrhunderts ist häufig der jede Begeisterung hemmende Vorwurf der Trockenheit und des rhetorischen Stils gemacht worden, das »docere« verdränge das sinnlich-lyrische Element, das erst mit Johann Christian Günther in die Poesie zurückkehre. Auch der 1635 in Nimptsch/Schlesien geborene, später als Gesandter in Wien und dann als Kaiserlicher Rat in Breslau wirkende Lohenstein fiel unter dieses Verdikt, weshalb seine Werke zwar Gegenstand der Forschung (besonders der »Arminius«-Roman), nicht aber der Lektüre geblieben sind.

Eine Revision wäre aus zwei Gründen denkbar. Einmal wegen der von Hugh Trevor-Roper und anderen herausgestellten Parallelität zwischen der Zeit nach dem 30jährigen Krieg und der Zeit nach dem Zweiten Weltkrieg, für deren Verlängerung in unsere gegenwärtige Zeit viel getan wird. Aber auch wer aus gewichtigen Überlegungen von solcher Synchronik nichts wissen will und die sogenannte Sinn-Krise nur als Ausdruck einer leichtfertigen Dekadenz einschätzt, wird sich dem zweiten Grund nicht verschließen wollen. Die gegenwärtige Lyrik leidet sowohl an Stoff- wie an Formmangel, die Zahl ihrer Themen ist so verräterisch gering, wie ihre Imagination sich in den engen Grenzen der alltäglichen Erfahrung bewegt. Es fehlt ihr, mit anderen Worten, sowohl am Weltentwurf wie an der spekulativen Geste – Eigenschaften, die das lyrische Werk des Lohenstein auszeichnen. Es wäre frivol und lächerlich, eine Verschärfung der Krise zu wünschen, um das Bewußtsein für die existentiellen Aussagen der Literatur zu schärfen; aber es ist alles andere als frivol, zu hoffen, daß wir uns – vielleicht mit Hilfe dieses großartigen Lehrgedichts – bewußt werden, wie tief wir trotz aller Aufklärung noch immer im Labyrinth herumirren und wie wichtig die radikale Erkenntnis des »vernünftigen Irregehens« ist, um eines Tages aus dem Labyrinth in die Welt des Zirkels ohne Maß angstlos hinüberwechseln zu können. Anders gesagt: Sterben lernen.

DANIEL CASPER VON LOHENSTEIN
UMSCHRIFT EINES SARGES

Irdisches und sterblich Volk, lebend-tote Erdengäste,
Ihr Verwürflinge des Himmels, ihr Gespenste
dieser Welt,
Denen nichts als falsche Ware, nichts als Rauch und
Wind gefällt,
Närr'sche, klettert und besteigt die bepalmten
Ehren-Äste,

Setzt euch Säulen von Porphyr, mauert euch aus
Gold Paläste,
Festigt Tempel euch aus Marmel, der der Zeit die
Waage hält,
Rafft zu euch mit gicht'gen Klauen den verdammten
Klumpen Geld,
Macht euch euer stolzes Lob durch gelehrte
Schriften feste.

Aber wißt, wann das Verhängnüs euer Lebensgarn
reißt ab,
Schwindet Wissenschaft und Kunst, Schätze, Reichtum,
Ehr und Titel,
Und ihr nehmet nichts mit euch als den nackten
Sterbekittel:
Wo ihr anders aus dem allen noch erschwitzet Sarg
und Grab.

Tausend, tausend sind gewest, die mich nicht erlangt
noch haben,
Die die Lüfte, die die Glut, die der blaue
Schaum begraben

WULF SEGEBRECHT
HIER SPRICHT DER SARG

Was sich hier als Sonett zu erkennen gibt, das hat sich der spätbarocke Dichter Lohenstein als »Umschrift eines Sarges« gedacht, als eine Inschrift also, die nur derjenige lesen kann, der um einen aufgebahrten Sarg herumgeht und die an ihm angebrachte Schrift Schritt für Schritt entziffert. Es sind die Trauergäste, die von dieser »Umschrift« als Leser vorausgesetzt und direkt angesprochen werden.

Das ganze Gedicht, bis auf die beiden Schlußzeilen, erweist sich als eine derb-drastische Anrede an die Trauergesellschaft, als eine böse Publikumsbeschimpfung. Denn angesichts des Sarges müssen sich die Hinterbliebenen schon einige unbequeme Wahrheiten sagen lassen: Sie sind nur noch scheinbar am Leben, müssen sie da lesen, sie sind gleichsam Fehlgeburten (»Verwürflinge«) und Gespenster, Illusionisten und Narren. Jedenfalls werden sie erbarmungslos mit der ganzen Scheinhaftigkeit und Nichtigkeit ihrer Existenz, mit der Vordergründigkeit aller ihrer Bestrebungen konfrontiert: Das wissenschaftliche Renommee, die gesellschaftliche Anerkennung, der künstlerische Ruhm und der materielle Reichtum, dem sie nachjagen, sind eitel und also vergänglich; die Bücher und die Kunstwerke, die Ehre und das Kapital haben keinerlei Bestand, alles Schöne, Gute, Wahre und Ertragreiche verbürgt, soweit es nur irdisch ist, keine Dauer.

Der Tod macht alle Bemühungen der Menschen zunichte, sich mit irdischen Werken und Werten unsterblich zu machen. Er setzt aber nicht nur das Gesetz der Vergänglichkeit durch, er ist auch der große Gleichmacher: Mehr als den Sarg und das Totenhemd, das auch die bloße Haut sein kann, beläßt er niemandem.

Abermals wird hier also die große Mahn- und Bußlitanei vom *Memento mori* und *Respice finem* angestimmt, die die Literatur des Barockzeitalters so kraftvoll wie unablässig durchzieht. Das Gedicht hat aber am Ende für die Leser doch noch eine Überraschung parat. Denn hier ist kein Bußprediger am Werk. Hier spricht der Sarg. Und der begnügt sich nicht damit, diejenigen, die um in herumgehen, nur gebührend zu erschüttern durch die übliche Konfrontation ihrer bisherigen Lebensweise mit der unübersehbaren Tatsache des unausweichlichen und konkreten Todes, die er repräsentiert; der Sarg entlarvt vielmehr am Ende seine eigene Scheinhaftigkeit. Denn der aufgebahrte, wohl ausgestattete, möglicherweise auch noch mit einer kostbaren und nachdenkenswerten »Umschrift« versehene Sarg ist selbst ein Privileg, das bei weitem nicht jeder für sich in Anspruch nehmen kann. Der Sarg ist das Relikt eines überwindungsbedürftigen Denkens. Noch in dem Brauch, den Verstorbenen eine würdige, ehrenvolle, kostbare letzte Ruhestätte zukommen zu lassen, kommt das irdische Bestreben zum Ausdruck, der Vergänglichkeit Einhalt zu gebieten, sie aufzuheben.

In dem kultischen Gegenstand des Sarges, so traurig und umkehrbereit er seine (sündigen) Betrachter im übrigen auch stimmen mag, ist immer noch der letzte Erdenrest eines Glaubens daran zu erkennen, daß Unvergänglichkeit durch irdische, materielle oder ideelle Werte hergestellt und gesichert werden könne, beispielsweise durch den Sarg und das ganze irdische Beiwerk der Beerdigung.

Auch diese letzte Illusion aber gilt es zu überwinden. Der Sarg als Sprecher des Gedichts hebt sich am Ende als vermeintlich letzte Instanz selbst auf. Dem Leser bleibt nichts anderes mehr übrig als der ungeschönte Tod.

Lohensteins »Umschrift eines Sarges« schreibt und wertet die konventionellen Formen des Umgangs mit dem Tod entschieden um, und sie setzt die Lebenden auf diese Weise dem unaufhebbaren Tod erst eigentlich und wirklich radikal aus.

ABRAHAM A SANCTA CLARA
GRABSCHRIFT DER ALTEN

Krampel, Krüppel, Krimpelwar,
Liegt allerlei hierunder,
Stelzen, Krücken, Paar und Paar,
Du glaubst nicht, was für Plunder.
Wir haben lange Jahr erreicht
und schimpelweiß Parocken,
Das Gsicht war ganz und gar erbleicht,
Die Wangen gleich den Socken.
Der matte Leib, das Trampeltier,
Tät nichts als Husten, Pfnausen,
Die Nasen gleich dem Schleifergschier,
Pfui Deixl, es macht ein Grausen.
Das Helferbein nicht mehr im Mund,
Das Maul ein leere Taschen,
Wir brauchten oft drei ganzer Stund,
Ein Bröckl Brot zu naschen.
Das matte Haupt, der Zitterkopf,
Tät immer den Takt geben.
Es zeigte genug der Klobentopf:
Zum la, mi, fa geht's Leben.
Und dennoch, wie der bissig Tod
Nach uns oft täte schnappen,
Da wollten wir bald hi bald hot,
Er soll uns nicht ertappen.
Nit gern, nit gern, nit geren dann

Ließen wir unser Leben.
Es war nicht um den Tod zu tun,
Sondern Rech'nschaft zu geben.

HANS MAIER
MEHR ALS EINE KAPUZINERPREDIGT

Da fehlt nichts, um den Leser das schwarzen Grausen zu lehren: einen so wahrhaften, erbärmlichen, aus dem zukkenden Leben geschnittenen Totentanz gibt es in unserer Literatur kein zweitesmal. Man stelle sich vor: Tote, die auf ihrem Grabstein nicht auf Glanz und Verdienst, sondern auf ihr jammervolles Ende hinweisen; die ihre Hinfälligkeit in drastischen Worten schildern, so daß der blasse Spruch vom erlösenden Tod hier wahrhaft sein Recht bekommt – und die dennoch, als es ernst wird, sich ans Leben klammern wie alle anderen und sich vom Tod nicht packen lassen wollen: eine kräftige Kapuzinerpredigt fürwahr, die dem Ruf des Pater Abraham, weiland Augustiner-Barfüßer, Kaiserlicher Prediger und Prior zu Wien, alle Ehre macht.

Was diese Verse unvergeßlich macht, ist ein Element des Grotesken, der verzweifelten und fröhlichen Munterkeit (»Zum la, mi, fa geht's Leben«), des Gestischen und Theatralischen. Ein mühsam dahintrottendes Heer von Maroden und Todgeweihten, so kommen diese Alten daher, ihre Köpfe wackeln wie aufgehängte Töpfe (Klobentöpfe), ihre Nasen pfeifen, ihre zahnlosen Münder blekken, so taumeln sie dem Grab entgegen.

Aber als der Tod wirklich nach ihnen schnappt, fahren sie entsetzt zurück – und nun hört man sie sprechen wie im Chor, mit akustischer Drastik (auch sie hat in der Literatur, selbst der barocken, kein Gegenstück): »Nit gern, nit gern, nit geren dann ...« Entschuldigend fügt der Prediger hinzu, daß sie weniger vor dem Tod Angst hatten als vor dem nachfolgenden Gericht (»sondern Rech'nschaft zu geben«).

Ein furioser Totentanz. Aber der Eindruck ist doch anders als bei François Villon oder bei Gryphius oder bei Bürger oder bei allermodernsten »schwarzen« Wienern (die dem Barock wieder ganz nahe kommen). Denn nicht Entsetzen, zumindest nicht *allein* Entsetzen hinterläßt das Gedicht, es hinterläßt (wenigsten bei mir) auch so etwas wie Zustimmung, Einverständnis, fast hätte ich gesagt Zufriedenheit. Füg dich ins Unvermeidliche, es muß sein, wir müssen ja alle sterben, die Alten zuvörderst – das ist die Stimmung des Gedichts.

Und ist es nicht ein Wink des Himmels, wenn die Last des Leibes schließlich so groß wird, daß man *selbst* das Ende herbeisehnt? Fast überlegen sehen die Alten sich selbst als »Krimpelwar« auf dem Kirchhof liegen, überreif, überfällig, samt ihren Krücken und Stelzen. Es muß halt sein, Sträuben hilft da nichts, noch Träume von Glück und Fortschritt – die werden von der »schimpelweiß Parokken« kräftig desavouiert.

Dies alles wird vorgebracht in rauhem Ton. Ein Hofmann ist unser Barfüßermönch nicht, und mit den Alten macht er in der »Großen Toten-Bruderschaft«, in der das Gedicht steht (1684), kurzen Prozeß, sie müssen ohnehin hinüber. Wo der Ritter Hofmann von Hofmannswaldau elegisch die »liebliche Korall der Lippen« verbleichen sieht und seiner Schönen nachweint mit galanten Paradoxien (»Der Schultern warmer Schnee wird werden kalter Sand«), da macht es Abraham a Sancta Clara kurz und knapp ab: die Wangen gleich den Socken, das Maul ein leere Taschen. Merks Wien, merks Christenheit! Aber wie alles, was an die Conditio humana rührt, wirkt auch dieses drastische Bild menschlicher Vergänglichkeit befreiend, weil es wahr ist. Ein ehrlicher Prediger, ein rauher Tröster.

In unseren Intensivstationen, in unseren Leichenhallen dürfte kein Arzt, kein Pfarrer so ungeschminkt daherreden wie der beherzte Ulrich Megerle aus Meßkirch, der spätere Abraham a Sancta Clara. Aber ist der Tod in unserer aseptischen Kultur menschlicher geworden, sind die Sterbenden heute weniger Krampel, Krüppel, Krimpelwar als früher? Vielleicht steckt in dem selbstironischen Lachen der Alten (»Du glaubst nicht, was für Plunder«) und ihrem grotesken Zug zum Grab mehr Humanität als in der ratlosen Perfektion heutiger »Sterbehilfen« – auch wenn die Alten am Ende ganz menschlich erschrecken vor der Rechenschaft, die jenseits des grimmen Todes auf sie wartet (und von der heute gleich gar nicht mehr die Rede sein darf, wenn vom Sterben gehandelt wird).

AUGUST ADOLPH VON HAUGWITZ
ÜBER DAS HEUTIGE BRÜDERSCHAFFT-SAUFFEN DER DEUTSCHEN

Es richten Freundschafft auff Soldaten durch Gefahr/
Durch Bücher und durch Schrifft der klugen Geister Schaar/
Und durch Gewinn pflegt sie der Kauffmann zu erkauffen/
Nur unser Deutscher muß dieselbe sich ersauffen.

GERT KAISER
DIE GEMÜTSTIEFEN MÄNNER

Der treffliche Landedelmann aus der Oberlausitz ist dem literarisch interessierten Publikum bis heute und zu Recht verborgen geblieben. Selbst die wissenschaftlichen Literaturgeschichten und Nachschlagebücher erwähnen ihn eher zähneknirschend der Vollständigkeit halber und bedenken ihn oft mit solchen Vokabeln wie »epigonal« und »dilettantenhaft«. Er lebte von 1645 bis 1706. Er hat an der Universität Wittenberg studiert, hat seine Kavalierstour über Rom und London absolviert, hat sich dann seinen Gütern gewidmet – und bei allem wacker gedichtet, um das literarische Leben seiner Zeit bis hin zum nahen Hof in Dresden zu bereichern. Er hat Trauer- und Lustspiele verfaßt, Sonette, Oden und Elegien, wie der herrschende Geschmack es befahl.

Nach zwei religiös-erbaulichen Theaterstücken packt er zusammen, was er an Poetischem noch hat, läßt es drukken und zwischen zwei Buchdeckel binden: 1684 erscheint es in Dresden unter dem gelehrten Titel »Prodromus Poeticus, Oder: Poetischer Vortrab« – und das heißt, wie er uns in der Reitersprache sagen will: er hat durchaus mehr im Sinn als nur einen Vortrab, und man möge ihn dazu ermuntern. Zum Glück kommt es nicht dazu. Doch irgendwie sind ihm dabei in der Rubrik »Epigramme« vier Verse unterlaufen, die ihn gewiß nicht zum großen Dichter machen, die aber eine Pointe haben, auf die auch Heine nicht verzichtet hätte.

Das Freundschaftsthema ist eigentlich noch gar nicht in Mode. Das große Jahrhundert der gemütstiefen und sentimentalen Männerfreundschaften steht der Literatur erst bevor – und wird in diesen Gelegenheitsversen schon mal ironisiert. Das Gedicht besteht nur aus einem Satz – und der beginnt so gravitätisch und alexandrinisch wie nur möglich: das unpersönliche Subjekt am Anfang präsentiert das Hauptmotiv der »Freundschafft« und ihr feierliches »Auffrichten« in gemeinsamer Kriegsgefahr; ein Vers gehört dem Kriegsmann, einer dem Gelehrten und einer dem Kaufmann – in aller Kürze die gebildete Vorstellung von der Gesellschaft: keineswegs sentimental, wie die Freundschaft des Kaufmannes zeigt.
Die gespreizte Aufzählung hat ihren stilistischen Sinn, nämlich auf den burlesken Umschlag des Schlußverses hin komponiert zu sein. Die Doppeldeutigkeit von »ersauffen« und sein gerader Witz retten gleichsam das Geklapper der ersten drei Verse, weil sie ihnen Absicht unterstellen. Die Pointe ist nur in Maßen grobianisch – und es bleibt unentschieden, ob sie den wackeren Deutschen nicht eher gutmütig karikiert, womöglich gar abhebt gegen die vornehmeren Alamode-Manieren der Romania.
Gewiß: die Verse könnten nach einer handfesten Zecherei in ein Gästebuch eingetragen worden sein. Spräche das gegen sie?

BARTHOLD HINRICH BROCKES
DER GESTIRNTE BAUM

Die Zweige, welche sonst durch grünes Laub verdecket,
Sind auch anietzt aufs neu verstecket.
Ein rauher Reiff, der alles ietzt erfüllet,
Hat auch die kleinsten Zweig' umgeben und verhüllet;
So, daß der Bäume Wipfel sich
In ihren gross- und kleinen Zweigen,
Absonderlich von weiten, eigentlich,
Als wären sie aufs neu belaubet, zeigen:
Zumahl wenn sich der Reiff mit Sternen-förm'gen Schnee,
Der mit den Spitzen sich an seine Theilchen hänget,
Und ihn dadurch noch luckrer macht, vermenget.

Ich habe solchen Baum einst Wunder-Wunder-schön,
In einer Winter-Nacht, gesehn:
Als der entwölckte Mond auf die gefrornen Spitzen,
Indem es eben starck gereifft,
Und der gefrorne Schnee sich überall gehäufft,
Mit hellem Schimmer fiel. Man sah' ein helles blitzen
So kräfftig, starck und hell, daß sie nicht anders schienen,
Als Sterne erster Gröss' an den Sapphirnen Bühnen.

Ich ward recht in der That dadurch betrogen.
Denn, wie ich mein Gesicht von unten aufwärts wandt',
Um, durch den Baum, des Himmels blauen Bogen
Bewundernd anzusehn, und ihn voll Sterne fand',
Die ich sonst nie gesehn; erstaunt ich, bis ich klar

Erblickte, wie die glatten Spitzen
Von hart gefrornen Schnee, mit einem hellen blitzen,
Der neuen Sternen Ursprung war.

Zwar wird mein Auge fast, in diesem hellen Schein,
Geblendet und verwirrt; allein
O grosses All! Ach! laß die Creatur
Uns offt, wann wir mit Lust derselben Schmuck
verspühren,
Auf solche Art verwirrt, auf die gewünschte Spur
Von Deiner Wunder-Grösse, führen!

ECKART KLESSMANN
WINTERLICHE FRÖMMIGKEIT

Er habe schon in seiner Jugend »eine besondere Lust zum Zeichnen« verspürt, erinnerte sich Barthold Hinrich Brockes in späteren Jahren. Da war er der berühmte Dichter des »Irdischen Vergnügens in Gott« (neun starke Bände), der Übersetzer, der Hamburger Ratsherr und Diplomat und der Sammler niederländischer Malerei. »Sein Auge empfand Farbe und Form mit einer Intensität, die man sonst nur bei Künstlern antrifft«, hat ihn, den Vater der deutschen Naturlyrik, Alfred Lichtwark gelobt.

Wer sich von dem umfangreichen lyrischen Œuvre dieses Dichters nicht schrecken läßt, kann dort Erstaunliches entdecken: Neben die koloristische Üppigkeit seiner poetischen Sommerstilleben tritt eine in der deutschen Lyrik ungewöhnliche Vorliebe für die Monochromie einer Landschaft, die vom Mondlicht oder vom Schnee in ein gleichmäßiges Weiß getaucht ist.

Es gibt, glaube ich, keinen deutschen Dichter, der so viele Wintergedichte geschrieben hat wie Brockes, den so sehr winterliche Erstarrung mit all ihren Licht- und Formphänomenen fasziniert hat. In einem seiner berühmtesten Gedichte – »Kirsch-Blühte bey der Nacht« (1727) – hat er das Weiß der Baumblüte und des Mondlichts miteinander verbunden; im »Gestirnten Baum« (zuerst gedruckt 1732 im vierten Band seines »Irdischen Vergnügens«) zeichnet er das winterlich entlaubte Geäst gleichfalls in wolkenloser Mondnacht, die Zweige aber jetzt überzogen von Rauhreif und festgefrorenem Schnee.

Brockes, ein großer Kolorist, nennt in seinem Gedicht nur je einmal Grün und Blau, nicht aber jene Farbe, die tatsächlich die vier Strophen bestimmt: Weiß. Beim wiederholten Lesen wird man bemerken, daß wir beständig an Weiß denken (assoziiert durch Rauhreif und Schnee) und es zu sehen glauben, weil nämlich unsere vorbereitete Phantasie auf den ei-Laut von »Weiß« eingestimmt ist, der in der ersten Strophe allein zwölfmal die Klangfärbung bestimmt, dann aber ganz zurücktritt. Die nuancierte Abstimmung von Intuition und exakter Beobachtung und Beschreibung ist für diese Poesie charakteristisch.

Das weiße Licht, das über diese Verse ausgegossen ist, wird nur zweimal – »heller Schimmer« und »heller Schein« – benannt, ist aber in seinen Reflexen unablässig flimmernd wirksam, am nachhaltigsten in der Abfolge der Vokale der beiden mittleren Strophen, in denen der springende Wechsel von Hell zu Dunkel und zurück (man muß das unbedingt laut lesen) ein Flirren und Funkeln erzeugt.

Das Licht auf der Erde und sein Abbild im Baum antworten auf die Helle des Gestirns; das Irdische wird dem Himmlischen kontrapunktisch zugeordnet, die Erdenwelt korrespondiert der Sternenwelt. Das aufmerksame Auge erblickt die göttliche Verheißung des gestirnten Himmels, widergespiegelt im gestirnten Baum. Winter und Frost sind nicht synonym mit Ende und Tod, die Welt ist nicht von Gott verlassen. Damit sie das nicht vergißt, werden Zeichen gesetzt und Bilder gestiftet. Wie wir sie lesen und deuten, bleibt uns überlassen.

Barthold Hinrich Brockes, der erste Impressionist deutscher Sprache, entwirft eine mit allen Sinnen erfahrene, vielfältig beschriebene Bilderwelt. Er verstand sich auf die Kunst, überzeugend Heilsgewißheit, Sinnlichkeit und ästhetischen Glanz in harmonischer Form zu verschmelzen.

BARTHOLD HINRICH BROCKES
GEDANKEN BEY DEM FALL DER BLÄTTER IM HERBST

In einem angenehmen Herbst, bey ganz entwölktem heiterm Wetter,
Indem ich im verdünnten Schatten, bald Blätter-loser Bäume, geh',
Und des so schön gefärbten Laubes annoch vorhandnen Rest beseh';
Befällt mich schnell ein sanfter Regen, von selbst herabgesunkner Blätter.

Ein reges Schweben füllt die Luft. Es zirkelt, schwärmt' und drehte sich,
Ihr bunt, sanft abwärts sinkend Heer; doch selten im geraden Strich.
Es schien die Luft, sich zu bemühn, den Schmuck, der sie bisher gezieret,
So lang es möglich, zu behalten, und hindert' ihren schnellen Fall.
Hiedurch ward ihre leichte Last, im weiten Luft-Kreis überall,
In kleinen Zirkelchen bewegt, in sanften Wirbeln umgeführet,
Bevor ein jedes seinen Zweck, und seiner Mutter Schooß, berühret;

Um sie, bevor sie aufgelöst, und sich dem Sichtlichen
entrücken,
Mit Decken, die weit schöner noch, als persianische,
zu schmücken.

Ich hatte diesem sanften Sinken, der Blätter lieblichem
Gewühl,
Und dem dadurch, in heitrer Luft, erregten angenehmen
Spiel,
Der bunten Tropfen schwebendem, im lindem Fall
formiertem, Drehn,
Mit offnem Aug', und ernstem Denken, nun eine Zeitlang
zugesehn;
Als ihr von dem geliebten Baum freywilligs Scheiden
(da durch Wind,
Durch Regen, durch den scharfen Nord, sie nicht
herabgestreifet sind;
Nein, willig ihren Sitz verlassen, in ihren ungezwungnen
Fällen)
Nach ernstem Denken, mich bewog, sie mir zum Bilde
vorzustellen,
Von einem wohlgeführten Alter, und sanftem Sterben;
Die hingegen,
Die, durch der Stürme strengen Hauch, durch scharfen
Frost, durch schwehren Regen,
Von ihren Zweigen abgestreift und abgerissen,
kommen mir,
Wie Menschen, die durch Krieg und Brand und Stahl
gewaltsam fallen, für.

Wie glücklich, dacht' ich, sind die Menschen, die den
freywillgen Blättern gleichen,
Und, wenn sie ihres Lebens Ziel, in sanfter Ruh' und
Fried', erreichen;
Der Ordnung der Natur zufolge, gelassen scheiden,
und erbleichen!

ECKART KLESSMANN
SANFTES STERBEN

In seinen letzten Gedichten bleicht die Farbenpracht der frühen Verse aus. Als Barthold Hinrich Brockes 1746 dieses Gedicht im letzten selbstveröffentlichten Band seines »Irdischen Vergnügens in Gott« drucken läßt, trennen ihn nur wenige Monate von seinem Tod. Das starke Kolorit seiner Sprache, die manchmal geradezu flirrende Impression des Lichts treten jetzt immer mehr zurück zugunsten der Bewegung. Er, der Meister höchst differenzierter Farbvaleurs, spricht hier allein von »schön gefärbt«, »bunt« und »persianischen Decken«. Einzig ein so ungewöhnliches Wort wie »verdünnter Schatten« offenbart das alte Malerauge.

Man hat Brockes gelegentlich ein Nachlassen seiner poetischen Kraft im Spätwerk vorgeworfen, aber ich glaube nicht so recht daran. Eher vollzieht sich da ein Altersprozeß, nicht aber ein Verlust des kreativen Reichtums. Die Abwendung von sinnlicher Dichte und starkem Kolorit zugunsten von Reflexion und Bewegung kann man auch im späten Schaffen anderer Dichter bemerken.

Brockes fühlt sich in diesen Strophen nicht eigentlich von der aufwendigen herbstlichen Illumination angezogen. Er spürt dem Rhythmus der Jahreszeit nach und entdeckt dabei – wie so oft als erster in der deutschen Lyrik – ein besonderes Phänomen: Er beobachtet in der klaren Luft nicht nur »reges Schweben«, sondern den drehenden, kreisenden Fall »in kleinen Zirkelchen, in sanften Wirbeln«. Und »der bunten Tropfen schwebendem, im lindem Fall formiertem Drehn« vollzieht sich »in heitrer Luft« als etwas, das als »angenehmes Spiel« empfunden wird.

Was in diesen Versen gänzlich fehlt, ist die Larmoyanz so vieler Herbstgedichte aus späteren Zeiten. Wohl: Der Blätterfall erinnert an »sanftes Sterben« (Trakl: »Ich liebe dieses milde Sterben ...«) und wird zum mahnenden Bild des eigenen Endes, denn der fromme Naturbetrachter Brockes zieht seine Lehre aus der herbstlichen Anschauung. Das langsame Kreisen der Blätter erinnert an den Kreislauf allen Lebens. Aber der Dichter weiß (und spricht es nicht aus): »... und doch ist einer, welcher dieses Fallen / Unendlich sanft in seinen Händen hält«.

Das ist Rilke, Paris 1902. Seine den Blättern zugesprochene »verneinende Gebärde« hätte Brockes schwerlich verstanden, wohl aber das »unendlich sanft«, denn in dem Poem des Hamburgers findet sich das Wort »sanft« sechsmal und wird damit zum Herzwort dieses Gedichts. Eine solche Wiederholung ist weder Zufall noch Nachlässigkeit.

Sein Schicksal anzunehmen, den Mut haben, sich fallen zu lassen, sich anheimzugeben, eins zu werden mit der Schöpfung Gottes: Brockes ist in vielen hundert Gedichten nicht müde geworden, uns das in zahlreichen Naturbildern immer wieder neu vorzustellen. Als Moralist, aber weit mehr noch als Poet, der den »bunten Tropfen« der fallenden Blätter Sprache gibt (bei Brockes als erstem wird das fallende Herbstblatt mit »Tropfen« assoziiert) oder – wie er es formuliert – »sie mir zum Bilde vorzustellen«.

Am 16. Januar 1747 ist Barthold Hinrich Brockes nach nur dreitägiger Krankheit in Hamburg gestorben, sechsundsechzig Jahre alt. Er durfte »gelassen scheiden und erbleichen«, da er das eigene Schicksal so ruhig annahm wie die »freywillgen Blätter«, also glücklich.

BARTHOLD HINRICH BROCKES
KIRSCH-BLÜTE BEY DER NACHT

Ich sahe mit betrachtendem Gemüte
Jüngst einen Kirsch-Baum, welcher blüh'te,
In küler Nacht beym Monden-Schein;
Ich glaubt', es könne nichts von gröss'rer Weisse seyn.
Es schien, ob wär' ein Schnee gefallen.
Ein jeder, auch der klein'ste Ast
Trug gleichsam eine rechte Last
Von zierlich-weissen runden Ballen.
Es ist kein Schwan so weiß, da nemlich jedes Blat,
Indem daselbst des Mondes sanftes Licht
Selbst durch die zarten Blätter bricht,
So gar den Schatten weiß und sonder Schwärze hat.
Unmöglich, dacht' ich, kann auf Erden
Was weissers ausgefunden werden.
Indem ich nun bald hin bald her
Im Schatten dieses Baumes gehe:
Sah' ich von ungefehr
Durch alle Bluhmen in die Höhe
Und ward noch einen weissern Schein,
Der tausend mal so weiß, der tausend mal so klar,
Fast halb darob erstaunt, gewahr.
Der Blühte Schnee schien schwarz zu seyn
Bey diesem weissen Glanz. Es fiel mir ins Gesicht
Von einem hellen Stern ein weisses Licht.
Das mir recht in die Sele stral'te.
Wie sehr ich mich an Gott im Irdischen ergetze,

Dacht' ich, hat Er dennoch weit gröss're Schätze.
Die größte Schönheit dieser Erden
Kann mit der himmlischen doch nicht verglichen werden.

HERMANN GLASER
SUPERWEISSE UNENDLICHKEIT

Die konturenreiche Sprache dieses Gedichts erscheint mir wie ein Holzschnitt, aber nicht »starck-teutsch« gekerbt, sondern in Aussparungstechnik, ganz aus dem Weißen, sozusagen auf japanisch-chinesische Weise hervorgezaubert; fürs Schweben freilich fast wieder etwas zu bieder; zudem schulmeisterlich-belehrend in der Induktion: jeder besondere Einzelfall führt zum großen Allgemeinen – zu Gott. Der barocke Weltenriß zwischen Schönheit und Vergänglichkeit ist überbrückt, die Wogen, unter denen die Tiefe des Bösen und Gefährlichen lauert, sind geglättet.. Aber die Theodizee muß ständig neu erworben und gefestigt werden: der Popularaufklärer Barthold Hinrich Brockes (1680-1747) hat sich ein Leben lang, vor allem in den neun Bänden seiner Gedichtsammlung »Irdisches Vergnügen in Gott, bestehend in Physicalisch- und Moralischen Gedichten«, redlich beredt, oft genug schwerfällig bemüht, Irdisches und Himmlisches miteinander zu verknüpfen. Quantität schlug selten in Qualität um – wer sieben Seiten lang über die Zweckmäßigkeit eines gebratenen Lammkopfes philosophiert, braucht sich zumindest nicht um den Spott der Späteren zu sorgen. »Welche Verehrung verdient der Weltenschöpfer, der gnädig, /als er den Korkbaum schuf, gleich auch die Stöpsel erfand!«, amüsiert sich Goethe in den »Xenien«.

»Kirsch-Blüte bey der Nacht« ist jedoch frei von der Pedanterie eines Käfer- und Butterblumen-Deskriptors, der sich in die Furche einwühlt und die Sterne nicht sieht. Im Gegenteil: Wirklichkeit wird transparent; die zarten Blätter durchbricht der Mondenschein; das weiße Licht eines hellen Sterns überstrahlt die Weiße der Kirschblüten. Wenn das Einfache das (dreifach) »aufgehobene« Triviale ist – so ist dieses Gedicht voller überwundener Sentimentalität, bewahrter Gefühlskraft und erhöhter Beschaulichkeit.

»Ich sahe mit betrachtendem Gemüte«: Brockes war ein Dichter geruhsamer Weltanschauung; sein Leben verlief entsprechend in gleichförmigen Bahnen; freilich hatte er, Sohn einer gutsituierten Hamburger Kaufmannsfamilie, in der Jugend Reisen durch Deutschland, nach Italien und Holland gemacht und manches Abenteuer dabei bestanden – was er in seinen autobiographischen Aufzeichnungen im Rückblick mit einem gewissen Gruseln genießt (nun vom sicheren Port eines Hamburger Ratsherrn und Stadtrichters aus, der ab 1735 für sechs Jahre als Amtmann nach Ritzebüttel ging, wo eine von ihm angelegte Waldung zumindest bis ins 19. Jahrhundert hinein noch Brockeswalde hieß). Er zeugte zwölf Kinder und schrieb und schrieb und schrieb. Das »Irdische Vergnügen, zweyter Teil« (aus dessen Erstausgabe der Text zitiert wird) erschien 1727; Brockes war damals siebenundvierzig Jahre alt; mit fünfzig pries man Immanuel Kant als »ehrwürdigen Greis«. Unsere Zeit mit ihren Turbulenzen könnte bei derartiger altväterlicher Gelassenheit eigentlich recht gut zur Beruhigung unterschlupfen.

Und was das Weiße der Kirschblüte betrifft: alle superweiße Warenästhetik wird grau beim Vor-Schein solcher poetischen Sinnlichkeit! Aber ich will diese, an einem Ein-

zelding festgemachte Verse-Schönheit nicht übers Soziologisieren begründen; sie ruht in sich selbst.
Die Stunde des Idylls ist panische Stunde – eben nur Augen-Blick. Aber Brockes, der so mühevoll und oft genug mühsam mit dem Bösen in dieser Welt rang, der zerquält dem Wolf über dessen Zweck einen Sinn abzuringen versuchte (»Wir haben nicht nur ihrer Bälge im scharfen Frost uns zu erfreuen, /es dienen ihrer Glieder viele zu großem Nutzen in Arzeneien«) und ergreifend den Unsinn des Krieges beklagte (»Ein Räuber, Blut-Hund, Übelthäter,/ der größte Wüterich der Welt«), Brockes, der in seinem Gesamtopus um die Position des Menschen zwischen den Zeiten, zwischen oben und unten, Angst und Hoffnung, Immanenz und Transzendenz weiß, läßt auch in diesem Gedicht inmitten der ausgemalten Unendlichkeit des Hellen das Numinose der Nacht erspüren.
»Führe mich, Alter, nur immer in deinen geschnörkelten Frühlings/Garten! noch duftet und taut frisch und gewürzig sein Flor« (Eduard Mörike). Wer würde angesichts derartiger solider Gemächlichkeit vermuten, daß Brockes 1737 in die deutsche Sprache das stromlinienförmige »Schlaglicht« als Wortschöpfung eingebracht hat? Es resümiert jedoch treffend seine poetische Absicht: helles Licht auf einen Teil der (»physicalisch-moralischen«) Landschaft zu werfen.

JOHANN CHRISTIAN GÜNTHER
ALS LEONORE DIE UNTERREDUNG EILIGST UNTERBRECHEN MUSSTE

Nach vieler Müh und Zeit und Schmachten,
Die warlich nicht gering zu achten,
Kam einmahl auch ein Augenblick
Der alt- und edlen Zeit zurück.
Ich küste Leonorens Wangen,
Doch eh ich noch die Hand,
Sie gänzlich zu empfangen,
Gewand,
So fiel der neunte Seigerschlag,
Sowohl in Herz als Ohren.
Ach, sprach sie, Kind, ich bin verloren;
Denn daß ich jezt nicht bleiben mag,
Das thut Befehl und Zeit, die Vögel abzufüttern.
Sie küste mich noch halb und lief mit Zittern;
Ich aber schrie:
Ach Himmel, hältstu uns doch härter als das Vieh!

WALTER HINDERER
DAS INNERE IST GANZ ÄUSSERLICH

Sein Leben ist immer noch bekannter als seine Lyrik. Er gilt als brünstiger Vagant, unverbesserlicher Rebell und glückloses Genie, das sich weder zu zähmen noch gesellschaftlich einzuordnen wußte. Und »so zerrann sein Leben wie sein Dichten«, kommentierte Goethe von der gesicherten Warte des Hofpoeten herab den kurzen Lebenslauf (1695-1723) dieses außergewöhnlichen schlesischen Dichters. Gewiß, Johann Christian Günther steht zwischen den Zeiten, zwischen Barock und Aufklärung: weltanschaulich, zeitgeschichtlich und literarisch – und weist doch darüber hinaus. Dichtung bedeutet ihm nicht mehr bloß eine unterhaltsame Beschäftigung in Mußestunden, sondern war für ihn notwendige Existenzaussage.
In seinem ebenso vielseitigen wie umfangreichen poetischen Werk benutzte Günther die überlieferten Formen von der Antike bis zu seiner Gegenwart und löste sie immer wieder auf, um neue Inhalte zu formulieren. Das demonstrieren nicht zuletzt die meisten der an Magdalena Eleonore Jachmann gerichteten Liebesgedichte, die schon die Erlebnisfrische von Goethes Jugendlyrik vorwegnehmen. Dieser Text, vermutlich 1720 entstanden, gehört zu den unbekannten Leonoregedichten, aber für mich zu den erstaunlichsten poetischen Ereignissen der Zeit. Dabei scheinen diese Verse beim flüchtigen Lesen fast banal, von einer Art launiger Anspruchslosigkeit. Aber das täuscht:

gerade das ästhetische Komplizierte klingt oft einfach und unprätentiös.

Das Gedicht besteht aus zwei Teilen: einer Einleitung aus vier und einem Hauptteil aus zwölf Zeilen, die der Autor wiederum in zwei Hälften zu je sechs Zeilen gegliedert hat, sichtbar getrennt durch einen Punkt. Der Hauptteil fasziniert durch seine minuziöse Dramatik, die in seltsamem Gegensatz zu der im Sinne der Aufklärungspoetik »witzigen« Pointe der Schlußzeile steht. Allerdings hat dieser Scherz tiefere Bedeutung: er faßt blitzhaft die Reaktion zusammen, als die Liebenden durch die Schläge der Turmuhr (»Seigerschlag«) aus der Stimmung gerissen werden. Wie Günther die Etappen dieser plötzlichen Desillusionierung in dem Gedicht formal inszeniert, wirkt verblüffend modern.

Mutet die Einleitung, die in vier Zeilen von den schweren Jahren der Trennung spricht, mit ihren regelmäßigen Senkungen und Hebungen ganz konventionell an, so wird im Hauptteil dieses Schema ständig durchbrochen: die Zeilen werden je nach dem Ausmaß der seelischen Erregung verkürzt. Auf raffinierte Weise widerspricht der grammatikalisch-rhythmischen Gliederung das Reimschema mit seinem latenten vierstrophigen Aufbau, der vom Paarreim ausgeht und zu ihm über Kreuzreim und umschließendem Reim in einer Kreisbewegung zurückführt. In Variationen bleibt bei der neuen »Unterredung«, wie Günther scherzhaft diese »unterbrochene« Liebesszene nennt, die »alt- und edle Zeit« als leiser Akkord und übergreifender Zusammenhang anwesend, während aus ihm der wechselnde Rhythmus die neue Tonart kontrapunktisch herausbildet.

Die erste Hälfte des Hauptteils vergegenwärtigt, wie der

Dichter Leonorens Wangen küßt und gerade dabei ist, die Hand zu wenden, um die Geliebte »gänzlich zu empfangen«. An auffallender Stelle, fast in der Mitte des Gedichts, signalisiert diese Kürzestzeile (»Gewand«) den Anfang des Höhepunkts des erhofften Liebesaugenblicks, auf den jäh der Umschwung folgt: Ins Bewußtsein (Herz und Ohren) der Liebenden fallen die neun Schläge der Turmuhr, die Leonore nicht nur an ihre Pflicht als Wirtschafterin auf dem Schloß Zedlitz, wo sie Günther besuchte, gemahnen, sondern auch an die Moralvorstellungen der damaligen Zeit. Deshalb ihr doppeldeutiges Geständnis: »ich bin verloren«. Kaum war endlich die alte Intimität zwischen den beiden Liebenden wiederhergestellt, fühlt sich Leonore durch das Realitätsprinzip Pflicht oder Moral gedrängt, das Federvieh abzufüttern, während der Dichter leer ausgeht und sich über den aufgezwungenen Verzicht nicht ohne Selbstironie beklagt.
Den Zustand Leonorens zwischen Leidenschaft und Ernüchterung, Wunsch nach Hingabe und Besinnung auf Pflicht illustriert unnachahmlich diese Zeile: »Sie küste mich noch halb und lief mit Zittern«. Der Schrei des Dichters hat die Illusion schon überwunden und kommt bereits aus der Empörung über den entrissenen Augenblick.

JOHANN CHRISTIAN GÜNTHER
AN DIE MÄNNER

Sie meinen jeder so wie alle, vom Paradiese bis hierher,
Als ob das weibliche Geschlecht zur Sklaverei erschaffen wär.
Und schützen Evens Schwachheit vor, wodurch wir, wie sie töricht wollen,
Sowohl an Großmut als Verstand geringre Kräfte zeigen sollen.

Aus diesem unbewiesnen Satze hat allezeit und jedes Land
Witz, Vorrecht, Herrschaft, Ruhm und Freiheit allein dem Hute zuerkannt.
Und wenn sich dann und wann ein Weib zu Stahl und Kiel geschickt erwiesen,
Es vor ein schönes Ungeheur und Blendwerk der Natur gepriesen.

Ja, sprecht ihr, das sind weiße Raben und gegen eine, die was nützt,
Stehn allzeit tausend solcher Klötzer, woraus man keine Tugend schnitzt.
Das dank' euch Männern sonst jemand! Euch, die ihr nach verdammter Mode
Der Mädchen Geist mit Fleiß erstickt. Sie wachsen stets im eignen Sode.

Und werden unter Rauch und Küche zur
Niederträchtigkeit gewöhnt,
Und wenn sich auch ein frei Gemüte bald von Geburt an
höher sehnt,
So lehrt man solches doch wohl nichts als etwan Hand
und Röcke falten
Und läßt den angebornen Trieb bei Wäsche, Flachs und
Herd erkalten.

So listig schützt sich eure Tücke. Denn lernten sie zuviel
verstehn,
So habt ihr Furcht, sie möchten endlich mit Schluß und
Denken weiter gehn,
Das Erbrecht der Natur durchsehn, die allgemeine
Freiheit finden
Und dies von euch gestohlne Gut euch wieder aus den
Händen winden.

ULLA HAHN
DAS WAHRE LOBLIED DER FRAU

Dies sind wohl die überraschendsten Verse Johann Christian Günthers. Wer Günthers triste Biographie kennt – er lebte von 1695 bis 1723 –, der weiß, daß er die Frauen liebte, es an Gegenliebe nicht fehlte. Aber so sehr die Leonoren auch seine Dicht- und Liebeskünste zu schätzen und zu genießen wußten, heiraten und versorgen ließen sie sich lieber von seriöseren Bewerbern. (Was ihn übrigens wieder zu den anrührendsten Klageliedern inspirierte.)
Günther hatte mithin wenig persönlichen Anlaß, sich mit geradezu feministischem Engagement gegen »die Sklaverei des weiblichen Geschlechts« zu wenden. Daß er es doch tat, zeigt, daß er die Frauen wirklich liebte. Er liebte sie nicht als Gliederpuppen, als Nervenkitzel für galante Schäferstündchen. Er suchte die Frau als Gefährtin, als selbständige Persönlichkeit. An Lobreden auf die Frau war vor und zu Günthers Zeit kein Mangel. Wer kennt sie nicht, die zahllosen Barockgedichte, denen die Frau als in ihre anatomischen Einzelteile zerlegtes Objekt immer wieder zu mehr oder weniger erlesener Metaphernbildung verhalf?
Nichts von alledem finden wir in diesen Versen Günthers. Er, der von seinen Feinden aus Schlesien, seiner Heimat, vertrieben wurde, den der eigene Vater voller Abscheu vor seinem Dichterberuf aus dem Haus jagte, der im Siechenhaus zu Lauban vor Hunger zu schwach war, um seinem Leben mit dem Strick ein Ende zu machen, dieser Mann

singt das wahre Loblied der Frau. Günther, selbst verstoßen, zu Tode gehetzt, sieht seinen Platz nicht länger bei denen, die Macht ausüben, sondern die sie erleiden. Er hat die Fronten gewechselt, vertritt die Interessen der Frau gegen seine eigenen Geschlechtsgenossen.
Günthers Anschauung über die Bestimmung der Frau, sein Eintreten für die Entfaltung ihres »angeborenen Triebs«, und seine scharfsichtige Beschreibung des Verhältnisses der beiden Geschlechter zueinander mußten in einer Zeit, der das Bibelwort von der Frau, die dem Manne untertan sei, als soziale Norm galt, provozierend revolutionär wirken. Revolutionär nicht nur in der Kritik an seinen Zeitgenossen. Denn wie in seinen meisten Gedichten beschränkt sich Günther auch hier nicht auf ein bloßes Abbild seiner Gegenwart. Im Entwurf der Zukunft, wenn die Frauen den Männern »das gestohlene Gut ... wieder aus den Händen winden«, stiften die Verse Unruhe und Hoffnung bis auf den heutigen Tag.

JOHANN CHRISTIAN GÜNTHER
BRESLAU, DEN 25. DEZEMBER 1719

Mein Herz, was fangen wir noch miteinander an?
Es scheint, wir werden bald dem Kummer weichen müssen;
Vor alles, was wir sonst dem Nächsten Guts getan,
Muß uns're Redlichkeit mit Not und Elend büßen,
Die Weisheit bringt kein Brot, die Arbeit keine Lust,
Uns jagt des Himmels Zorn durch Ruten, Land und Jahre.
Ein Fehltritt, den du nur aus Übereilung tust,
Wird, ob er dich gleich reut, ein neuer Schritt zur Bahre.
Der Eltern Angst ist dein, der Schwester Gram trifft mich;
Die Lästrer plagen uns mit unverschämten Zungen,
Die Armut macht mich auch den Toren lächerlich,
Und was nur Schaden bringt, das wird mir aufgedrungen.
Du kannst das von Natur dir anvertraute Pfund
Aus Mangel hoher Gunst auf keinen Wucher legen;
Kein Zufall macht den Wert von meinem Wissen kund,
Und was dir gütig scheint, wird elend meinetwegen.
Man würdigt meine Not der Untersuchung nicht,
Die Spötter nennen sie teils Strafe, teils Gedichte;
Und wer in Gegenwart auch noch so freundlich spricht,
... mir hinterwärts ein ...
Gerichte
Nunmehr ist endlich auch der Jahre Lenz vorbei;

Wem will ein solches Kreuz nicht die Geduld ermüden?
Die Musen sind mir hold, und Lorchen bleibt noch treu,
Mein Herz, was willst du mehr? Ich gebe mich zufrieden.

BENNO VON WIESE
KLAGE ÜBER EIN VERFEHLTES LEBEN

Johann Christian Günther hat ein abenteuerliches und tief unglückliches Leben geführt. Aber er war kein vagabundierender Abenteurer, wie man ihn oft genannt hat, auch kein Revolutionär, sondern ein verhinderter Bürger. Noch heute bleibt er weitgehend unverstanden. Die einen halten ihn für den größten deutschen Lyriker vor Goethe, die anderen nur für ein verkommenes Genie, dem sein Leben und sein Dichten zerronnen ist. Dieses dem alten Goethe nachgesprochene Urteil hat ihm mehr als jedes andere geschadet. Er führt weiter eine Scheinexistenz im Nirgendwoland der deutschen Dichtung *zwischen* Barock, Aufklärung und Goethezeit; er muß auch in unserer Zeit noch darauf warten, daß sein tragisches Dichterleben nicht umsonst gewesen ist.

Das hier abgedruckte Liebesgedicht an die »ewige«, freilich nicht die einzige Liebe seines Lebens, die sechs Jahre ältere Leonore Jachmann, hat im Titel nur ein Datum. Fünf Jahre hatte ein böses Verhängnis die Liebenden getrennt. Im Dezember 1719 sahen sie sich in Schlesien wieder, nur verstohlen in heimlichen Begegnungen. Dann wurden sie durch Günthers unseliges Wanderschicksal wieder auseinandergerissen. Diesmal für immer. Zum zweitenmal entstanden jene Abschiedslieder an Leonore, die für mich zu den ergreifendsten Zeugnissen der deutschen Lyrik gehören.

Unser Gedicht zeigt bereits die Wende an. Noch sucht

Günther das Fortdauern der Liebe fast gewaltsam zu erzwingen. Man spürt bereits in der ersten Zeile den hohen Grad von zärtlicher Leidenschaft, die sich dennoch der streng barocken Form des kreuzweise gereimten Alexandriners und damit der rationalen Disziplin unterwirft. Dieses Gedicht ist nicht wie andere von Günther ein freiströmendes, von Rhythmus und Melodie getragenes Lied, sondern eine fast episch berichtende Klage über sein verfehltes Leben. Hier repräsentiert der Alexandriner nicht höfischen Prunk oder allgemeine Weltschelte, er repräsentiert paradoxerweise nur die eigene subjektive, aus der Gemeinschaft ausgestoßene Existenz. Das Gedicht ist zu einem vernichtenden Argument gegen die Leibnizsche, die beste aller Welten geworden.

Es war Günthers Tragik, daß er *seinen* extremen Sonderfall, wiederholt in der Rolle des Hiob gespiegelt, verzweifelt und im Grunde vergeblich als dennoch sinnvoll, dennoch gottgewollt im Ganzen einer universalen Ordnung begreifen wollte. Aber war nicht dieses Leben, gejagt »durch Ruten, Land und Jahre«, ohne die fürstliche Gunst eines Mäzens, dem einzigen Schutz in der damaligen Welt für einen mittellosen Poeten, der nichts anderes wollte als dichten, in der Tat »ein Kreuz« gewesen, das sich durch keine »Theodizee« mehr rechtfertigen ließ?

Unser Gedicht ist eines von vielen Klageliedern Günthers. Vierundzwanzig Jahre war der Dichter, für den »der Jahre Lenz« bereits vorbei ist. Drei Jahre später ist er gestorben. Realitätsnah, scheinbar nüchtern, fast ganz ohne barocke Metaphernsprache, aber dennoch in rhetorischer Steigerung wird die nicht abbrechende Kette des Verhängnisses, in die auch die Geliebte mit einbezogen bleibt, hier aufgezeichnet. An verhaltener Intensität ist dies kaum mehr zu überbieten.

Dennoch steht diesem autobiographischen Bericht über ein Leben des Unheils, der Verfolgungen und der Verleumdungen, des Hungers und des Spottes, in den zwei letzten Zeilen des Gedichtes die bewußt auf knappstem Raum zusammengedrängte Antithese gegenüber. Wo nichts mehr übrigzubleiben scheint, wo das Leben nur noch aus Trümmern besteht, überdauert dennoch die Poesie und die Liebe. Diese sind für Günther die höchsten Güter seines Lebens. Und nur so ist die rührende Demut des Schlusses zu verstehen: »Ich gebe mich zufrieden.«

JOHANN CHRISTIAN GÜNTHER
ER KLAGET GEGEN SEINEN FREUND

O laß dich doch nur nicht die kleine Müh verdrießen!
Die Zeilen, so von mir durch deine Feder fließen,
Verhindern den Begriff der allzuschweren Noth;
Sonst kann ich doch nichts thun, als Klagelieder
schreiben,
Und sonsten stillt mich auch kein ander Zeitvertreiben,
Es wäre denn der Tod.

Jch bin schon reif dazu, sowohl an Kreuz, als Jahren,
Und kaum der zehnde Greis kann so viel Müh erfahren,
Als mir schon um den Lenz des Lebens Haß gebiehrt.
Jch leugne nicht die Schuld der oft verdienten Schläge,
Jedoch, wo lebt ein Mensch, den auf dem Tugendwege
Nicht Fleisch und Blut verführt?

Ein ieder, heists, vermag sein Glücke selbst zu machen,
Wer Welt und Ursprung kennt, der wird des Sprichworts
lachen:
Die Ordnung der Natur setzt iedem Maaß und Zeit,
Sie lenkt Gemüth und Herz, so wie Verstand und Wollen,
Und macht, wenn Glück und Fall das Schauspiel ändern
sollen,
Der Sitten Unterscheid.

Drum Thoren, hört doch auf, mein Leben zu
verhönen,
Jch such an mir ja nicht die Fehler zu beschönen,
Sie bleiben, was sie sind, an allen, wie an mir,
Nur dieß verlangt mein Herz, ihr sollt nicht spöttisch
richten,
Und über meinen Schmerz ein hönisch Liedchen dichten,
Jch bin ein Mensch, wie ihr.

Mein Hoffen hat nunmehr nicht einen Funken Zunder,
Und was mich retten soll, das braucht kein schlechtes
Wunder,
Hier ist kein Weg zur Flucht, es sey denn aus der Welt,
Wer noch was ändern kann, der mag die Großmuth
nützen:
Sind Arm und Hände weg, den Körper zu beschützen;
So gilt nunmehr kein Held.

Jch weiche von der Last der äußersten Beschwerden,
Und müh mich auch nicht mehr um Mittel loß zu werden,
Jndem ich wie ein Schiff mir selbst gefährlich bin;
So wirft ein Steuermann, weil Mast und Anker springet,
Und Salz und Schaum bereits durch tausend Spalten
dringet,
Kompaß und Hoffnung hin.

Verübelt mir mein Freund die Zagheit blöder Sinnen;
So such er einen Trost, mein Herze zu gewinnen.
Die Unruh, so es fühlt, ist fast nicht auszustehn;
Jch wäre seiner Kunst, ich weiß nicht was, verbunden,
Beredt er mich nur dieß von diesen bösen Stunden:
Sie werden auch vergehn.

HANS-JÜRGEN SCHINGS
PURE NOTRUFE

Ein Gescheiterter diktiert seinem Freund ein Klagelied in die Feder. Konkreter, unmittelbarer kann er seine Lage nicht aussprechen als in solcher Mittelbarkeit. Sie ist hoffnungslos.

Der barocke Alexandrinervers – sechshebig, mit festliegendem Einschnitt in der Mitte – errichtet ein stählernes Gehäuse, das Sprache und Argumente wuchtig in Form bringt. Günther, der Spätling der schlesischen Barockdichtung, der von 1695 bis 1723 lebte, benutzt ihn, als griffe er nach einem Halt. Doch der versagt. Die halbierten Alexandriner am Ende jeder Strophe gleichen Abstürzen. Sie sind pure Notrufe.

Wer seine Klage in Gedichtform faßt, sucht, weiß und verkündet üblicherweise Trost. »Sey dennoch unverzagt. Gieb dennoch unverlohren.« Die Verse Paul Flemings lagen auch Günther im Ohr. Stoisch stellen sie sich über die Schläge des wankelmütigen Glückes, graben sich in die Festung des eigenen Ichs ein, nehmen sie das Verhängnis an. Oft hat auch Günther so geklagt, gedichtet und sich Trost eingeimpft. In unserem Gedicht allerdings greifen die alten Muster nicht mehr. Eine unerhörte, durch nichts mehr gehemmte Trostlosigkeit breitet sich aus. Was bleibt, ist nur noch die »Zagheit blöder Sinnen«, das heißt: die Angst der schwachen, furchtsamen, feigen – das meint »blöden« – Kreatur. Auch dazu hat man ganz anders geartete, berühmte Verse im Ohr: »Feiger Gedanken / Bängliches

Schwanken ... Wendet kein Elend, / Macht dich nicht frei.«

Der Dichter Günther ruft aus der Tiefe seines persönlichen Unglücks. In Lauban, 1720, durchlebt er die schwärzeste Phase – vom Vater verstoßen, krank und abgerissen, in einer Bodenkammer, im Armen- und Siechenhaus kümmerlich sich fristend, von seinen Feinden noch immer mit Spott und Hohn überzogen. Hier entsteht das Gedicht. »Verzweifeln will ich nicht, mein Elend hat Vernunft«, hatte er sich oft genug eingeschärft. Damit ist es jetzt vorbei. Die Vernunft findet keine Gründe mehr, die das Elend abfedern könnten.

Das »Kreuz« der frühen Jahre eine Strafe für »Schuld« und »Fehler« ? Gern beruft sich Günther sonst auf Leibniz und Wolff, die metaphysischen Gewährsleute für die beste aller möglichen Welten, die selbst Unglück und Geduld noch »zieren«. Hier gibt es nur mehr eine eherne »Ordnung der Natur«, die über dem »Schauspiel« waltet und mit »Glück und Fall« auch die Moral (»Der Sitten Unterscheid«) zuteilt. Ein Trost ist das nicht mehr, bestenfalls ein Argument gegen die Moralrichter (und den eigenen Vater). »Ich bin ein Mensch, wie ihr« – nicht weit ist dann der Ausruf: »O daß ich doch gebohren bin!« Das Gegenteil wäre besser.

Hoffnung und Großmut? Inständig beschwört Günther sonst die Tugenden der Leidabwehr, die christliche und die stoische. Hier werden sie buchstäblich zertrümmert. Keines der alten Trost- und Widerstandsexempel eilt zur Hilfe, weder der fromme Hiob der Bibel noch der großmütige Weise der antiken Abhärtungslehre. Wenn erst »Arm und Hände« weggeschlagen sind, bricht jeder Widerstand zusammen. Katastrophale Metaphern besiegeln die Kapitulation. Zum Bild des verstümmelten Körpers gesellt sich die Schiffbruchsallegorie. Selbst der Tasso Goethes klammert sich zuletzt noch »am Felsen fest, an dem er scheitern sollte«. Der Scheiternde hier hat keinen Ballast mehr aufzugeben, um freizukommen (»Mittel loß zu werden«). Er muß »Kompaß und Hoffnung« hinwerfen. Er überläßt sich dem Untergang. Die schwache Schlußpointe des Ermatteten kommt dagegen nicht an.

JOHANN CHRISTIAN GÜNTHER
TROSTARIA

Endlich bleibt nicht ewig aus,
Endlich wird der Trost erscheinen:
Endlich grünt der Hoffnungsstrauß,
Endlich hört man auf zu weinen.
Endlich bricht der Tränenkrug,
Endlich spricht der Tod: Genug!

Endlich wird aus Wasser Wein,
Endlich kommt die rechte Stunde,
Endlich fällt der Kerker ein,
Endlich heilt die tiefste Wunde;
Endlich macht die Sklaverei
Den gefangnen Joseph frei.

Endlich, endlich kann der Neid,
Endlich auch Herodes sterben,
Endlich Davids Hirtenkleid
Seinen Saum in Purpur färben;
Endlich macht die Zeit den Saul
Zur Verfolgung schwach und faul.

Endlich nimmt der Lebenslauf
Unsers Elends auch ein Ende,
Endlich steht der Heiland auf,
Der das Joch der Knechtschaft wende!
Endlich machen vierzig Jahr
Die Verheißung zeitig wahr.

Endlich blüht die Aloe.
Endlich trägt der Palmbaum Früchte,
Endlich schwindet Furcht und Weh,
Endlich wird der Schmerz zunichte,
Endlich sieht man Freudental:
Endlich endlich kommt einmal.

RENATE SCHOSTACK
DROMEDARE IN DER WÜSTE

Es gibt in der deutschen Sprache kleine, unscheinbare Wörter, die können in der Dichtung mit Inhalt und Bedeutung beladen werden wie Lastesel. Ich denke an ein »Unterdessen« in der Erzählung »Unverhofftes Wiedersehen« von Johann Peter Hebel, das fünfzig Jahre Weltgeschehen auf dem Buckel schleppt. Johann Christian Günthers »Endlich«, das in einem Gedicht von dreißig Zeilen vierundzwanzigmal den Vers einleitet, ist ein anderes solches Packtier. Diesen »Endlich« ist – wie einer Schar von Dromedaren, die durch die Wüste ziehen – die ganze Hoffnung eines elenden Lebens aufgebürdet.
Der hier von Furcht, Schmerz und Weh spricht, wußte, wovon er redete. Günther, der letzte der schlesischen Barockdichter, war zugleich der erste Erlebnisdichter, ein Lyriker, bei dem die Sprache nicht mehr vor allem Gelehrsamkeit zur Schau trägt, sondern Empfindungen des Herzens bloßlegt. Er war, was man heute eine verkrachte Existenz nennt, ein ausgeflippter Medizinstudent, ein Hippie zwischen Barock und Aufklärung, vom Vater verstoßen, der Geliebten entsagend, weil er ihr kein gesichertes Leben bieten konnte. Ein unbekümmerter Vagant war er nicht. Sündenbewußtsein, Angst, Reue erfüllten ihn und die Sehnsucht nach Heil, das für ihn noch das christliche Heil war.
Auch dieses Gedicht, dessen Bilder und Metaphern nicht der Antike entnommen sind, sondern der Bibel, macht es

deutlich. Zwar lebt in der allgemeiner gehaltenen ersten und letzten Strophe die barocke Emblematik weiter. Da erscheinen Hoffnungsstrauß und Tränenkrug, die Aloe, die in den Kräuterbüchern der Zeit eine wichtige Rolle als Heilpflanze spielt, und der Palmbaum als Sinnbild der Treue. Doch die mittleren Strophen enthalten ausschließlich Andeutungen auf Geschichten des Alten und Neuen Testaments.

Die Strophenform dieses Gedichts findet sich in vielen evangelischen Gesangbuchliedern, etwa dem berühmten »Jesus, meine Zuversicht« eines anonymen Verfassers von 1653. Man darf annehmen, daß Günther diese Lieder so gut gekannt hat wie die des bedeutendsten protestantischen Dichters des 17. Jahrhunderts, Paul Gerhardt. Das »Freudental« dieses Gedichts ist eine Variante des »Freudensaals« in Gerhardts Adventslied »Wie soll ich dich empfangen«: »Ach komm, ach komm, o Sonne, / Und hol uns allzumal / Zum ewgen Licht und Wonne / In deinen Freudensaal.« Auch das »Endlich« hat Gerhardt vorweggenommen, in dem Weihnachtslied »Fröhlich soll mein Herze springen«, das so endet: »Mit dir will ich endlich schweben / Voller Freud / Ohne Zeit / Dort im andern Leben.«

Indes: Günthers Gedicht ist kein Kirchenlied, seine Utopie geht in der endzeitlich christlichen nicht auf, hier ist auch weltliche Hoffnung. Die Beispiele der Strophen drei bis fünf beziehen sich sämtlich auf Veränderungen innerhalb der Geschichte: Joseph wurde aus der Gefangenschaft des Pharaos befreit so wie später der Apostel Paulus aus dem Kerker zu Philippi; die vierzigjährige Wüstenwanderung des heimatlosen Volkes Israel nahm ebenso ein Ende wie der Verfolgungswahn des Königs Saul. Günther

spricht nicht wie Gerhardt vom Himmel, er spricht vom Ende der Knechtschaft und der Sklaverei, und das »Einmal« des Endes, das auf die erste Zeile des Gedichts zurückweist, hat keinen jenseitigen Glanz.
Dennoch: der Hoffnungshorizont dieses Poems, das von einer ungeheuren Gewißheit erfüllt ist, umfaßt mehr als die politische oder soziale Utopie, er ist irdisch und himmlisch zugleich. Für mich ist diese wie von Trompetenschall umgebene »Trostaria« das größte Hoffnungsgedicht der deutschen Sprache.

FRIEDRICH VON HAGEDORN
AN EINE SCHLÄFERINN

Erwache, schöne Schläferinn,
Falls dieser Kuß nicht zu bestrafen:
Doch wenn ich dir zu zärtlich bin;
Schlaf, oder scheine mir zu schlafen.

Die Unschuld, die nur halb erwacht,
Wann Lieb und Wollust sie erregen,
Hat öfters manchen Traum vollbracht,
Den Spröde sich zu wünschen pflegen.

Was du empfindest, ist ein Traum:
Doch kann ein Traum so schön betriegen?
Giebst du der Liebe selbst nicht Raum:
So laß dich dann ihr Bild vergnügen.

JÜRGEN STENZEL
ÜBERREDUNG ZUM LEBEN

Fast wären mir diese Strophen grau geblieben, als ich für die Vorlesung eine Reihe von Gedichten zusammenstellte, denen das Bild der schlafenden Schönheit gemeinsam war. Aber dann: wieviel List und Lebensklugheit steckt in dieser Verjüngung des alten Motivs. Schon die Überschrift hat etwas Paradoxes (in späteren Fassungen wird denn auch die »Schläferin« zur »Schäferin«). Gleichviel. Schläft sie also, oder schläft sie nicht? Soviel ist sicher, das Unentschiedene des Zustands ist dem Küssenden günstig – kluges Entgegenkommen der Schönen vorausgesetzt. Er setzt es voraus. Aufforderung zum Einverständnis: mit der Liebe, dem Tag, dem Bewußtsein und der Wirklichkeit. Und wenn nicht? Dann kann man immer noch tun, als sei nichts gewesen, und der Genuß verpflichtet zu keiner Reue (also, ich bin sicher, sie schläft nicht wirklich).
Da verläßliche Wahrheit in der Mitte des aufklärenden Jahrhunderts nichts ist, was bloß dem Zufall der Situation entspringen könnte, kommt die zweite Strophe gehörig steif und lehrhaft-abstrakt. Welche Wahrheit? Sprödigkeit, der Übergang von bewußtloser Unschuld zur sinnlichen Freude, ist nicht bei sich, sondern schielt auf ihr Anderes; Unschuld, die sich nicht traut, erfüllt sich das Versagte im Traum (»Hat öfters« – da spricht die kundige Erfahrung!).
Solche einsichtsvolle und gesetzte Lehre, für unschuldige Ohren freilich schon nicht unverfänglich, bereitet in

Wahrheit neue List und Überredung vor: »Was du empfindest, ist ein Traum«. Der wirkliche Kuß wird der Zögernden als träumende Wunscherfüllung vorgestellt. Ganz schön unverschämt, aber beruhigend doch auch für die Spröde. Man muß also das Reale nicht anerkennen, es verträgt auch die Umdeutung; im Traum schließlich, was wäre da nicht erlaubt? Besser mit dem Kopf den klugen Kompromiß zwischen Versagung und Wunscherfüllung ausgedacht als ihn an einer unbequemen Wirklichkeit sich eingestoßen.

Andererseits, der Traum ist denn doch zu schön, um nicht wahr zu sein. Etwas Mut nur. Und sollten »Lieb und Wollust« immer noch mehr gefährlich als verlockend aussehen, »So laß dich dann ihr Bild vergnügen« (wobei »Vergnügen« damals mehr hieß als Amüsement obenhin, nämlich Empfindung erfüllten Lebens).

Also nur der Traum vom Glück? Aber die beiden (und wir auch) wissen doch, daß der Kuß geküßt ist und für Bild und Traum nur ausgegeben wird. Der seelenkundige Verführer spielt seine Ungezogenheit als wirklich oder eingebildet aus, ganz wie beliebt. Real ist, was gefällt. Und erlaubt auch. Dabei klingt der abschließende Rat lebensklug genug auch ohne seinen Hintersinn: daß man Versagungen nicht resignierend erleiden sollte, daß Erfüllung sich auch im Erträumten findet. Wieviel zuträglicher, wenn es sich als das Wirkliche erweist – wie hier.

Wie tief kann eine Frau schlafen, der man so beredt, mit soviel durchtriebener und graziöser Dialektik den Schritt zu erfülltem, wachem Leben bahnt? So läßt sich mit der Angst vor den verinnerlichten Strafandrohungen der gesellschaftlichen Moral, mit allem Lebensfeindlichen ja doch, fertig werden: mit unbeirrbarer Lebenszugewandtheit, spielerischer Gelassenheit und, ja, mit Klugheit.

Die alte »*carpe diem*«-Strategie der poetischen Verführer bis zum Ende der Barockzeit hatte noch mit dem Rücken zur Wand des Todes um erfülltes Leben gekämpft. Hagedorns Gegner ist nicht der Tod, sondern die konventionelle, bürgerliche Tugendängstlichkeit – und der kommt man um des Lebens willen bei: in einer vernünftig-optimistischen Epoche. Und vielleicht sogar in einer, die weder optimistisch ist noch – oder? – vernünftig. Wie auch immer: Friedrich von Hagedorn lebte von 1708 bis 1754.

EWALD CHRISTIAN VON KLEIST
DER GELÄHMTE KRANICH

Eine Fabel

Der Herbst entlaubte schon den bunten Hayn,
Und streut aus kalter Luft Reif auf die Flur,
Als am Gestad ein Heer von Kranichen
Zusammen kam, um in ein wirthbar Land,
Jenseits des Meers, zu ziehn. Ein Kranich, den
Des Jägers Pfeil am Fuß getroffen, saß
Allein, betrübt und stumm, und mehrte nicht
Das wilde Lustgeschrey der Schwärmenden,
Und war der laute Spott der frohen Schar.

Ich bin durch meine Schuld nicht lahm, dacht er
In sich gekehrt, ich half so viel als ihr,
Zum Wohl von unserm Staat. Mich trift mit Recht
Spott und Verachtung nicht. Nur ach! wie wirds
Mir auf der Reis ergehn! Mir, dem der Schmertz
Muth und Vermögen raubt zum weiten Flug!
Ich Unglückseeliger, das Waßer wird
Bald mein gewißes Grab! – Warum erschoß

Der Grausame mich nicht! – Indeßen weht
Gewogner Wind vom Land ins Meer. Die Schaar
Beginnt, geordnet, jezt die Reis, und eilt
Mit schnellen Flügeln fort und schreyt für Lust.
Der Kranke nur blieb weit zurück und ruht

Auf Lotos Blättern oft, womit die See
Bestreuet war, und seufzt für Gram und Schmerz. –

Nach vielen Ruhn, sah er das beßre Land,
Den gütgern Himmel, der ihn plötzlich heilt.
Die Fürsicht leitet ihn beglückt dahin,
Und vielen Spöttern ward die Fluth zum Grab.

Ihr, die die schwere Hand des Unglücks drückt,
Ihr Redlichen, die ihr mit Harm erfüllt,
Das Leben oft verwünscht, verzaget nicht,
Und wagt die Reise durch das Leben nur!
Jenseits dem Ufer giebts ein beßer Land,
Gefilde voller Lust erwarten euch!

HANS CHRISTOPH BUCH
GEFILDE VOLLER LUST

Dieses Gedicht ist unzeitgemäß in mehrfacher Hinsicht: nicht nur, weil es eine erbauliche Geschichte erzählt und deren moralische Nutzanwendung gleich mitliefert, anstatt die Schlußfolgerung dem Leser zu überlassen. Das Genre der Fabel wirkt heute ebenso antiquiert wie das Metrum des fünffüßigen Jambus, der wie ein Echo aus längst vergangenen Zeiten zu uns herüberschallt.

Nicht bloß die Formzertrümmerung der Avantgarde, auch die Formerneuerung der deutschen Klassik trennt uns von diesem vor 250 Jahren entstandenen, didaktischen Poem, das nur für Kenner der literarischen Empfindsamkeit noch von Interesse ist – so scheint es zumindest auf den ersten Blick. In Wahrheit nimmt Ewald von Kleists Gedicht die Erlebnislyrik des jungen Goethe ebenso vorweg wie die formalen Experimente der Moderne, die die poetische Illusion durch gezielte Verfremdung und mutwilligen Schock zerstört. »Der gelähmte Kranich« ist ein Desillusionsgedicht und zugleich, wie fast alles, was Kleist geschrieben hat, ein autobiographisch gefärbter Text.

Wer war dieser Dichter, dessen schmales Werk nach kurzem, euphorischem Erfolg dem Vergessen anheimfiel und dessen Nachruhm der Name seines prominenteren Nachfahren bis heute überstrahlt? Zu Lebzeiten Heinrich von Kleists war es umgekehrt; die Nachricht von dessen Selbstmord verband die »Zürcher Zeitung« mit dem Hinweis, Ewald von Kleist sei der »bessere Dichter« gewesen,

während Kleists Freund Fouqué in den tragischen Schicksalen der »Dichter aus dem Kleistschen Hause« eine Parallele sah: »Alle so früh im Grabe, und jeder gewissermaßen durch die Todesart sein Zeitalter ausdrückend.«
Wer war der früh verstorbene Dichter und preußische Offizier, dem Lessing in seiner »Minna von Barnhelm« in der Gestalt des Majors Tellheim ein literarisches Denkmal gesetzt hat? Ewald Christian von Kleist stammte, ebenso wie sein Großneffe Heinrich, aus einem verarmten Adelsgeschlecht, dessen männlichen Nachkommen außer der in Preußen obligatorischen Offizierslaufbahn keine Berufsperspektive offenstand. Seine früh verstorbene Mutter vermachte ihm ihren Hang zur Schwermut; ein jüngerer Bruder soll in geistiger Umnachtung geendet sein. Zur angeborenen Konstitution gesellte sich das, was Ewald von Kleist seinen »Mangel an Fortüne« genannt hat: Seine langjährige Verlobte Wilhelmine von der Goltz heiratete auf Wunsch ihrer Eltern einen Stargarder Kaufmann. Und um seinen kargen Sold aufzubessern, mußte er für »200 Gulden Handgeld pro Mann von 5 Fuß, 7 Zoll Größe« in der Schweiz Rekruten anwerben, die er aus Mitleid wieder entließ.
Die Berufung zum Dichter war mit dem Offiziersberuf nicht zu vereinbaren; bekanntlich hielt Friedrich der Große nichts von deutscher Literatur. Anstatt sich im Siebenjährigen Krieg ehrenvoll auszuzeichnen, mußte Kleist in der Potsdamer Garnison exerzieren und leitete ein Feldlazarett im besetzten Leipzig, wo er statt seiner Freunde Gleim und Lessing nur »Tod und Siechtum« um sich sah. Am 24. August 1759 erlag er einer schweren Verwundung aus der Schlacht von Kunersdorf: kein Heldentod, wie es die patriotisch verbrämte Legende will, sondern verkapp-

ter Selbstmord, den Lessing beim Namen genannt hat: »Kleist hat sterben wollen.«
Die zum Todeswunsch gesteigerte Melancholie, die sein gesamtes Werk durchzieht, prägt auch das vorliegende Gedicht, das Kleists persönliches Geschick ins Gewand einer Tierfabel kleidet. Die in der Realität erfahrene Kränkung wird zum Pfeil, der den Flug des Kranichs lähmt, obwohl dieser – und hier durchbricht der Dichter das selbstgewählte Bild – ebenso wie andere zum Wohl des Staates beigetragen hat. Während die Schar vor Lust schreiend fortfliegt, bleibt der kranke Kranich allein zurück und überquert, auf Lotosblättern ruhend, den Meeresstrom des Vergessens bis zum jenseitigen Ufer, in dem unschwer das Paradies zu erkennen ist: »Gefilde voller Lust erwarten euch!« Kleists Todessehnsucht ist mehr als eine poetische Pose oder Ausdruck ästhetischer Dekadenz: Es ist die existentielle Erfahrung eines gescheiterten Lebensentwurfs, worin die zeitlose Aktualität dieser in ihrer Schlichtheit anrührenden Verse begründet liegt.

JOHANN NIKOLAUS GÖTZ
DIE HIMMLISCHE UND IRDISCHE VENUS

Mich ließ Apoll auf des Parnassus Höhen
Die himmlische und ird'sche Venus sehen.
Die ein' umgab von Tugenden ein Chor:
Ich sah bey ihr die ernste Weisheit stehen;
Ihr Finger wies von fern des Glückes Thor.
Die zweyte sang, warf Rosen aus; die Freuden
Umhüpften sie, vor ihr sprang Cypripor.
Wähl, sprach Apoll, die würdigste von Beiden! –
Gelehrter Gott, versetzt ich demuthsvoll:
Gebiete nicht, daß ich sie trennen soll.
Ich wähle mir: du siehst, ich gehe sicher,
Die hier für mich, die dort für meine Bücher.

JÜRGEN JACOBS
DER POET AM SCHEIDEWEG

Ein leichtes, heiteres Gedicht, das offensichtlich keine Prätention auf Tiefe macht. Immerhin spielt es mit zwei altehrwürdigen allegorischen Bildern, nämlich mit der christlichen Vorstellung von der himmlischen und der irdischen Liebe und mit der mythologischen Szene, die Herkules am Scheideweg zeigt.

Das redende Ich des Gedichts, offenbar ein Poet, wie man aus dem Aufenthalt auf dem Parnaß schließen darf, sieht sich nach dem Muster des Herkules zur Wahl zwischen Tugend und Lebensgenuß aufgefordert. Was in solchem Fall die christliche Moral verlangt, steht außer Zweifel. Aber dieser Forderung folgt das Gedicht nicht. Schon die Schilderung der beiden Göttinnen verstößt gegen die herkömmliche Wertung, weil sie ausschließlich die Gefälligkeit der äußeren Erscheinung zum Kriterium macht. Die himmlische Venus mit ihren ernsten Begleitern wirkt streng und verheißt nur ein fernes Glück. Ganz anders die irdische Liebe: Sie läßt sich mit Gesang vernehmen, wirft mit Rosen um sich und wird von Amor und den personifizierten Freuden umtanzt.

Das Gedicht entscheidet sich nun allerdings nicht in einfacher Umkehrung des moralischen Rigorismus für die irdischen Annehmlichkeiten, sondern es entzieht sich der Frage durch einen Scherz. Der Poet am Scheideweg erhält sich beide Möglichkeiten, indem er fürs tägliche Leben die gefällige irdische Venus wählt, die himmlische dagegen für die »Bücher«. Allerdings wird auch dort, wie das Gedicht selbst mit seiner bloßen Existenz beweist, der Göttin der Lebenslust ihr Recht werden.

Die spielerische Haltung, die ein Problem in einer Pointe auflöst, die zwanglose Form, die graziöse Sprachbewegung und der lockere Umgang mit dem Inventar der antiken Mythologie weisen das kleine Gedicht als ein Produkt des Rokoko aus. Welchen Sinn diese leichtgewichtige und verspielte Poesie hat, verdeutlicht der Blick auf die Umstände ihrer Entstehung. Um 1740 etwa begann der Student Johann Nikolaus Götz zusammen mit seinen Freunden Uz und Gleim, nach dem Muster der aus der Antike überkommenen anakreontischen Lieder muntere Gedichte zum Lobe von Wein, Weib und Gesang zu schreiben. Sie taten dies in Halle, der Hochburg des Pietismus, dessen finstere Strenge den weltlichen Freuden keinen Raum ließ.

Allerdings wollten die Gedichte der jungen Anakreontiker keineswegs einen hemmungslosen Lebensgenuß propagieren. Die Autoren sahen sich immer wieder genötigt, gegen Verdächtigungen dieser Art zu protestieren. Es gehe ihnen, so machten sie geltend, allein um ein Spiel des »Witzes« und darum, den von einer bestimmten Gedichtgattung geforderten Ton zu treffen. Aber es ist natürlich höchst verräterisch, in welchen Gattungen sie sich versuchen und mit welchen Gegenständen sie spielen. Daher muß man die Gedichte von Johann Nikolaus Götz und die seiner Hallenser Freunde wohl als einen Versuch verstehen, den unterdrückten Sinnen einen imaginären Spielraum zu schaffen, in dem sie sich frei und ohne schlechtes Gewissen zeigen durften.

Daß zwischen der im Zeichen des Rokoko erreichten Freiheit der Poesie und der offiziellen Moral der Epoche ein Zwiespalt blieb, zeigt sich in der Biographie des Autors. Der begabte Lyriker Götz, den noch Herder in hohen Tönen lobte, konnte bis zu seinem Tode im Jahre 1781 kein einziges Gedicht unter seinem Namen veröffentlichen. Denn er war Konsistorialrat und Superintendent geworden und mußte Mißverständnisse befürchten, die seiner geistlichen Reputation hätten schaden können.

ANNA LOUISA KARSCH
AN DEN DOMHERRN VON ROCHOW,

als er gesagt hatte,
die Liebe müsse sie gelehret haben,
so schöne Verse zu machen

Kenner von dem saphischen Gesange!
Unter deinem weißen Überhange
Klopft ein Herze, voller Gluth in dir!
Von der Liebe war es unterrichtet,
Dieses Herze, aber ganz erdichtet
Nennst du sie die Lehrerin von mir!

Meine Jugend war gedrückt von Sorgen,
Seufzend sang an manchem Sommermorgen
Meine Einfalt ihr gestammelt Lied;
Nicht dem Jüngling thöneten Gesänge,
Nein, dem Gott, der auf der Menschen Menge,
Wie auf Ameishaufen niedersieht!

Ohne Regung, die ich oft beschreibe,
Ohne Zärtlichkeit ward ich zum Weibe,
Ward zur Mutter! Wie im wilden Krieg,
Unverliebt ein Mädchen werden müßte,
Die ein Krieger halb gezwungen küßte,
Der die Mauer einer Stadt erstieg.

Sing ich Lieder für der Liebe Kenner:
Dann denk ich den zärtlichsten der Männer,

Den ich immer wünschte, nie erhielt;
Keine Gattin küßte je getreuer,
Als ich in der Sapho sanftem Feuer
Lippen küßte, die ich nie gefühlt.

Was wir heftig lange wünschen müssen,
Und was wir nicht zu erhalten wissen,
Drückt sich tiefer unserm Herzen ein;
Rebensaft verschwendet der Gesunde,
Und erquickend schmeckt des Kranken Munde
Auch im Traum der ungetrunkne Wein.

RENATE SCHOSTACK
DAS TRAUMGLÜCK DES DICHTERS

Wenn es den Begriff Arbeiter- und Bauernliteratur schon im 18. Jahrhundert gegeben hätte, Anna Louisa Karsch (1722-1791) – »die Karschin«, wie sie in den meisten Nachschlagewerken bis heute genannt wird – hätte ihr zugerechnet werden müssen. Ihre Vita klingt, als sei sie den Annalen der Sozialgeschichte entnommen. Die Tochter eines armen Gastwirts, die bei einem Onkel lesen und schreiben gelernt hatte, diente nach dem frühen Tod des Vaters im Haus des Stiefvaters als Magd und Viehhirtin. Mit sechzehn heiratete sie einen Tuchweber, der sich von ihr, als sie gerade das dritte Kind erwartete, scheiden ließ. Der zweite Mann, von dem sie vier Kinder hatte, war ein versoffener Schneider.

Wie sie zur Dichterin wurde, der am Ende der preußische König Friedrich Wilhelm II. in Berlin ein kleines Haus bauen ließ, ist eine andere Geschichte. Reich war sie nie (trotzdem schickte sie einmal Friedrich II., der sich ihr gegenüber nicht als der Große benahm, ein schäbiges Almosen von zwei Talern hochmütig zurück), anerkannt nur als Curiosum (»die aus dem Stegreif dichtende Bäuerin«), und glücklich? Davon handelt das Gedicht.

Es ist an Friedrich Eberhard von Rochow gerichtet, einen reichen, glücklich verheirateten Landbesitzer und schriftstellernden Aufklärungspädagogen, der seit 1762 Domherr in Halberstadt war. Sie beantwortet die hingeworfene, höflich-gesellschaftliche Bemerkung des Herrn von

Welt, so wie es einfache Leute oft zu tun pflegen, nämlich ernsthaft. Sie legt ein Bekenntnis ab. Anna Louisa Karsch, die ihre dichtenden Zeitgenossen überschwenglich die »deutsche Sappho« nannten (womit zu jener Zeit nichts Lesbisches gemeint war), gesteht, daß sie erfüllte Liebe nicht kenne.

Das Geständnis sprengt den Rahmen der anakreontischen Lyrik ihrer Zeit, die Wein, Weib, Gesang in griechischen Versformen rühmte. Gewiß, da findet sich noch ein Nachhall in Wörtern und Wendungen wie »Sommermorgen«, »Rebensaft« und »Gesänge«, die dem »Jüngling« hätten »tönen« müssen. Doch sie sind ganz ins Gegenteil verkehrt, so wie der gütige Gott der Erbauungsliteratur, mit dem düsteren Satz durchgestrichen wird: Daß er auf die Menschen wie auf Ameisen herabblicke. Die Dichterin zeigt das kleine, alltägliche Elend der Frauen, die heiraten mußten, um ihr Dasein zu fristen. Sie weiß, wovon sie spricht: die Ehe als Herrschafts- und Gewaltverhältnis, in dem die Vergewaltigung durch das Gesetz gebilligt wird. Herzzerreißender kann man davon kaum sprechen als in diesen Bildern des Krieges, der Eroberung, des Beutemachens. Man möchte diese Verse jenen entgegenhalten, die heute noch zynisch fragen, warum Frauen in der Geistesgeschichte eine so geringe Rolle spielen. Der Aufstieg der Karsch als Dichterin begann erst, nachdem ihr Mann, der Säufer, in der Armee verschwunden war.

Dem Leben wird die Dichtung, jenen finsteren Realien ein Traumglück gegenübergestellt, das die Mängel der Wirklichkeit wettmachen soll. Denn da ist noch eine Geschichte. Der »zärtlichste der Männer«, den die Dichterin »nie erhielt«, ist J. W. Ludwig Gleim, Poet und Canonicus in Halberstadt, Förderer vieler junger Talente der Dichtkunst. Fast ein Jahr lang – 1761/62 – beherbergte er die Karsch in seinem Haus. Dort muß sie den Domherrn von Rochow kennengelernt haben. Gleim war Junggeselle und vierundvierzig Jahre alt. Doch es wurde nichts daraus. Er liebte sie nicht.

Die Überführung des Lebens ins Gedicht ist kein schmerzloser Vorgang. Auch der Dichter sehnt sich nach den »Wonnen der Gewöhnlichkeit«. In allzu makellos geglätteten Versen besingt Anna Louisa Karsch in einer frühen Vorwegnahme freudianischer Erkenntnisse die heilende Funktion des Traums. Doch durch die Negativwörter der letzten beiden Zeilen (»krank«, »Traum«, »ungetrunken«) dringt wie durch schlecht abgedichtete Ritzen der verdrängte Schmerz der Seele, die sich nach Liebe sehnt, nicht nach geträumter, sondern nach gelebter.

FRIEDRICH GOTTLIEB KLOPSTOCK
DAS ROSENBAND

Im Frühlingsschatten fand ich Sie;
Da band ich Sie mit Rosenbändern:
Sie fühlt' es nicht, und schlummerte.

Ich sah Sie an; mein Leben hing
Mit diesem Blick' an Ihrem Leben:
Ich fühlt' es wohl, und wußt' es nicht.

Doch lispelt' ich Ihr sprachlos zu,
Und rauschte mit den Rosenbändern:
Da wachte Sie vom Schlummer auf.

Sie sah mich an; Ihr Leben hing
Mit diesem Blick' an meinem Leben,
Und um uns ward's Elysium.

WALTER HINDERER
IRDISCHE GESÄNGE EINES CHERUBS

»Den Zeitgenossen schien es«, so meinte Walter Muschg in seiner Literaturgeschichte, »als sei in diesem Sänger ein Cherub auf die Gefilde Deutschlands herabgestiegen. Er fiel wie ein Adler in die spiegelglatte Fläche der deutschen Rokokopoesie herab und betrachtete sich selbst als den Erlöser der deutschen Dichtung.« Doch wer liest ihn noch, den im achtzehnten Jahrhundert so enthusiastisch gefeierten Verfasser »heiliger Poesie«, in dessen Bann 1774 Göttinger Studenten andächtig raunten: »Gott hat uns gesegnet! Unter uns Klopstock!«, dessen Oden auf Schiller und Hölderlin eine nahezu drogenhafte Wirkung ausübten und den selbst der alte Goethe noch pietätvoll »wie seinen Oheim« behandelte?

Liegt es an dem »seraphischen Ton« des eigentlich recht irdischen Gesellen? Denn im Privatleben schwelgte dieser keineswegs in »himmlischen Gedanken«, sondern war, wie seine Schweizer Gastgeber bald erkennen mußten, ein »dissipirter Don Quixotte«, steckte voller Frivolitäten und verfügte über ein gewagtes erotisches Vokabular (der sittengestrenge Gelehrte und Literat Bodmer sprach gar von »säuischen Zoten«). Klopstock war allerdings so ehrlich, schon 1749 in einem Brief an seinen späteren Gastgeber Bodmer in schöner Offenheit zu bemerken, was dieser wohl absichtlich überlesen hatte: »Das Herz der Mädchen ist eine große, weite

Aussicht der Natur, in deren Labyrinth ein Dichter oft gegangen sein muß, wenn er ein tiefsinniger Wisser sein will.«

Daß dem eigenwilligen Sänger des »Messias« auch die »spiegelglatten« Versuchungen der Rokokopoesie so fremd nicht waren, beweist die 1753 entstandene Ode »Das Rosenband«. Er durchreist hier nicht enthusiastisch Äonen oder schwelgt in hymnischen »Entzückungen«, sondern scheint sich geradezu leichtfertig in ein erotisches Spiel einzulassen. Doch die anakreontische Szenerie wird nur flüchtig angedeutet, eigentlich nur zitiert: da sind der Frühlingsschatten, in dem die Geliebte ruht, und die Rosenbänder, mit denen sie gefesselt wird. Es fällt freilich sofort auf, daß Klopstock die Schäferin, seine Cidli, wie er seine Verlobte Meta Moller um diese Zeit spielfreudig zu fiktionalisieren pflegte, nicht veranschaulicht.

Die vier Strophen des Gedichts signalisieren weniger erotische Impressionen als vielmehr zwei verschiedene Zustände, die schließlich eins werden. Dem Suchen, Fesseln, Sehen, Fühlen, sprachlosen Lispeln, den Handlungen des männlichen Partners steht das passive Schlummern der Geliebten gegenüber. Nach ihrer »Erweckung« erlebt auch sie das Aufgehen des Ichs im Du. Auf dieser Stufe sind die Rokokofesseln überflüssig geworden: die äußerliche Bindung wurde durch die innere ersetzt.

Die ursprünglich anakreontische Metapher »Rosenband« hat nun eine andere, tiefere Bedeutung erhalten. Die unvergleichliche Zeile »Doch lispelt' ich Ihr sprachlos zu« leitet den Umschwung ein. Das Ich redet plötzlich »sprachlos« die »Sprache des Herzens«, rauscht mit den Rosenbändern, und die Geliebte erwacht aus ihrem passiven Zustand zur freien, das ganze »Leben« umfassenden

Partnerschaft. Auf dem Höhepunkt der Ode verdichtet sich die Ich-Du-Erfahrung in dem Erlebnis des »Elysiums«, des Liebes-Augenblicks.

Die vier geradezu liedhaften Strophen des Gedichts stehen inhaltlich, grammatikalisch und rhythmisch in einer kreuzförmigen Beziehung zueinander. Noch die Form dramatisiert den Inhalt, die gegenseitige Verschränkung der »beiden Leben« auf die herausgehobene intensive persönliche Begegnung hin, in der die Ode gipfelt und mit der sie bereits um die Mitte des achtzehnten Jahrhunderts eine schulemachende neue Erlebnisqualität vorwegnimmt, wie man sie dann erst wieder beim jungen Goethe und Schiller findet. Klopstocks »Das Rosenband« ist nicht nur eines der wichtigsten Beispiele deutschsprachiger Lyrik dieser Zeit, sondern darüber hinaus ein in sich vollkommenes Liebesgedicht, das auch heute noch nichts von seinem Reiz eingebüßt hat.

FRIEDRICH GOTTLIEB KLOPSTOCK
DER LEHRLING DER GRIECHEN

Wen des Genius Blick, als er gebohren ward,
Mit einweihendem Lächeln sah,
Wen, als Knaben, ihr einst Smintheus Anakreons
Fabelhafte Gespielinnen,
Dichtrische Tauben umflogt, und sein mäonisch Ohr
Vor dem Lerme der Scholien
Sanft zugirrtet, und ihm, daß er das Alterthum
Ihrer faltigen Stirn nicht säh,
Eure Fittige lieht, und ihn umschattetet,
Den ruft, stolz auf den Lorberkranz,
Welcher vom Fluche des Volks welkt, der Eroberer
In das eiserne Feld umsonst,
Wo kein mütterlich Ach bang bey dem Scheidekuß,
Und aus blutender Brust geseufzt,
Ihren sterbenden Sohn dir, unerbittlicher,
Hundertarmiger Tod, entreißt!
Wenn das Schicksal ihn ja Königen zugesellt,
Umgewöhnt zu dem Waffenklang,
Sieht er, von richtendem Ernst schauernd, die Leichname
Stumm und seelenlos ausgestreckt,
Segnet dem fliehenden Geist in die Gefilde nach,
Wo kein tödtender Held mehr siegt.
Ihn läßt gütiges Lob, oder Unsterblichkeit
Deß, der Ehre vergeudet, kalt!
Kalt der wartende Thor, der, des Bewunderns voll,
Ihn großäugichten Freunden zeigt,

Und der lächelnde Blick einer nur schönen Frau,
  Der zu dunkel die Singer ist.
Thränen nach besserem Ruhm werden Unsterblichen,
  Jenen alten Unsterblichen,
Deren daurender Werth, wachsenden Strömen gleich,
  Jedes lange Jahrhundert füllt,
Ihn gesellen, und ihn jenen Belohnungen,
  Die der Stolze nur träumte, weihn!
Ihm ist, wenn ihm das Glück, was es so selten that,
  Eine denkende Freundin giebt,
Jede Zähre von ihr, die ihr sein Lied entlockt,
  Künftiger Zähren Verkünderin!

EKKEHART KRIPPENDORFF
DEN UNGELESENEN LESEN

Der berühmte Vierzeiler Lessings von 1753: *Wer wird nicht einen Klopstock loben? / Doch wird ihn jeder lesen? – Nein. / Wir wollen weniger erhoben / Und fleißiger gelesen sein* – er traf auch auf mich zu. Ich habe ihn nie fleißig gelesen. Plötzlich aber stand ich – ich wollte mir den Dom ansehen – in Quedlinburg vor dem Klopstock-Museum, einem einladenden Fachwerkhaus.

Hier also war der berühmte und ungelesene große Mann 1724 geboren. Und ein stilles, zur Bild- und Textlektüre aufforderndes Dichterhaus mit altmodischer Türklingel beim Eintreten, das nahm mich auf einmal gefangen. Was wußte ich schon von Klopstock? Hier wurde ich unaufdringlich belehrt – und stieß da auf dieses Gedicht, das als seine erste erhaltene Ode (1747) gilt, weshalb sie auch in der Regel die wenigen heute erhältlichen Sammlungen eröffnet.

Welch ein Programm eines Dreiundzwanzigjährigen, welch eine Kampfansage an die Großen seiner Zeit, welch radikale Umwertung der Werte historisch-politischen Ruhms und Nachruhms, als alle Welt, die deutschen Intellektuellen und Bürger zumal, von den Heldentaten des großen Friedrich fasziniert war. Hier spricht ein junger Mensch, der von seiner eigenen poetischen Mission und Kraft überzeugt ist, sich aber auf keinen Fall den Mächtigen verkaufen will: *Den ruft, stolz auf den Lorberkranz, / Welcher vom Fluche des Volks welkt, der Eroberer / In das eiserne Feld umsonst,* und es sollte ihm als wohl erstem in Deutschland auch gelingen, sich nur von der Dichtung zu ernähren – ohne Erbschaft oder Brotberuf. Knapp dreißig Jahre später stellt er rückblickend auf das frühe Gelöbnis wieder nicht ohne ein beträchtliches Selbstbewußtsein fest: *Dank dir, mein Geist, daß du seit deiner Reife Beginn, / Beschlossest, bey dem Beschluß verhartest: / Nie durch höfisches Lob zu entweihn / Die heilige Dichtkunst* (»Fürstenlob«, 1775).

Unerbittlich aber, und ihn leidenschaftlich motivierend, die radikale Kriegsgegnerschaft: Spricht er in dieser ersten Ode noch, vergleichsweise verhalten, von den Leichnamen *stumm und seelenlos ausgestreckt,* wird er später deutlicher: *Denn in den Kriegen werden vergötzten / Herrschern Menschenopfer gebracht.* Die Herrschenden selbst nennt er dann *Halbmenschen, die sich, in vollem dummen Ernst für höhere / Wesen halten als uns.* Nur als der amerikanische Befreiungskrieg ausbrach, da meinte er diesen begrüßen und dichterisch bejubeln zu dürfen in der Hoffnung auf einen Krieg, der den Krieg beenden würde. Und dasselbe noch einmal, als er die Französische Revolution leidenschaftlich begrüßte (sie machte ihn dafür zum Ehrenbürger) – aber dann wurde der Pazifist von ihr enttäuscht, als sie sich, kriegerisch, selbst verriet: *Aber, weh uns! sie selbst, die das Unthier zähmten, vernichten / Ihr hochheilig Gesetz, schlagen Eroberer-schlacht* (1793).

Klopstock hat seine Gedichte – er ist eigentlich der erste deutsche politische Dichter – auch als öffentlich zu sprechende Kunstwerke verstanden und größten Wert auf eine genaue Metrik des Vortrages gelegt. Die zeitgenössischen Ausgaben (auch sie sind in Quedlinburg zu sehen) stellen diese den Oden jeweils voran; für unsere hier sieht das so aus:

– ∪ (∪∪) – ∪∪ –, – ∪∪ – ∪ –
– ∪ (∪∪) – ∪∪ – ∪ –

Sie so zu lesen – oder zu sprechen – dürfte uns heute ebenso schwerfallen wie die Entzifferung der antiken Verweise; aber dazu geben moderne Ausgaben die nötigen Hilfestellungen. Sind solche Hemmschwellen einmal überwunden, kann Klopstock – zum Beispiel bei einem Besuch in Quedlinburg – wiederentdeckt werden, nicht nur als ein in seiner Unbestechlichkeit und politischen Ethik vorbildlicher Dichter, sondern auch als Intellektueller.

Diese den Oden jeweils voran[illegible] unsere hier [illegible]
an:

[illegible]

[illegible]

[illegible] oder [illegible] ebenso schwer fallen, wie die Entzifferung [illegible] weiß, aber daß [illegible] modernen [illegible] Silbenfolgen. [illegible] bewundern, [illegible] Klopstock [illegible] in Qualifikation [illegible]

FRIEDRICH GOTTLIEB KLOPSTOCK
DIE FRÜHEN GRÄBER

Willkommen, o silberner Mond,
Schöner, stiller Gefährt' der Nacht!
Du entfliehst? Eile nicht, bleib', Gedankenfreund!
Sehet, er bleibt, das Gewölk wallte nur hin.

Des Maies Erwachen ist nur
Schöner noch, wie die Sommernacht,
Wenn ihm Tau, hell wie Licht, aus der Locke träuft,
Und zu dem Hügel herauf rötlich er kömmt.

Ihr Edleren, ach, es bewächst
Eure Male schon ernstes Moos!
O, wie war glücklich ich, als ich noch mit euch
Sahe sich röten den Tag, schimmern die Nacht.

PETER WAPNEWSKI
DER NATURHYMNUS EIN GRABGESANG

Schwierigkeiten mit Klopstock, wer hätte sie nicht? Schon seine Zeitgenossen litten unter ihnen; Lessing hat es tadelnd festgehalten in seinem berühmten Vierzeiler. Der seraphische Schwärmer, das Pathos der Empfindsamkeit, die ausladende Gebärde lehrhafter Verkündigung, sie haben Begeisterung ebenso rapide erweckt wie bald Ermüdung erzeugt, und der »Tropfen am Eimer«, die Hexameter des »Messias« sind heute allenfalls zitatfähige Größen aus dem Fundus der Literaturgeschichte, mehr nicht. Was immer 1975 einem Liebespaar nach Blitz und Donner für Gedanken und Gefühle kommen mögen – sie sind jedenfalls ungleich denen, die Lotte und ihren leidvollen jungen Verehrer im Sommer 1771 blitzhaft ihrer Gemeinschaft innewerden lassen in dem »so oft entweihten« Namen Klopstock, den das Gewittererlebnis zwanghaft assoziierte und der Werthern zwingt, »unter den wonnevollsten Tränen« die Hand der Geliebten zu küssen.

Und doch: ich meine, daß die literaturwissenschaftlich erwiesene Bedeutung Klopstocks, die besteht in der Entdekkung des Subjekts als lyrischer Größe (in der Entdeckung also des »lyrischen Ich«) und in der dieser Entdeckung würdigen Erweiterung der sprachlichen Möglichkeiten, solches neue Ich zu Wort kommen zu lassen – ich meine also, daß es Gedichte von ihm gibt, die auch über zweihundert Jahre hin diese Tat demonstrieren. Und zwar nicht kraft Herstellung einer philologisch-historisch beglaubigten Gerechtigkeit, sondern kraft Unmittelbarkeit, kraft Evidenz.

»Die frühen Gräber« des Jahres 1764 sind ein berühmtes Gedicht. Warum? Naturfrömmigkeit, Nacht- und Mondschwärmerei, Grabesanbetung: das gab es damals die Menge. Es ist mehr in diesen drei Strophen. Willkommensgruß, Anrufung des Mondes, das arbeitet vorerst mit herkömmlichen Begriffen und macht die Exposition: Der Mond ist aufgegangen, die Nacht ist da. Dann scheint sich die Szenerie zu verändern. Scheint, doch es ist nicht der Mond, der dahineilt, sondern die Wolken »wallen« vor ihm, dem Bleibenden, her: Ein Beitrag zum Moment des Subjektiven in der Beobachtung von Naturphänomenen. Der gleichaltrige Philosophieprofessor in Königsberg, sollte er sie gelesen haben, hätte diesen Versen seine Zustimmung nicht versagt.

»Gedankenfreund« ist nicht eigentlich ein »lyrischer« Klang, ist eine umständliche, aber eben doch eine kluge Bezeichnung, wie jeder weiß, der sich einmal mit dem Mond nächtlich ins Benehmen gesetzt hat: Matthias Claudius zum Beispiel, um nur einen zu nennen aus der großen Tradition der Monddichter. Welchen Gedanken ist er Freund? Die zweite Strophe redet noch nicht von ihnen, sie retardiert: Von der Sommernacht hier und jetzt geht die Erinnerung sehnsüchtig zurück in den Frühling, in den Mai. Sieghaft, sein blaues Band durch die Lüfte wehen lassend, steigt er als Morgensonne den beschatteten Hügel herauf, ihn Stück für Stück rötlich erobernd, und geht seinen Weg als wie ein Held.

Nun scheint die dritte Strophe durch einen Bruch von der Naturinbrunst der vorausgehenden getrennt – und ist es nicht. Der Blick nämlich aus der Sommernacht zurück in den Mai-Frühling ging dem Blick voraus, der jetzt die frühen Gräber trifft. Die natürlich nicht als solche »früh« sind, sondern jene bedecken, die zu früh, in ihrem Frühling, hinabgesenkt wurden. »Ihr Edleren«, das ist der pathetische Komparativ, der das Objekt des Komparierens ausspart (nämlich: edler als wir, als ich); und der feierlichen Anrufung des Begrabenen und ihrer Male fügt sich das »ernste Moos«, durch eben sein Wachstum Vergänglichkeit bezeugend.

In zwei melodischen, vom Fall des Daktylus beherrschten Versen klingt das Lied aus. Ein Lied vom sich rötenden Frühlingstag, von der mondbeglänzten Sommernacht, die als solche Entzücken auslösen, aber auch Sehnsucht. Eine Sehnsucht wiederum, die sich vom Gedankenfreund nicht ins Unbestimmte verleiten läßt, sondern in den genau abgegrenzten Bereich des Verlorenen zielt, in der umfriedeten Hof dessen, das unwiederbringlich ist. Die Überschrift ist Unterschrift, der Naturhymnus ein Grabgesang, der Preis des Daseins ein Preis der Dagewesenen, und ihnen gehört, was Mondlicht, Sommernacht und Frühlingslust erweckten.

FRIEDRICH GOTTLIEB KLOPSTOCK
DIE MUSIK

Sterbliche nur genössen der Freuden froheste, reinste,
Sie allein die Musik?
Und nicht auch die Bewohner der Leier, oder Apollos?
Anderer Welten umher?
Wir entlocketen nur durch mannigfalte Berührung,
Durch gelinderen stärkeren Hauch,
Lebende Töne den Formen, die jenen wir bildeten? hätten
Stimmen allein zu Gesang?
Andre schüfen nicht auch, die Zauberhalle zu ordnen,
Gang und Verhalt?
Irrt doch nicht so! Wie wisset ihr denn, ob dort, wo es schimmert,
Nicht auch freue Musik?
Droben nicht töne lautere Form? nicht hellere Lippe
Singend erschüttre das Herz?
Ob man vielleicht nicht selbst zu des Haines Geräusch, und der Weste
Säuseln, stimme den rieselnden Bach?
Zum Einklange nicht bringe den Donnersturm mit dem Weltmeer?
Die mit dem tausendstimmigen Chor?
Irrt doch nicht so! Es freut nicht allein in den Sternen; es freuet
Auch in dem Himmel Musik.

ECKART KLESSMANN
AUSWEIS DER GÖTTLICHKEIT

Elisa von der Recke, die 1794 Klopstock in Hamburg besuchte, berichtet in ihrem Tagebuch, die Frau des Dichters habe »einige Arien« gesungen, denen der »verehrungswürdige Greis« mit »innigem Wohlgefallen« zugehört. Klopstock war sehr musikalisch, vor allem liebte er die Musik seines Freundes Carl Philipp Emanuel Bach, dem er auch die Grabschrift schrieb. Und die Musiker liebten seine Verse: Telemann, Gluck, Bach, Schubert.

Das Gedicht »Die Musik« ist 1796/98 entstanden, gehört also zu jenen späten Oden, in denen der Blick des alten Dichters sich mehr und mehr den »anderen Welten« zuwendet. Von allen Künsten hat man schon früh die Musik als Ausdruck der jenseitigen Welt gedeutet, auch darauf verwiesen, daß selbst das Planetensystem in einem musikalischen Zusammenhang stehe (»harmonia mundi«).

Das aber ist nicht Klopstocks Thema. Er lehnt es ab, die Erde als den einzigen bewohnten Stern anzusehen, und die Musik ist ihm auch nicht Sphärenmusik, sondern sie ist ebenso Teil des lebendigen Daseins jener anderen Wesen wie unseres Menschseins. Auch ihnen bedeutet Musik Genuß und Freude, und sie kennen wie wir deren »Gang und Verhalt«, womit Takt und Rhythmus gemeint sind.

Als Orpheus sang, antwortete ihm die ganze Natur, so erzählt es der Mythos. Könnte, so fragt Klopstock, die Musik der »anderen Welten« nicht so sehr der Natur verschwistert sein, daß deren Laute dort – »des Haines Geräusch«, der Westwind, der Bach, der Sturm und das Meer – einen »tausendstimmigen Chor« bilden: daß also Musik nicht wie in unserer Welt einzig an die menschliche Stimme und an das Instrument gebunden wäre? Die musikalisch sich artikulierende Natur ist für Klopstock Ausweis der Göttlichkeit. Von Christus heißt es im ersten Gesang des »Messias«: »Unter ihm tönte die Erde, / Und ein wandelndes Jauchzen durchdrang die Pforten des Abgrunds, / Als sie von ihm tief unten die mächtige Stimme vernahmen.«

Die der Musik zuerkannte magische Kraft der Töne (»Zauberhalle«) ist in den »anderen Welten« gegenüber der Erde noch gesteigert, und wenn auch neun Fragen die Verse gliedern, als sei die Antwort letztlich noch offen, so verkündet der Schluß die Gewißheit. Aber nicht die Musik als das ordnende Prinzip ist Klopstock wichtig, er betont die Freude, das Glücksgefühl, ja das Einssein mit dem ganzen Kosmos, die uns das Hören von Musik schenkt, und insofern vermittelt die Musik ihm etwas anderes als nur der »Brudersphären Wettgesang«.

»Irrt doch nicht so!« Zweimal werden die Zweifler fast erzürnt zurechtgewiesen mit dem Gestus des Sehers. Es ist überhaupt bei diesem Gedicht eine leichte Diskrepanz zwischen einer gewissen Lehrhaftigkeit und der Sinnlichkeit der Sprache und des Rhythmus. Aber aus diesem Kontrast beziehen die Verse ihre Spannung. Nur der Schluß wirkt ein wenig matt, denn nach der visionären Klimax folgt die etwas treuherzig anmutende Erkenntnis wie ein schlichtes Fazit.

Klopstock versucht, einer trivialisierten Aufklärung, einem platten Rationalismus mit einer Vision zu begegnen. Ganz rein ist ihm das nicht gelungen, aber mir ist dieses

Gedicht schon seit langem lieb, gerade weil es solche Bruchstellen aufweist, die auch sonst charakteristisch für den alten Klopstock sind. Er möchte uns mit den Mitteln der Sprache rational beweisen, was er längst innerlich geschaut hat und weder so beweisen kann noch – wichtiger – irgend jemandem zu beweisen braucht.

FRIEDRICH GOTTLIEB KLOPSTOCK
FURCHT DER GELIEBTEN

Cidli, du weinest, und ich schlumre
sicher,
Wo im Sande der Weg verzogen
fortschleicht;
Auch wenn stille Nacht ihn
umschattend decket,
Schlumr' ich ihn sicher.

Wo er sich endet, wo ein Strom
das Meer wird,
Gleit' ich über den Strom,
der sanfter aufschwillt;
Denn, der mich begleitet,
der Gott gebots ihm!
Weine nicht, Cidli.

HANS CHRISTIAN KOSLER
UNPATHETISCHES GOTTVERTRAUEN

Wer Ende der sechziger Jahre als Germanistikstudent sich mit Klopstock vertraut machen mußte, hatte seine Schwierigkeiten. Geradezu bedrohlich nahm sich der »Messias« auf der Lektüreliste aus; daß er ungelesen bleiben würde, darüber wurde man sich schnell einig. Die Zeit drängte nach Veränderung, für Religiosität war kein Platz, und schließlich hatte man zur Vertreibung seines schlechten Gewissens die Autorität eines Grabbe hinter sich, der den Teufel in »Scherz, Satire, Ironie und tiefere Bedeutung« das wortgewaltige biblische Epos als ein »unfehlbares Schlafmittel« benutzen ließ. Aber auch die Oden »Auf meine Freunde« und »Der Zürchersee« stießen auf taube Ohren: was die Jünglinge »sangen und empfanden«, wurde als subjektivistisch und individualistisch abgetan, sein Pathos und Überschwang, das Erhöhen und Erheben, lösten eher Belustigung als Ergriffenheit aus.

Es ist für den Umgang mit der Literatur in jenen Jahren nicht ganz untypisch, daß nicht die Philologie, sondern die apokryph erscheinenden Lesefrüchte aus dem Umkreis der Kritischen Theorie dazu beitrugen, die Reserviertheit gegenüber diesem Dichter abzulegen. So berichtet Gershom Scholem in seinen Erinnerungen an Walter Benjamin davon, wie der damals noch junge Gelehrte ein kurzes Gedicht von Klopstock »mit sehr schöner Stimme« vorlas und es für eines der unvergänglichsten Gedichte in deutscher Sprache erklärte. Benjamins Begeisterung für das 1752 entstandene Gedicht »Furcht der Geliebten« ist nur allzu begreiflich, kündigt es doch den Kontext zur zeitgenössischen Empfindsamkeit nahezu auf und erhebt ähnlich selbstverständlich wie Hölderlins »Hälfte des Lebens« einen Anspruch auf Modernität: als ein schlichtes »Gelegenheitsgedicht«, frei vom Ballast an Entzückungen und Herzensergießungen, wie man sie von Klopstockscher Poesie gewohnt ist.

Die Gelegenheit war für damalige Verhältnisse freilich keine alltägliche. 1750 war Klopstock ohne Amt und Titel, ausschließlich um den »Messias« beenden zu können, von Friedrich V. an den dänischen Hof nach Kopenhagen berufen worden und hatte in Hamburg seine Verehrerin Meta Moller kennengelernt, die er nach der im vierten Gesang des »Messias« auftauchenden Cidli »umbenannte«. Um seine Verlobte und spätere Frau zu sehen, mußte er die beschwerlichen Reisen zwischen Hamburg und Kopenhagen auf sich nehmen, und auf einer der Rückfahrten ist dieses Gedicht, das sich in keiner der klassischen Lyrikanthologien findet, entstanden.

Ob gesellige, »mitgeweinte Tränen zur ernsten Feier«, ob Tränen der Rührung, Freuden – oder »eine heilige Schale voll Christentränen«: Tränen werden in Klopstocks Oden so inflationär vergossen, daß sie eine Leerstelle für jegliches unbenennbares Gefühl bilden. In »Furcht der Geliebten« bekommen sie ihre verlorengegangene Aufrichtigkeit gleichsam zurück, zumal ihr Anlaß nachvollziehbar geblieben ist: Cidli weint Tränen der Angst, aus ohnmächtiger Sorge darüber, daß ihrem Geliebten auf der Überquerung des Großen und Kleinen Belt (»wo ein Strom das Meer wird«) etwas zustoßen könnte. Die beiden sapphischen Strophen lesen sich wie eine Antwort auf einen kurz nach Klopstocks Abreise abgeschickten Brief, in dem Meta schreibt: »Nun bist du schon weit, weit von mir! Ach sey nur sicher, sey nur sicher!« In ebendieser beschworenen Sicherheit wähnt sich Klopstock, des guten Endes seiner Reise so gewiß (denn der ihn begleitende Gott wird dem Strom gebieten, sanfter als sonst aufzuschwellen), daß er sie schlafend zurücklegen zu können glaubt.

Wir begegnen hier einem anderen Klopstock, als wir ihn aus seiner Züricher Zeit kennen. An die Stelle des vertändelten Erotikers, der sich seiner Wirkung auf Frauen gar zu sicher ist, tritt der trostspendende, weniger wortreiche Liebende, der nicht länger durch seinen Aufwand an Emotionen zu betören sucht. Die einfache, aber erhabene Sprache des durch das wiederkehrende Motiv des Weinens in sich geschlossenen Gedichts paßt zu seiner Aussage, die nichts Beteuerndes, Rühmendes mehr hat. Im Gegenteil: der die Sorgen seiner Geliebten zerstreuen möchte, baut ganz unpathetisch auf sein Gottvertrauen.

FRIEDRICH GOTTLIEB KLOPSTOCK
MEIN WÄLDCHEN

An den Grafen und die Gräfin Holck

—◡ ◡—◡—◡—◡—◡
—◡—◡ ◡—◡—◡—◡
—◡—◡—◡ ◡—◡—◡
—◡ ◡—◡

Eure Beschattung kühlt schon lang, des lieben
Wäldchens Eichen, ich habe nicht die Wurzel
Dieser hohen Wipfel gesenkt, ihr wuchset
Früher als ich, seid

Jünglinge gleichwohl noch, erhebet höher
Einst die Häupter, und streckt, wenn sich der Tag neigt,
Längre Schatten, Grünet denn, überlebt; ich
Neid' euch nicht, Eichen!

Will mit Gespielen euch, mit Tränenweiden,
Rings umpflanzen, daß einst, wenn nun die Sonne
Sinkt, in eurer Kühle, durchhaucht von Abend-
Lüften, ihr Laub sich

Leise bewege, dann der Liebling sage
Zu dem Mädchen: »Sie weint ja nicht, sie säuselt,
Lallt Musik; wie fabelte von der schönen
Weide der Vorfahr!«

Wenn von dem Sturm nicht mehr die Eich' hier rauschet,
Keine Lispel mehr wehn von dieser Weide:
Dann sind Lieder noch, die vom Herzen kamen,
Gingen zu Herzen.

HEINRICH DETERING
WOODSTOCK DER EMPFINDSAMKEIT

Am Anfang steht die Musik. Für Klopstocks erste Ausgabe seiner Gedichte gilt das ganz buchstäblich. Dem Text vorangestellt ist da ein metrisches Schema, das die Betonungsregeln für die frei mit der sapphischen Ode spielenden Strophen vorgibt. Bögen und Striche zeigen Hebungen und Senkungen an, einen von keiner Bedeutung belasteten reinen Rhythmus. Daß die gemessenen Odenverse am Strophenende jedesmal effektvoll melancholisch abfallen werden und verhauchen: das weiß man also schon, bevor man das erste Wort gelesen hat. Klopstocks längst nach Tausenden zählende Fan-Gemeinde wippt gewissermaßen längst mit den Fußspitzen im Rhythmus, wenn der Sänger ans Mikrophon tritt und die erste Strophe singt. Erst kommt die Musik, dann kommt der Text. Wovon aber handelt dieser Text? Wieder vor allem von Klängen: vom Hauch im Laub und vom Sturm in den Wipfeln. Da fabelt der Vorfahr, da säuselt Musik, da weint die Weide.

Klopstock ist Kult. Als er diese Verse schreibt, sind seit seinen ersten Oden über dreißig, seit der ersten Sammlung in Buchform sieben Jahre vergangen; und nicht lange zuvor hat ein junges Genie aus Frankfurt in einem skandalösen Roman, der in aller Munde ist, den Namen »Klopstock« zum Losungswort der Liebenden erhoben. Hier nun wird, in der Schlußstrophe, dieser Einfall wieder aufgegriffen: Klopstock, das ist »unser Lied«. Wer aber so umjubelt wird, muß regelmäßig auf Tournee gehen. Und

Klopstock läßt sich nicht lange bitten. Seine Auftritte haben tatsächlich alles, was zum Kultstar gehört: die Aura des einsamen Artisten, der wie ein Auserwählter auftritt, und eine eingeschworene Gemeinde, die zu seinen Ehren Wunderkerzen schwenkt. Klopstock, hat ein Zeitgenosse gespottet, sei wieder unterwegs, um Weihrauch einzusammeln.

Diese Szene des Auftritts ist diesmal Gut Eckhof bei Kiel, in Sichtweite der Ostsee. Dort habe, erläutert Klopstock später selbst, Graf Holck ihn »zum Herrn eines Wäldchens gemacht, das von ungefähr aus sechzig Eichen bestand. Einen kleinen Hügel, welcher darin lag, behielt er sich vor. In dem ersten war er mein Vasall; auf dem letzten war ich der seinige. Auf meinem Grunde und Boden (hatte er mich merken lassen) sollte einst ein Denkmal von mir stehn.« Das geschieht im Jahr 1778, lange bevor in Paris die Aristokraten an die Laternen gehängt werden und Klopstock Oden auf die Revolution schreibt. Hier, auf der ländlichen Waldbühne, gehen die Verteilung von Ehre und Landbesitz zwischen Bürger und Grafen noch friedlich vonstatten. Ihr Medium ist das gemeinsame Erlebnis von Liebe, Freundschaft und Musik; Klopstocks Wäldchen ist ein kleines Woodstock der Empfindsamkeit.

So mächtig ist die Aura des Sängers, daß ein kurzer Wink in die Szene genügt, und alles folgt seinem Befehl. Wer vor ihm hätte die Eichen so lässig anweisen können: »Grünet denn«, als kämen sie nicht von selbst darauf? (Erst nach ihm wird Goethe das überbieten, wenn er dem aufgehenden Vollmond ein aufmunterndes »So hinan denn!« zunickt.) Auch dieses Gespräch über Bäume nun ist, wie es scheint, wieder nur ein Anlaß zur Selbstfeier des Poeten. Oder sollte es doch die Poesie selbst sein, die hier triumphiert, die Sprachmusik, in deren Dienst der Sänger steht?

Beim Wiederlesen hält auch diese Klopstocksche Ode dem Spott stand, der schon zu seinen Lebzeiten einsetzte. Noch immer ist hinter ihrem leicht komischen Pathos etwas vom alten Zauber zu spüren. Dazu gehört das souveräne Spiel mit Wiedererkennungseffekten. »Hütten der Freundschaft« in der Natur hatten schon in Klopstocks frühen Oden sein Publikum entzückt, und mondbeschienene Grabsteine hatten dagegen melancholisch und effektvoll die Vergänglichkeit beschworen. Hier nun, im holsteinischen Wäldchen, wird beides in Erinnerung gebracht – und überboten. Das selige Gefühl, in dem jetzt die Gegensätze der Klassen und Zeiten verschwinden, braucht weder das Sterben der Menschen zu fürchten noch das der Bäume. Jawohl, der heilige Hain, in dem man heute noch Brüderschaft feiert, wird schon bald vergangen sein, mitsamt Eichen und Trauerweiden, mitsamt den Grafen und dem Dichter selbst. Das Wäldchen wird verdorrt sein, die Utopie dahin, und der Vorfahr, der damals so betörend gesäuselt hat, schon namenlos. Was bleibet aber, ist der Klangzauber: die Musik, die von Herz zu Herzen geht. Sie kann es, wenn man richtig hinhört, noch heute. Und das erst ist das Ende vom Lied. Stehende Ovationen.

GOTTHOLD EPHRAIM LESSING
DIE SINNGEDICHTE AN DEN LESER

Wer wird nicht einen *Klopstock* loben?
Doch wird ihn jeder lesen? – Nein.
Wir wollen weniger erhoben,
und fleißiger gelesen sein.

WALTER JENS
GEGEN FEIERLICHES GÄHNEN

Lessings berühmtestes Epigramm – immer zuerst zitiert, wenn einer den Martial-Schüler aus Kamenz ins Gespräch bringen möchte. Ein klassisches Sinngedicht nach Lessings Verstand: Wird in den ersten beiden Versen die Erwartung geweckt, so folgt in den letzten beiden der vernünftige Aufschluß in Form jener Pointe, auf die mit dem Autor auch der Leser von Anfang an hinzielen soll – durch die Kunst des Verfassers ins rechte Umfeld, aber noch nicht »auf den Punkt« gebracht.
Worum geht es in diesen vier Versen? Scheinbar, nach üblichem Verständnis, um ein Publikum, das sich aus Angst vor einer Blamage den Urteilen der Kenner anschließt, ohne selbst je die Probe aufs Exempel gemacht zu haben. Man plappert nach und hat nie gelesen. Man schwelgt ohne Kenntnis, preist auf Grund von Hörensagen. Anders, scheint Lessing zu sagen, wär's besser: weniger Ruhmrednerei und mehr Sachverstand. Lektüre statt vorschneller Benotung.
Doch wer das Epigramm in diesem Sinne versteht, begeht eben jenen Fehler, den Lessing notiert: Er liest, wenn überhaupt, zu ungenau. In Wahrheit nämlich geht es in diesem Sinngedicht nicht um die Antithese von hoher Literatur und unverständigem Publikum, der Tee-Gesellschaft des 18. Jahrhunderts, sondern um die Gegenüberstellung von zwei Arten der Schriftstellerei. Die eine ist erhaben, pathetisch und raunend, die andere witzig und

amüsant. Die eine hat ihre Bewunderer, die andere ihre Benutzer. Die eine wird vertreten durch den Homeriden Klopstock, die andere durch den kecken Martial-Imitator Lessing.

»Wir wollen gelesen sein«: Da suchen, im Kampf mit den gewaltig daherrollenden Hexametern des biblischen Epos, kleine treffsichere Distichen ihr Publikum, tritt das Kleinste gegen das Größte an, läuft zierlicher Witz der feierlichen Beschwörung den Rang ab. Der junge Lessing fordert den gepriesenen, aber wenig gelesenen Meister heraus – nicht direkt natürlich, dafür schätzte er Klopstock zu hoch, wohl aber in verschlüsselter Rede – mit einem Hinweis auf Martial.

Der nämlich, Vorbild des sächsischen Nach- und Besser-Machers, hatte im 49. Gedicht seines vierten Epigrammbuchs die allzu schnell als verspielt und unterhaltsam abgetanen Sinngedichte gegen den Anspruch der mythenträchtigen Epen verteidigt (*sie* und nicht die Epigramme seien in der Gefahr der Tändelei), hatte die leichtfüßige Rede der bombastischen Sprache von kothurnbeschuhten Epigonen gegenübergestellt und das Grazile für höherwertig als das Geschwollene erklärt. Darauf der Einwand eines imaginären Widersachers: »Aber jene Epen werden von allen gelobt, bewundert und angebetet.« Und nach dieser Replik das zermalmende Fazit des witzigen Meisters der publikumsfreundlichen Kleinform: »Gut, das gebe ich zu: Jene werden *gelobt.* Doch die hier, die Epigramme, werden *gelesen.*«

O listiger Lessing. Im Schatten des großen Martials, der den Homeriden die Leviten liest, setzt er sich von Klopstock ab, dem Vielbewunderten. Er, Lessing, zielt nicht auf Olymp und Parnaß, sondern auf sächsische Frauenzimmer und Berliner Zeitungsleser ab und wählt deshalb eine poetische Darbietungsform, die verständlich ist und obendrein, das Sentenziöse mit dem Unterhaltsamen, auch gelegentlich Schlüpfrigen mischend, Spaß und Gelächter verspricht. Die Götter bleiben außen vor, während Salon-Probleme, Gesellschaftsaffären und, dies vor allem, Fragen des Geschlechtsverkehrs in den Vordergrund rükken.

Mag man bei Klopstock feierlich gähnen, bei mir, läßt Lessing, in geheimem Verweis auf zwei Martial-Verse, seine Epigramme sagen – bei mir, Leser, kommt ihr auf eure Kosten. Und das Lob schenke ich euch. Und den großen Klopstock dazu.

GOTTHOLD EPHRAIM LESSING
LIED AUS DEM SPANISCHEN

Gestern liebt ich,
Heute leid ich,
Morgen sterb ich:
Dennoch denk ich
Heut und morgen
Gern an gestern.

PETER VON MATT
DAS »DENNOCH« DER ERINNERUNG

Kierkegaard hat das Gedicht als Motto über ein Kapitel von »Entweder/Oder« gesetzt. Ohne Angabe des Verfassers. So bekannt waren die sechs Zeilen damals noch, daß es sich erübrigte, den Dichter zu nennen. Dem ist heute nicht mehr so. Das kleine Meisterwerk ist aus dem allgemeinen literarischen Bewußtsein verschwunden. Der Grund liegt nahe: Es ist ja bloß eine Übersetzung. Kein Original und also kein richtiges Kunstwerk.

Aber hier beginnt auch schon das Rätsel. Denn alle Bemühungen, eine spanische Vorlage zu finden, sind fehlgeschlagen. Ich habe die erprobtesten Hispanisten darauf angesetzt, ohne Ergebnis. Nichts irgendwie Ähnliches ist auszumachen in der spanischen Überlieferung. Das erlaubt die Vermutung, der Untertitel sei eine Maßnahme Lessings, um das direkte Bekenntnis zu verhüllen. Die Not und die Tapferkeit der sechs Zeilen durften nicht als privates Zeugnis erkennbar sein. Der Schrei sollte als philologische Fingerübung erscheinen. Im Erstdruck steht als Titel nur »Lied«, darunter in kleinerer Schrift: »Aus dem Spanischen«. Dieser Erstdruck ist der »Musen-Almanach für das Jahr 1780. Herausgegeben von Voß und Goekingk«, erschienen in Hamburg Ende 1779. Im Jahr des »Nathan«. Es finden sich noch zehn andere Epigramme Lessings in dem kaum daumenhohen Bändchen; sie sind alle datiert. Nur zu diesem Stück fehlt jeder zeitliche Hinweis.

Ein Jahr zuvor war Lessings Frau gestorben, an der Geburt eines Sohnes, der selbst keine vierundzwanzig Stunden lebte. Die Katastrophe vernichtete eine Ehe, die nur dreizehn Monate hatte dauern dürfen, und stürzte Lessing in die tiefste Verzweiflung seines Lebens. Es zeugen davon ein paar Briefe von entsetzlichem Understatement: »Ich wollte es auch einmal so gut haben wie andere Menschen! Aber es ist mir schlecht bekommen.«

Erholt hat sich Lessing von dem Schlage nie mehr. Drei Jahre später starb er der geliebten Frau und dem »kleinen Ruschelkopf« nach. Aber in diesen drei Jahren hat er noch einmal die deutsche Literatur und die Geschichte des freien Denkens in Deutschland verändert. Wenige Wochen nach der Katastrophe begann die grandiose Polemik gegen den Pastor Goeze und damit der öffentliche Streit um den modernen Begriff der Wahrheit. Wahrheit kann nie Besitz sein und nie befohlen werden. Wahrheit gibt es nur im Akt der Wahrheitssuche und im freien Dialog. Schon im Juli desselben Jahres verbot der Herzog seinem Bibliothekar alle weiteren Streitschriften – um der befohlenen Wahrheit willen. Da schrieb Lessing den »Nathan«. Er wurde zum herrlichsten Streich, der der Zensur in Deutschland je gespielt wurde.

Das »Lied« ist ein Manifest. Winzig wie ein Diamant, fängt es das Licht der Epoche auf. Zwar wohnt ein dunkles Understatement auch in ihm. Aber entscheidend ist das Bekenntnis zur dauerhaften Person. Viermal fällt das Wort »ich«. Es verbindet sich mit allem, was die Götter den Menschen geben, Glück und Leiden und Vernichtung. Und es verbindet sich mit dem Wort »dennoch«. Dieses »Dennoch« ist der gelassene Trotz der vernünftigen Person aller Vergänglichkeit und Zerstörung gegenüber. »Dennoch denk ich« – man kann das auch isoliert lesen.

Dann wird das Denken, der höchste Akt des vernünftigen Menschen, zum Zeichen seiner Unanfechtbarkeit. Und weil es ein Denken an die Liebe ist, fügt sich zum Intellekt das Gefühl. Der Einklang beider macht den ganzen Menschen. Er aber ist das kühne Traumbild der Epoche. So bricht sich ihr Licht in den sechs Zeilen.

Schon die Romantiker konnten nicht mehr so reden. Ihnen verwehte das Ich in der ziehenden Zeit. Gewiß, da war einmal etwas gewesen, aber nun war es fremd geworden, ein gespensterhaftes Anderes. »Und jener Mensch, der ich gewesen und den ich längst / Mit einem andern Ich vertauschte, wo ist er nun?« August von Platen klagt so. Und der junge Hofmannsthal meinte, sein vergangenes Ich sei ihm »wie ein Hund unheimlich stumm und fremd«. Lessing hingegen versichert sich in Not und Schmerzen seiner selbst durch das »Dennoch« der Erinnerung. Sie erhebt ihn über die Vergänglichkeit, weil sie in der Vernunft gründet. Diese ist dauerhaft wie die menschliche Natur. Sie kann von der Zeit nicht angefressen werden. Das ist deutsche Aufklärung im verehrungswürdigsten Sinn.

GOTTHOLD EPHRAIM LESSING
LOB DER FAULHEIT

Faulheit, jetzo will ich dir
Auch ein kleines Loblied bringen. –
O – – wie – – sau – – er – –
wird es mir, – –
Dich – – nach Würden – – zu besingen!
Doch, ich will mein Bestes tun,
Nach der Arbeit ist gut ruhn.

Höchstes Gut! wer dich nur hat,
Dessen ungestörtes Leben – –
Ach! – – ich – – gähn' – – ich – –
werde matt – –,
Nun – – so – – magst du – –
mir's vergeben,
Daß ich dich nicht singen kann;
Du verhinderst mich ja dran.

PETER HORST NEUMANN
AUCH EINE DIALEKTIK DER AUFKLÄRUNG

Zur Vergnüglichkeit dieser Verse gehört die Gewißheit, daß ihr Verfasser ein Aufklärer war. Aufklärer sind Leute, die nicht nur gegen den Aberglauben, sondern auch gegen die Faulheit kämpfen. Statt Aberglaube sagen wir heute wohl lieber Ideologie. Verfänglich sind beide Begriffe, der jüngere wie der alte; und weil sie sich kaum verbindlich festlegen lassen, gibt es unter Aufklärern ein stilles Übereinkommen, als Ideologie oder Aberglauben jeweils das zu verstehen, wogegen einer von ihnen gerade zu Felde zieht. Damit ist auch der Aufklärer selbst definiert – ein bißchen tautologisch, doch mit respektvollem Unernst.

Daß Aufklärer meistens rechthaberisch erscheinen, läßt sich nicht übersehen. Nicht der Humor ist ihre starke Seite, wohl aber der Fleiß. Faulheit und Aberglaube sind ihnen ein und derselbe Greuel, und nach ihrer Überzeugung wurzelt der Aberglaube im Faulen. Deshalb gilt auch ihr strengster Verdacht der *faulen Vernunft,* der *ignava ratio.* Das ist jene »Vernunft«, die sich »zur Ruhe begibt, als ob sie ihr Geschäft völlig ausgerichtet habe«. So definiert sie Immanuel Kant. Und Lessing sagt, sie verwechsele »das Ziel ihres Nachdenkens« mit jener »Stelle, wo sie des Nachdenkens müde geworden«. Lessings prosaische Schriften sind eine einzige Polemik gegen jede Form von »prahlerischem Unfleiß« und gegen die »Weltweisheit der Faulen«. Und trotzdem hat er die Faulheit gelobt? Ja – in

Versen. Dialektik der Aufklärung? Ja – auch eine. Und wie!

Denn Loben und Dichten gehören in die Sphäre des Fleißes. Wer ein Lob auf die Faulheit dichtet, hat eine Fleißaufgabe zu lösen. Mit Überzeugungstätern braucht man hier nicht zu rechnen; *jede* Tat widerlegt eine faule Gesinnung. Wählt sich einer aber trotzdem den Unfleiß zum Gegenstand – wie ernst kann er das wohl meinen? Ein Lobgesang auf die Faulheit kann nur ein *Scherzlied* sein; es geht nicht anders. Und diese Gattung ist schwierig genug, so heikel wie das Scherzen selbst – je unernster, desto banaler, je seriöser, desto weniger heiter. Deshalb ist das Scherzlied auch untergegangen, im 19. Jahrhundert, zusammen mit anderen Formen bürgerlicher Geselligkeit, die in Lessings achtzehntem authentisch und heiter waren.

Dieses Preislied hier repräsentiert seine Gattung vollkommen. Es weiß von der eigenen Unmöglichkeit; gerade dies ist sein »Witz« und seine Pointe. Ausdrücklich wird das Loben eine »Arbeit« genannt. Und wie jede, so steht auch diese Arbeit unter dem Leistungsgebot der Superlative: Das Gute genügt nicht, ich muß und »will mein Bestes tun«. Das ist »sau-eŕ« und zutiefst unangemessen.

Apropos »unangemessen« und mit Verlaub: Wird hier nicht Weihrauch für eine stinkende Göttin gestreut? Trägt sie nicht einen Januskopf, und hat nicht ihr Name den Doppelsinn von Faulheit und Fäulnis? Des Sängers Aufgeklärtheit schweigt darüber hinweg. Ihr edlerer Name ist »Höchstes Gut«, sie gilt als Garantin eines von jeder Fremdbestimmung befreiten »ungestörten Lebens«. Bei solch einem Gottesdienst, nicht wahr, sind wir alle dabei, wir allzu Emsigen, wir Frustrierten. Da singen wir mit, vielleicht nach der Melodie des fleißigen Joseph Haydn. Just diese, *nur* diese Verse von Lessing hat er vertont, 1784, drei Jahre nach Lessings Tod. – Aber noch zahlreicher sind wir *gähnend* zur Stelle, denn nicht das Singen gehört zum Kult dieser Göttin – wir sind ihr nahe, sobald wir gähnen.

Woraus sich ergibt, daß der Sänger dieser Hymne akkurat auf der Schwelle ihres Tempels steht. Noch singt er, schon gähnt er. Gleich wird er faulheitstrunken, Irdische, dein Heiligtum betreten. Freunde, ihm nach! Es ist Lessing.

GOTTHOLD EPHRAIM LESSING
NIX BODENSTROM

Nix Bodenstrom, ein Schiffer, nahm –
War es in Hamburg oder Amsterdam,
Daran ist wenig oder nichts gelegen –
Ein junges Weib.
»Das ist auch sehr verwegen,
Freund!« sprach ein Kaufherr, den zum [Hochzeitsschmause
Der Schiffer bat. »Du bist so lang' und oft von Hause;
Dein Weibchen bleibt indes allein:
Und dennoch – willst du mit Gewalt denn Hahnrei sein?
Indes, daß du zur See dein Leben wagst,
Indes, daß du in Surinam, am Amazonenflusse,
Dich bei den Hottentotten, Kannibalen plagst:
Indes wird sie – –«
»Mit Eurem schönen Schlusse!«
Versetzte Nix. »Indes, indes! Ei nun!
Das nämliche kann Euer Weibchen tun –
Denn, Herr, was braucht's dazu für Zeit? –
Indes Ihr auf der Börse seid.«

WALTER JENS
INS ZEITGENÖSSISCHE TRANSPONIERT

Eine Gelegenheitsarbeit für den Tag und die Stunde. »Reimerei« nannte der Verfasser dergleichen, »Nichtswürdigkeit«. Lessing irrte sich. Sein Gedicht ist vorzüglich – *wie* sehr, das zeigt ein Vergleich mit der Vorlage unserer Vers-Parabel.

Im einundsiebzigsten Schwank seiner »Facetien« erzählt der ebenso derbe wie geistreiche Humanist Heinrich Bebel (aus dem Schwäbischen stammend: erster Inhaber der Tübinger Professur für Poesie und Rhetorik) die Geschichte eines Kaufmanns, der sich von einem Edelmann verspottet sieht: Ob er denn nicht wisse, der Herr Unternehmer, auf was er sich einlasse bei seinem Geschäft? Immerzu in der Welt, und die Eheliebste derweil, umgeben von einer Menge schöner junger Gesellen, mitten in der Stadt! Da hätten es die Herren Ritter doch besser: Deren Weiber lebten während der Abwesenheit des Herrn und Gebieters zurückgezogen auf ihren Schlössern – und was sollte da schon passieren? Nun, der Kaufmann nahm die Herausforderung an: Kenne der Herr Baron das Sprichwort denn nicht, das da besagt: »Dem Adel, ungestalt wie er ist, folgt die Häßlichkeit auf dem Fuße. Die Kinder der Bürgersleute dagegen sind schön.« Ja, sagte der Edelmann, diese Sentenz sei ihm bekannt: sie träfe übrigens zu. Nun also, erwiderte der Kaufmann, dann müsse es wohl damit seine Richtigkeit haben, daß die Bürgerkinder so schön seien, weil ihre Mütter in Abwesenheit der Ehegatten von den prächtigsten Gesellen aufgesucht würden, während die Edelfrauen, denen in ihrer Abgeschiedenheit allein Stallburschen und Köche aufwarten könnten, nicht ohne Grund eine so häßliche Nachkommenschaft hätten. Eine witzige und oft erzählte Geschichte, diese Parabel vom Austausch der Stände (für die Bürgersfrauen der fürstliche Mann, für die Damen bei Hofe der Knote), eine Geschichte aber auch, die erst Lessing auf den Begriff gebracht hat. Beim Lesen, wie man weiß, kamen ihm die besten Gedanken: über den Büchern und nicht in der freien Natur. Er brauchte die Vorlage, das schon Formulierte, um schreiben zu können. Nur das Gedruckte entzündete seine Phantasie; nur das Geschriebene zwang ihn zum Schreiben.

Nicht von Anfang an neu, sondern anders und besser wollte er's machen, wollte, wortwörtlich, richtig stellen, indem er alte Geschichten ins Zeitgenössische transponierte. Darum, der veränderten gesellschaftlichen Situation entsprechend, die politische Umakzentuierung in unserem Gedicht. Der Adel ist abgetreten, der Bürger hat seinen Platz eingenommen, der kleine Mann klopft an die Tür: Er, in Gestalt des Schiffers, behält das letzte Wort in der Geschichte. So wie einst, um fünfzehnhundert, der Witz des Bürgers über die Bravour des Edelmannes triumphierte, so siegt jetzt, zweihundertfünfzig Jahre später, die Intelligenz eines Fahrensmanns über die Pfiffigkeit eines Kaufherrn.

Das nenne ich mir Transpositions-Kunst, Konkretisierung, Übertragung vom Zeitlos-Allgemeinen ins höchst Spezielle! Wo der Humanist Standesvertreter gegeneinander antreten läßt, inszeniert der Aufklärer einen Disput zwischen dem vorgeprägten Typ auf der einen und dem

Individuum auf der anderen Seite: zwischen »einem« Kaufherrn und Nix Bodenstrom.

Der Realist Lessing will veranschaulichen, deutlich machen und demonstrieren: Darum die Namensnennung; darum die Thomas Mannsche Bezeichnung: Nix (nicht etwa Nikolaus, das wäre noch zu allgemein) Bodenstrom; darum die Fixierung der Lokalitäten (Hamburg, Amsterdam, Surinam, Amazonas); darum die Zeitangabe (der Hochzeitsschmaus); darum der aufs Konkrete verweisende Plauderton (Lessing berichtet, wo Bebel erzählt), der *small talk* anstelle eines Lateins, das, ins Deutsche übertragen, steifleinern wirkt. Darum aber vor allem die Verschärfung der Schluß-Pointe.

Während bei Bebel der Edelmann, da es um einen höchst allgemeinen Fall geht, der Argumentation des Bürgers zustimmen kann: ein großer Herr, der sich aufs *c'est la vie* versteht, wird der Kaufherr, in der Reimerzählung, zum Schweigen gebracht. Hier nämlich redet einer in eigener Sache: Der Schiffer Nix zunächst, der sein Weibchen verteidigt, und dann der Advokat Gotthold Ephraim Lessing, der dem rangmäßig Überlegenen – wie später dem Herrn Hauptpastor Goeze – ins Wort fällt und die erwartete Quintessenz durch eine Pointe ersetzt, in der Ideologie (»es tut nicht gut, wenn Frauen lange allein sind«) am Realismus zuschanden wird: Ein Seitensprung läßt sich, wenn eine nur will, auch während eines Börsengangs des Ehegatten durchführen. Um zum Hahnrei zu werden, braucht jemand nicht zum Amazonas zu segeln. Da genügt, schließt Lessings Zeitungsgedicht, ein Spaziergang vom Harvestehuder Weg bis zum Großen Burstah.

CHRISTIAN FRIEDRICH DANIEL SCHUBART
DER KUPFERSTECHER NACH DER MODE

Ein Kupferstecher stach
Ein Kind in einer Wiege.
Wie schön! die Unschuld sprach
Aus jedem seiner Züge. –
Ein schönes Mädchen sah in Ruh'
Dem schlauen Kupferstecher zu.
Sie spricht – so süß, wie Mädchen sprechen –
Mit Unschuld im Gesicht:
»Ach! können Sie denn nicht
Mir auch ein solches Kindchen stechen?«
Der Künstler lacht, und geht: die Schöne schleicht
ihm nach –
Nun weiß ich weiter nicht, was er dem Mädchen
stach.

Neujahrsschild
(Ausgehängt im Januar 1775)

PETER HÄRTLING
AUGENZWINKERNDE UNSCHULD

Nichts ist in der Kunst schwerer als das Leichte. Und das Publikum in unserem Lande schätzt es auch nicht sonderlich. Das Bedeutende soll, so erwartet man, auf Plattfüßen daherkommen und nicht auf Zehenspitzen.
Natürlich gibt es Ausnahmen. Heine zum Beispiel, Logau, Wieland, Polgar oder Tucholsky. Und mit einigen Gedichten auch, ganz unerwartet, Christian Friedrich Daniel Schubart, der schwäbische Rebell, der frühe Anarchist, von dem, wenn überhaupt, aufbegehrende Gedichte bekannt sind wie »Die Fürstengruft« oder das »Kaplied«.
Schubart war ein verschwenderisch begabter Mann, seiner Zeit, an der er litt und mit der er stritt, in Gedanken voraus. 1739 kam er in Obersontheim, in der schwäbischen Grafschaft Limpurg, zur Welt. Schon als Schüler fiel er durch Eigensinn und Ungebärdigkeit auf. Er sei ein »lüderlicher Fiedler«; und das blieb er für viele auch sein Leben lang. Sie verstanden seine Sehnsucht nach Freiheit nicht, nach großer Bewegung, seinen Haß auf die absolutistischen Fürsten.
Eine Zeitlang schlug er sich als Lehrer und Kantor durch, dichtete und musizierte, bis er plötzlich, nachdem er geheiratet hatte, in die Rolle des Höflings schlüpfte, Herzog Carl Eugen diente, als Rhetor und Musiker brillierte. Lange freilich hielt er die Verstellung nicht aus. Er verließ Ludwigsburg, seine Familie, machte sich vogelfrei. Was er

nun in Pamphleten, Glossen, Fabeln, Anekdoten, Gedichten geißelte, hatte er gesehen und erfahren.
In Augsburg und danach in Ulm gab er von 1774 bis 1777 die »Deutsche Chronik« heraus, schrieb, ein Karl Kraus seiner Epoche, die meisten Artikel selber: gegen die herrschende Unfreiheit, den selbstherrlichen Klerus, die absolutistischen Fürsten. 1777 gelang es Carl Eugen durch eine List, Schubart zu fassen. Für zehn Jahre kerkerte er ihn auf dem Hohenasperg ein. Und auch den Freigelassenen demütigte er noch. Zwar setzte er ihn als Operndirektor in Stuttgart ein, ließ ihn sogar die »Chronik« wieder edieren, doch er wußte, daß sein ehemals unerbittlicher Gegner, gebrochen durch die Gefangenschaft und krank von Alkohol, nur noch ein Schatten seiner selbst war. 1791 starb Schubart, geliebt und bewundert von den Jüngeren, von Schiller, von Hölderlin.
Mit den frechen Neujahrsschilden (es gibt sieben aufs Jahr 1775) wollte Schubart sich und seinen Lesern Laune aufs Kommende machen, den Sprung über die Jahresgrenze erleichtern. Sicher spielten sie auf Personen an, reagierten auf Stadtgeschwätz. Daß sie uns heute dennoch entzükken, verdanken sie nicht nur ihrem geschwinden, mit Wort und Sinn spielenden Witz, sondern vor allem ihrer Musikalität. (Schubart vertonte einige seiner Gedichte selbst – darunter auch die »Forelle«, die wir allerdings nur noch durch Schubert kennen – und als Orgelvirtuose suchte er seinesgleichen.)
Im »Kupferstecher« zeigt sich der gewitzte Musikant. Die »Melodie« überläßt er den Vokalen in den Schlußreimen, vor allem dem a und dem e. Der Doppelsinn verdoppelt auch die Szene. Mit der Unschuld des »gestochenen« Kindes korrespondiert höchst anzüglich die Unschuld der

jungen Dame, die ein ebensolches »gestochen« haben möchte. Ihre Naivität gleicht der Zerlines und ihre fragende Bitte, zwei eingerückte Zeilen nur, lassen sich als zierliches Arioso denken, dem eine kleine Pause folgt, ehe mit einem Augenzwinkern pointiert wird.

Genau zu dem Zeitpunkt, als Schubart seine Neujahrsschilde aushängte, hatte in München die Opera buffa eines Neunzehnjährigen Premiere: »La finta giardiniere« von Wolfgang Amadeus Mozart.

MATTHIAS CLAUDIUS
ABENDLIED

Der Mond ist aufgegangen,
Die goldnen Sternlein prangen
  Am Himmel hell und klar;
Der Wald steht schwarz und schweiget,
Und aus den Wiesen steiget
  Der weiße Nebel wunderbar.

Wie ist die Welt so stille,
Und in der Dämmrung Hülle
  So traulich und so hold!
Als eine stille Kammer,
Wo ihr des Tages Jammer
  Verschlafen und vergessen sollt.

Seht ihr den Mond dort stehen? –
Er ist nur halb zu sehen,
  Und ist doch rund und schön!
So sind wohl manche Sachen,
Die wir getrost belachen,
  Weil unsre Augen sie nicht sehn.

Wir stolze Menschenkinder
Sind eitel arme Sünder
  Und wissen gar nicht viel;
Wir spinnen Luftgespinste
Und suchen viele Künste
  Und kommen weiter von dem Ziel.

Gott, laß uns dein Heil schauen,
Auf nichts Vergänglichs trauen,
  Nicht Eitelkeit uns freun!
Laß uns einfältig werden
Und vor dir hier auf Erden
  Wie Kinder fromm und fröhlich sein!

Wollst endlich sonder Grämen
Aus dieser Welt uns nehmen
  Durch einen sanften Tod!
Und, wenn du uns genommen,
Laß uns in Himmel kommen,
  Du unser Herr und unser Gott!

So legt euch denn, ihr Brüder,
In Gottes Namen nieder;
  Kalt ist der Abendhauch.
Verschon uns, Gott! mit Strafen,
Und laß uns ruhig schlafen!
  Und unsern kranken Nachbar auch!

ECKART KLESSMANN
DER KRANKE NACHBAR

Zu den besonders geliebten Büchern in meinem Besitz gehört die Originalausgabe der von Johann Heinrich Voß herausgegebenen »Poetischen Blumenlese für das Jahr 1779«, auf dessen Seiten 184 bis 186 das »Abendlied« erstmals gedruckt worden ist, unter dem Pseudonym »Asmus«. Die Sammlung enthält Gedichte von allen damals – weit mehr als Claudius – angesehenen Lyrikern, aber nicht eines ist darunter, das dem anonymen Asmus gewachsen wäre.
Schon 1779 nahm Herder dieses Gedicht in den zweiten Band seiner »Volkslieder« auf; schon 1779 wurde es gleich zweimal vertont. Die uns heute allen so vertraute Melodie stammt von Johann Abraham Peter Schulz, der sie 1790 in seiner Sammlung »Lieder im Volkston« veröffentlichte. Er schuf eine überaus einfache Melodie zu einem Gedicht, das nach einer Umfrage heute als das populärste Volkslied der Deutschen gilt, obwohl es kein Volkslied ist.
Viele haben als Kinder mit diesem Abendlied erstmals ein Stück Poesie kennengelernt und dabei die Magie von Sprache empfunden. Ich selber erinnere mich an einen Abend, als ich, vier Jahre alt, dieses Lied mehrstimmig singen hörte. Ich weiß noch genau, wie mich damals einzelne, rätselhaft scheinende Wörter beschäftigten: »prangen«, »Dämmrung Hülle«, »stille Kammer«, »traulich«, »hold«. Im Gemüt des Kindes tönten sie lange nach, ungewohnt, fern der Alltagssprache, und doch riefen sie eine Stim-

mung hervor, die das Kind ahnend begriff, vielleicht auch, weil unter nächtlichem Himmel gesungen wurde.

Das vollkommene Kunstwerk und die Liebe haben gemeinsam, daß sie sich nicht definieren lassen. Warum ist dieses Gedicht makellos? Warum fand es eine adäquate Melodie, die es so leicht und rasch populär werden ließ? Weil es so einfach ist? Aber was ist einfach? »Der Wald steht schwarz und schweiget« oder »in der Dämmrung Hülle« sind Bilder, die in der deutschen Lyrik jener Zeit wahrlich nicht zum gängigen Vokabular gehören, so wenig wie das kostbare Wort »Abendhauch«. Aber es kommt hier noch etwas ganz anderes hinzu: die persönliche und durchaus moralische Anrede samt ihrem Gleichnischarakter.

Genau das, was andere Dichter schmählich scheitern läßt, nämlich die moralische Nutzanwendung, die erbauliche Predigt, sie gelingt dem »Wandsbecker Bothen« in bruchloser Integration. Er spricht in der Gewißheit des Glaubens und nur scheinbar naiv von der Kleinheit des Menschendaseins, vom Tod und von der Beschränktheit unserer Einsicht, und das in einer Zeit, deren Fortschrittsgläubigkeit der unseren kaum nachstand.

Das verschwebende Bild einer stillen Mondnacht wird ohne pathetischen Aufhebens zum Abbild einer anderen Welt, die hoch über Mond und Sternen gedacht wird, aber in den Gestirnen zum Menschen spricht. Das ist gute Klopstock-Schule, aber Claudius geht über den von ihm geliebten Messias-Dichter einen großen Schritt hinaus. Er bedient sich der Alltagssprache, bedarf nicht der Beglaubigung durch antikes Dekor, vor allem endet er nicht hymnisch, sondern mit der bescheidenen Bitte um den Schlaf des kranken Nachbarn.

Das ist wohl der ungewöhnlichste Schluß, den sich ein Gedicht im achtzehnten Jahrhundert erlaubt, ein Ausklang im Pianissimo. Der Blick zum bestirnten Firmament wandert zurück zu seinem Ausgangspunkt. Zum Reiche Gottes gehört der ferne Glanz des nächtlichen Himmels genauso wie »des Tages Jammer« im Haus nebenan, und das eine hat mit dem anderen zu tun. Aber erst Matthias Claudius hat das so ausgesprochen, herzrührend um gesundenden Schlaf bittend, und darüber ist eines der größten Gedichte deutscher Sprache entstanden, das mit scheinbar leichter Hand in sieben Strophen den Bogen schlägt vom Makro- zum Mikrokosmos, von Gott zu unserm kranken Nachbarn. Und das alles ist so selbstverständlich, als könnte es gar nicht anders sein.

MATTHIAS CLAUDIUS
AN – ALS IHM DIE – STARB

Der Säemann säet den Samen,
Die Erd' empfängt ihn, und über ein kleines
Keimet die Blume herauf –

Du liebtest sie. Was auch dies Leben
Sonst für Gewinn hat, war klein Dir geachtet.
Und sie entschlummerte Dir!

Was weinest du neben dem Grabe,
Und hebst die Hände zur Wolke des Todes
Und der Verwesung empor?

Wie Gras auf dem Felde sind Menschen
Dahin, wie Blätter! Nur wenige Tage
Gehn wir verkleidet einher!

Der Adler besuchet die Erde,
Doch säumt nicht, schüttelt vom Flügel den Staub und
Kehret zur Sonne zurück!

WALTER HINCK
EHRENRETTUNG FÜR EINEN DICHTER

Diese Verse liebe ich besonders, seitdem ich aus einem Essay von Werner Kraft weiß, mit welcher Verachtung man auf den Verfasser herabsah. Als Stefan George die Anthologie »Das Jahrhundert Goethes« vorbereitete und Karl Wolfskehl ihm das Gedicht vorlas, war er beeindruckt. Als er aber den Namen des Autors hörte, sagte er nur: »*Quelle adresse!*« Die Verse waren eine Zeitlang fälschlich Klopstock zugeschrieben worden, und so ließ sie George wider besseres Wissen zu den Klopstockschen Gedichten stellen. Das nenne ich eine perfide Art von Enteignung geistigen Eigentums.

Vielleicht sah sich George durch ironische oder abschätzige Urteile bedeutender Zeitgenossen von Claudius bestärkt. Für Goethe, dem während der italienischen Reise auch mancher Freund von ehedem fernerrückt, ist der Herausgeber des Journals »Der Wandsbeker Bote« nur ein Fußbote, der zum Evangelisten werden möchte, ein Narr voller einfältiger Anmaßungen. Wilhelm von Humboldt gar bezeichnet ihn nach einem Besuch, wie Schiller am 23. Oktober 1796 mit Genugtuung an Goethe berichtet, als »eine völlige Null«.

Soviel Einmütigkeit klassischer Kunstrichter ist verdächtig, und es lassen sich leicht auch Gegenstimmen zitieren – Karl Kraus, vielleicht der streitbarste Anwalt von Claudius, oder Herder, der Claudius' »Abendlied« (Der Mond ist aufgegangen) in seine Sammlung »Stimmen der Völker in Liedern« aufnahm: »Das Lied ist ... hergesetzt, ... einen Wink zu geben, welches Inhalts die besten Volkslieder sein und bleiben werden.« Das ist es: Wir sollten Claudius als einen Volksdichter sehen, in einer Reihe mit dem Erzähler Johann Peter Hebel und dem Volkstheaterautor Ferdinand Raimund – als einen Klassiker der Kalenderdichtung, deren scheinbare Einfachheit nicht mit Infantilität zu verwechseln ist.

Viele der Gedichte Claudius', die überlebten, handeln vom Tod (etwa »Der Tod und das Mädchen« oder »Der Tod«), von »Freund Hein« (»Nach der Krankheit«). Unser Gedicht entstand sehr wahrscheinlich nach dem Tod von Claudius' verheirateter Schwester (1766). Mit seiner an antike Formen angelehnten reimlosen Strophe erinnert es an den Klopstockschen Odenstil, was die Verwechslung der Autoren verzeihlich macht. Allerdings fehlt das Feierliche, ja Pathetische Klopstockscher Oden. Unüberhörbar sind die Anklänge an den 103. Psalm (Der Mensch ist wie Gras, wie eine Blume auf dem Feld). Bibel- und Odenton durchdringen einander.

Das Gedicht entwickelt sich als Zuspruch, als Besänftigung der Klage um einen Toten. Die Metapher der Wolke – die Wolke ist das Transitorische schlechthin, die rasch wechselnde und sich auflösende Gestalt – umschreibt sowohl die Hinfälligkeit des menschlichen Leibes wie aber auch die Vorläufigkeit des Todes selbst. Und diese beiden Bedeutungsglieder werden in den letzten zwei Strophen auseinandergefaltet, zunächst wieder durch die Bildlichkeit des Psalms, dann durch das Bild des Adlers: deutbar als Metapher für das Unsterbliche des Menschen, das sich nur kurz an den irdischen Leib bindet und zum Licht zurückkehrt (den Adler als Allegorie der Geistseele des Menschen kennen wir aus christlicher Dichtung).

Vom Dichter selbst wird die Metapher nicht entschlüsselt. Gerade weil die Tröstung nichts Aufdringliches hat und an den, der die Glaubensvoraussetzungen des Autors nicht teilt, kein Ansinnen stellt, ist dies eines der vollkommenen Gedichte deutscher Literatur. – Als sich Stefan George für diese Verse entschied, war seine Wahl auch eine ungewollte Ehrenrettung für den Autor.

MATTHIAS CLAUDIUS
DER FRÜHLING.
AM ERSTEN MAIMORGEN

Heute will ich fröhlich, fröhlich sein,
Keine Weis' und keine Sitte hören;
Will mich wälzen und vor Freude schrein,
Und der König soll mir das nicht wehren;

Denn er kommt mit seiner Freuden Schar
Heute aus der Morgenröte Hallen,
Einen Blumenkranz um Brust und Haar
Und auf seiner Schulter Nachtigallen;

Und sein Antlitz ist ihm rot und weiß,
Und er träuft von Tau und Duft und Segen –
Ha! mein Thyrsus sei ein Knospenreis,
Und so tauml' ich meinem Freund entgegen.

LUDWIG HARIG
DIE FREUDE WOLLEN

Ich sitze da und fange eine Arbeit an. Ich schreibe ein Buch, ein anderer pflanzt einen Baum, ein dritter baut ein Haus. Es entsteht etwas, das nie zuvor da war und zugleich immer schon dagewesen ist. Stets ist ein Anfang etwas Paradoxes, die Wiederholung des Neuen, die Wiederkehr des Unverhofften, seien es Neujahrsanfang oder Frühlingsanfang, der Anfang einer Reise oder der Anfang einer Liebe, die ja allesamt nicht enden können, weil es so etwas wie den ewigen Augenblick gibt, das Glück des immerwährenden Beginnens. Jedesmal, wenn ich dasitze und zu schreiben beginne, bin ich fröhlich, wälze mich, schreie vor Freude, wie es in dem Gedicht von Matthias Claudius heißt: das ist mein Leben, und dieses Gedicht ist mein Lebensgedicht.
Vor mehr als 35 Jahren habe ich ein Mädchen dieses Gedicht rezitieren hören, mit heller, glockenfeiner Stimme; es war auf dem Lehrerseminar in Blieskastel, und augenblicklich war ich von der Entschlossenheit, sich von nichts und niemandem abhalten zu lassen, seine Freude so ungebärdig auszudrücken, ergriffen, ja überwältigt. Das Mädchen ist heute meine Frau, und ich bin ihr Mann, und noch immer kann kein kluger Rat, keine Konvention, keine Autorität unserer ausgelassenen Freude wehren.
Doch nichts kommt von selbst, auch nicht die Freude, noch nicht einmal das Wünschen, das selbst in den Märchenzeiten nur dem etwas geholfen hat, der auch etwas dafür tat: die Königstochter mußte den Frosch zuerst an die Wand

werfen, bevor der Königssohn herauskommen konnte. Matthias Claudius sagt nicht einfach nur, er sei fröhlich, er wälze sich und schreie vor Freude, er sagt: »Ich will.« Auch für die Freude muß man etwas tun; und wenn Goethe in »Dichtung und Wahrheit« schreibt, was man in der Jugend wünsche, habe man im Alter die Fülle, dann hat er es nicht beim bloßen Wünschen bewenden lassen. Er hat es gewünscht und gewollt.

Claudius schrieb sein Frühlingsgedicht am 1. Mai 1774, als Fünfunddreißigjähriger. Eben war er bei Klopstock eingetreten, wo die Gräfin Stolberg mit ihren Brüdern zu Gast war. Claudius schwärmte vom schönen Frühlingswetter, und als die Gräfin sagte: »Sie müssen uns heute noch den 1. Mai besingen«, antwortete er: »Wer das doch könnte!«, ging hinaus und kam bald darauf mit dem Gedicht wieder.

Der Frühling selbst zieht ein, als Freund des Dichters, mit gesunder Gesichtsfarbe, taufrisch und duftend. Immer schon hat mich der Blumenkranz in seinem Haar und die Nachtigallen auf seiner Schulter an eine Beschreibung des Dionysos aus dem Homerischen Hymnos erinnert, vor allem auch wegen des Thyrsos, den er schwingt, und des Widerhalls seines freudigen Geschreis.

Widerhall ist Antwort, die wiederum auf Entgegnung drängt. So ist im Echo zugleich Ausklang des Alten und Einstimmung in ein Neues, und auch dieser Anfang ist wieder voller Hoffen, Wünschen, Wollen, selbst der Anfang vom Ende.

Luther sagte, wenn er wüßte, daß morgen die Welt unterginge, wolle er heute noch ein Apfelbäumchen pflanzen. Das würde ich auch tun, und dabei habe ich nicht einmal die Hoffnung auf das Himmelreich.

MATTHIAS CLAUDIUS
DER MENSCH

Empfangen und genähret
  Vom Weibe wunderbar
Kömmt er und sieht und höret,
  Und nimmt des Trugs nicht wahr:
Gelüstet und begehret,
  Und bringt sein Tränlein dar;
Verachtet, und verehret;
  Hat Freude, und Gefahr;
Glaubt, zweifelt, wähnt und lehret,
  Hält nichts, und alles wahr;
Erbauet, und zerstöret;
  Und quält sich immerdar;
Schläft, wachet, wächst und zehret;
  Trägt braun und graues Haar etc.
Und alles dieses währet,
  Wenn's hoch kommt, achtzig Jahr.
Denn legt er sich zu seinen Vätern nieder,
  Und er kömmt nimmer wieder.

GÜNTER KUNERT
EIN BODENLOSES STAUNEN

Als dieses Gedicht geschrieben wurde, gab es bereits eine lange Tradition derartiger »anthropologischer« Bilanzen, die in Kurzform etwas Gültiges, gar Endgültiges über den Menschen auszusagen suchten. Allen jedoch ist eigen, was sich auch besonders intensiv in diesen Versen bemerkbar macht: Ein bodenloses Staunen.

Staunen über jenes Geschöpf, das, sobald man es eingehender betrachtet, einem immer fremder und unverständlicher vorkommt und mit dem man auf nicht geheure Weise identisch ist. Daß dieses Verwundern über die Existenz des Homo sapiens eine derartige Eindringlichkeit erreicht, rührt wohl daher, daß der Autor zu den naivsten der deutschen Literatur zählt. Nur ein wahrhaft kindliches Gemüt konnte, nein, durfte Zeilen schreiben wie »Der Mond ist aufgegangen / Die goldnen Sternlein prangen ...«, ohne sogleich als Kitschier gebrandmarkt zu werden. Und eben diese Kindlichkeit des Empfindens trägt und behütet auch dieses Gedicht.

Schon in der zweiten Zeile spricht sich mit dem Wort »wunderbar«, mit dem sowohl das »Weib« wie die Art des menschlichen Entstehens glücklich zusammengefaßt werden, eine Modulation der Kenntnisnahme aus, wie wir sie längst verloren haben. Das Wundersame am Dasein noch zu spüren, sind die Allerwenigsten fähig – wobei ich hier keine Ursachenforschung treiben will. Nur – daß unser Blick die Unschuld, die in einem solchen Gedicht lebt,

eingebüßt und sie durch bloßes Registrieren ersetzt hat; das ist kein Gewinn in unserer Entwicklung.
Die Banalität des Offenkundigen, der »Dialektik« des Menschen, zu der Claudius nichts Neues beizusteuern hat, wird neutralisiert und aufgewogen durch seine Sicht- und Sprechweise. Es ist, als würde zum allerersten Male eine Kreatur skizziert, von der wir immer erneut so wenig wissen, weil sie selber von sich kaum weiß: »Hält nichts, und alles wahr« – das ist, bei aller sachlichen Zurückhaltung, ein vernichtendes Urteil.
Denn einer, der nichts und alles für wahr hält, taugt mitnichten zum Konstruktor einer besseren oder unbedrohlicheren Welt. In ihm haben wir einen, auf den kann man nicht bauen, wie es andernorts heißt. Fast beiläufig und abseits möglicher Verzweiflung oder höhnischer Ironie, die für den Pfarrerssohn Claudius wahrscheinlich undenkbar gewesen wäre, wird etwas formuliert, dem kein dauerhaftes Erinnern, keine lehrreiche Folge beschieden ist: Eine realistische Einschätzung.
So ist der Mensch, sagt der Autor am Übergang vom achtzehnten zum neunzehnten Jahrhundert, aber wir glauben ihm nicht und lassen uns nur wenige Jahrzehnte später auf Hoffnungen und Illusionen ein, die von der Veränderbarkeit des Menschen ausgehen. Und trotz ihres Scheiterns schleppen wir die Trümmer dieser unserer Einbildungen immer noch weiter mit uns durch die Geschichte. Unsere Verkennung *des* Menschen war für Menschen vernichtend.
Mit welch schöner und keines Trostes bedürftiger Selbstverständlichkeit hebt sich dieses Gedicht von all den gereimten und ungereimten »Menschenbildern« konträrer ideologischer Provenienz ab, und wie rührend komisch in

einem keineswegs lächerlichen Sinne wirkt die Schlußzeile, da sie eine bekannte Tatsache so behandelt, als wäre sie eine außerordentliche Schlußfolgerung, die nur auf Grund der vorangegangenen Aufzählungen der Charakteristika stimme: »Und er kömmt nimmer wieder.«

MATTHIAS CLAUDIUS
DER TOD

Ach, es ist so dunkel in des Todes Kammer,
Tönt so traurig, wenn er sich bewegt
Und nun aufhebt seinen schweren Hammer
Und die Stunde schlägt.

HERMANN KESTEN
DER GANZE JAMMER DER STERBLICHKEIT

Wie treffen mich diese vier Verse, die so viel haben, wie ein gutes Gedicht nur haben kann: stärkste Empfindung, die stärkste Anschauung wird, Bild und Musik in einem, Präzision und Weite, individuelles Gefühl und allgemeine Bedeutung, Schmerz ohne Sentimentalität, Einfalt und Größe. Vier Verse, sie sind eine Ballade, ein lyrisches Gedicht, ein Drama, ein Roman des ganzen Lebens, und alles in vier Zeilen. Sie sind so unheimlich und so vertraut, so fremd und heimisch. »Ach, es ist so dunkel in des Todes Kammer ...« Derselbe Poet schrieb: »Heute will ich fröhlich, fröhlich sein. Keine Weis und keine Sitten hören, Will mich wälzen und für Freude schrein ...«
Dieser Matthias Claudius, ich liebe ihn, obgleich er einer meiner Theorien Hohn spricht, nämlich daß die klügsten und witzigsten Poeten auch die besten seien, siehe Shakespeare, Goethe, Horaz, Heine ... Ein großer Lyriker muß auch das Herz eines Humoristen haben. Je satirischer er ist, um so tiefer empfindet er, desto wahrer und besser kann er singen. Habe ich nicht recht? Mörike und Brentano, Eichendorff und dieser Matthias Claudius sind wunderbare Lyriker, obgleich sie alle sozusagen törichte Weise sind, kaum sehr witzig, trotz Brentanos und Eichendorffs Lustspielen. Hätten sie mehr Vernunft gehabt, mehr Witz, wären sie so große Lyriker wie Goethe und Heine, Schiller und der Schillerschüler Hölderlin, wie Gryphius und Luther.

Ach, wie sehr liebe ich diesen guten, ehrlichen, gefühlvollen, großen Deutschen, diesen Matthias Claudius, der mir wie ein trefflicher, wenn auch ein wenig törichter Halbbruder von Gotthold Ephraim Lessing erscheint.
Matthias Claudius schrieb:

> Ich war nur sechzehn Sommer alt,
> Unschuldig und nichts weiter,
> Ich kannte nichts als unsern Wald,
> Als Blumen, Gras und Kräuter.
> Da kam ein fremder Jüngling her . . .
>
> Ich hatt' ihn nicht verschrieben,
> Und wußte nicht, wohin? woher?
> Der kam und sprach von Lieben . . .

Oder sein Abendlied: »Der Mond ist aufgegangen . . .«
Oder: »Friede sei um diesen Grabstein her!« mit den letzten Zeilen: »Ach, sie haben einen guten Mann begraben, und mir war er mehr!«
Oder: »Die Liebe hemmet nichts; sie kennt nicht Tür noch Riegel, und dringt durch alles sich: Sie ist ohn' Anbeginn, schlug ewig ihre Flügel, und schlägt sie ewiglich.«
Ist das nicht schön? Und es gibt mehr davon bei Claudius. Dennoch halte ich den Vierzeiler von Matthias Claudius »Der Tod« für eines der großen lyrischen Meisterstücke und Kunststücke der Deutschen. Welche akustische Kraft. Welcher visuelle Glanz. Man sieht die dunkle Kammer, man sieht ihre tödliche Finsternis, man sieht, wie der Tod den Hammer aufhebt, man hört, wie der Hammer schlägt, die letzte Stunde schlägt. Ach, es ist so dunkel in des Todes Kammer . . . Welcher moderne Lyriker wagt es,

sein Gedicht von vier Zeilen mit einem Ach zu beginnen, das klingt wie der Seufzer eines jungen Mädchens. Es ist aber der ganze Jammer der Sterblichkeit, die ganze Bitterkeit des Todes in diesem beginnlichen Ach!

Und dieser traurige Ton, wenn sich der Tod bewegt. Und daß der Tod nicht starr steht, daß er sich bewegt, wie der reitende Tod beim Albrecht Dürer, wie bei so vielen Malern des Mittelalters ... »tönt so traurig, wenn er sich bewegt.« Auf die Elegie der ersten zwei Zeilen folgt die Tragödie, folgt das Drama der letzten beiden Zeilen: »Und nun aufhebt seinen schweren Hammer / Und die Stunde schlägt.«

Mich zerreißt es schier, wenn ich mir diese vier Verse von Matthias Claudius vorspreche. Er war ja fast ein Philister, ein Bürger, der Asmus, der Wandsbecker Bote, ein Pfarrerssohn, ein Sekretär des Grafen Holstein, ein Journalist, ein Herausgeber, ein Oberlandeskommissar in Darmstadt, ein Erzieher der Söhne F. H. Jacobis, ein Revisor, ein Freund von Lavater, Herder, Hamann, F. L. Stolberg, Boie, Voß, ein Mitglied des Hainbundes, fromm, gläubig, naiv, ein wenig töricht und solch ein großartiger Poet, ein Genie und einfältig.

MATTHIAS CLAUDIUS
DER TOD UND DAS MÄDCHEN

Das Mädchen

Vorüber! Ach, vorüber!
Geh wilder Knochenmann!
Ich bin noch jung, geh Lieber!
Und rühre mich nicht an.

Der Tod

Gib Deine Hand, du schön und zart Gebild!
Bin Freund, und komme nicht, zu strafen.
Sei gutes Muts! ich bin nicht wild,
Sollst sanft in meinen Armen schlafen!

THOMAS ANZ
GEWALT ODER LIEBE

Wie eine Kippfigur erscheint dieses Gedicht jedes Mal, wenn ich es wieder lese: in plötzlich wechselnden, ganz unterschiedlichen Bedeutungen.
Der lyrische Dialog ist so klein gehalten, daß er der Phantasie großen Raum läßt. Und da will es oft scheinen, als verberge das ganze Gedicht, wie der sprechende Tod in ihm, hinter wunderschönen Worten eine häßliche Phantasie: Es ist die Szene einer Vergewaltigung oder einer tödlichen Verführung, die durch Schuberts romantische Vertonung eine unendlich weite Verbreitung erfahren hat. Männliches Begehren identifiziert sich mit der Macht des Todes. Das Mädchen wehrt sich, doch der Mann hat Gewalt über sie und im Text das letzte Wort. Eine Wunsch- und Machtphantasie, ähnlich wie Goethes »Heideröslein«, nur verborgener? Wenn dem sich sträubenden Mädchen mit der Anrede »Lieber« ein Zeichen der Zuneigung in den Mund gelegt wird, dann entspricht das Gedicht infamsten Klischees über das geheime Einverständnis von Frauen mit männlicher Gewalt.
Die ästhetische Verführungskraft des Gedichts ist freilich so groß wie die rhetorische Kunst des sich so sanft gebenden Todes. Sie verleitet dazu, das Anstößige zu übersehen. Es in das romantische Phantasma des Liebestodes zu überführen will mir nicht gelingen. Doch immerhin kann ich in dem Dialog-Gedicht die Geschichte eines Mädchens angedeutet finden, das sterbenskrank ist, das den Tod fürchtet

und vielleicht als Erlösung von dem Leiden auch schon wünscht. Den längeren, sich geduldig zeitnehmenden Zeilen des Todes gelingt es, die knappe, gehetzte Ängstlichkeit der ersten vier Verse in wohltuender Weise aufzulösen.

So gesehen, hat das Gedicht überhaupt nichts Anstößiges an sich. Zumindest was die Darstellung des Todes angeht, folgt Claudius mit ihm vielmehr der aufklärerischen Absicht, dem Tod seinen Schrecken zu nehmen. Er spielt an – in dem Gedicht selbst und in dem Band, in dem es 1775 erschien – auf Lessings sechs Jahre vorher erschienene Schrift »Wie die Alten den Tod gebildet«. Lessing wendet sich hier gegen angsterregende Darstellungen des Todes als »scheußliches Gerippe« und gegen Interpretationen des Todes als Strafe. Antike Bildtraditionen, die den Tod als »Zwillingsbruder des Schlafes« darstellen oder als geflügelten Jüngling mit gesenkter Fackel, erscheinen ihm humaner. Ein »schönes Bild«, so kommentiert Claudius, doch sei er »lieber beim Knochenmann geblieben«. Denn der sei ihm von Kind an vertraut. »Er ist auch so, dünkt mich, recht schön, und wenn man ihn lange ansieht, wird er zuletzt ganz freundlich anzusehen.«

In dem Gedicht bleibt es denn auch beim »Knochenmann«, doch wie Lessing unter Berufung auf die Alten, versucht Claudius ihm den Schrecken zu nehmen. Nicht wild und angsterregend und nicht als Vollstrecker einer Strafe, sondern als sanfter Bruder des Schlafes läßt er ihn auftreten. Das traurige und doch auch tröstliche Gedicht lehnt sich eng an die Form des Dialogs und des Verses spätmittelalterlicher Totentanzlieder an, wandelt sie jedoch ab und verkehrt ihre Intention. Der Dialog bildet jetzt Diskussionen und differierende Standpunkte des achtzehnten Jahrhunderts ab. Zwei Einstellungen stehen sich gegenüber. Sie werden durch die Unterschiede im Versmaß akzentuiert. Der Tod argumentiert in dem Gedicht wie Lessing gegen die Angst »Sei gutes Muts!« Das sind die Devisen der Aufklärung. Sie verstand sich als Kampagne gegen falsche Befürchtungen. Das Mädchen hingegen ist noch voraufklärerischen Ängsten verhaftet.

Kein frivoles Gedicht also? Der Tod nicht eine Figur, die perverse Formen männlichen Begehrens repräsentiert, sondern ein Fürsprecher aufgeklärter Menschenliebe? Daß die Bedeutungen, die sich hier dem Tod mit wechselnden Emotionen zuschreiben lassen, weiterhin immer wieder umkippen können, macht diese Verse so anziehend, aber auch ein wenig unheimlich.

MATTHIAS CLAUDIUS
KRIEGSLIED

's ist Krieg! 's ist Krieg! O Gottes Engel wehre,
Und rede du darein!
's ist leider Krieg – und ich begehre
Nicht schuld daran zu sein!

Was sollt' ich machen, wenn im Schlaf mit Grämen
Und blutig, bleich und blaß,
Die Geister der Erschlagnen zu mir kämen,
Und vor mir weinten, was?

Wenn wackre Männer, die sich Ehre suchten,
Verstümmelt und halb tot
Im Staub sich vor mir wälzten und mir fluchten
In ihrer Todesnot?

Wenn tausend tausend Väter, Mütter, Bräute,
So glücklich vor dem Krieg,
Nun alle elend, alle arme Leute,
Wehklagten über mich?

Wenn Hunger, böse Seuch' und ihre Nöten
Freund, Freund und Feind ins Grab
Versammleten, und mir zu Ehren krähten
Von einer Leich' herab?

Was hülf mir Kron' und Land und Gold und Ehre?
  Die könnten mich nicht freun!
's ist leider Krieg – und ich begehre
  Nicht schuld daran zu sein!

PETER VON MATT
DER BITTERE VERDACHT

Wie umständlich, wie unvergeßlich umständlich und unbeholfen ist die eine Zeile: »– und ich begehre nicht schuld daran zu sein!«

Die Schrecken des Krieges kann er benennen. Die Schändlichkeiten kann er aufzählen. Der phantastischen Glorie kann er die jämmerliche Wirklichkeit der Verstümmelten und Verröchelnden gegenüberstellen. Den rasanten Glanz des Kriegsbeginns konfrontiert er treffsicher mit dem lange schleppenden Elend hinterher. Alles gelingt ihm ohne besondere Mühe. Die Strophen sind spannungsreich, die Verse ausdrucksstark. Über eine ganz einfache Rhetorik – Fragen, Wiederholungen, Parallelen – verschafft er dem Gedicht die wummernde Resonanz langsamer Pauken, den Grundton der *marche funèbre*. Daneben, zweimal, dieses fast linkische: »– und ich begehre nicht schuld daran zu sein!«

Das tönt wie eine schlechte Übersetzung aus dem Latein. Es ist auch eine Übersetzung, die Übersetzung eines furchtbaren Gedankens, der noch nie ausgesprochen wurde und gegen den sich die Sprache sträubt, heftiger sträubt als gegen die Schilderung aller *Desastres de la guerra*. In diesem Satz regt sich die Ahnung, man sei mitschuldig an der Geschichte der eigenen Zeit, in jedem Fall und unbedingt.

Diesem würgenden Verdacht muß der Eintritt in die Sprache verweigert werden. Er widerspricht ja doch aller Vernunft. Was kann ein kleiner Journalist in Wandsbeck dafür, wenn Preußen und Österreich gegeneinander in den Krieg ziehen? Was kann er dagegen machen, wenn Joseph II. das Land Bayern annektieren möchte, Friedrich der Große es nicht dulden will und beide wieder einmal einen schönen Sieg zu feiern das allerhöchste Bedürfnis haben?

Der Gedanke einer Mitschuld scheint absurd, aber welche Mühe kostet es, ihn niederzuhalten. Und zuletzt drückt er eben doch noch durch, langsam, wie das schwarze Blut durch einen festen Verband. Der Dichter wagt es nicht, vor Gott und der Welt feierlich zu erklären, er sei unschuldig; er kann nur merkwürdig stockend sagen, er möchte es nicht sein.

Damit zieht er die dunkle Konsequenz aus einer triumphalen Erkenntnis seines Jahrhunderts: daß die Menschheit ein Ganzes sei, verschwistert alle zusammen und miteinander auf dem Weg ins beßre Land. Wenn das stimmt, dann kann man sich auch aus der Schuld der andern nicht einfach wegstehlen. »Alle Menschen werden Brüder«, jubelt es in diesen Jahren. Ja, sagt Claudius dazu, auf Tod und Leben. Wer könnte ihm heute widersprechen?

FRIEDRICH WILHELM GOTTER
WIEGENLIED

Schlafe mein Prinzchen! es ruhn
Schäfchen und Vögelchen nun.
Garten und Wiese verstummt,
Auch nicht ein Bienchen mehr summt;
Luna mit silbernem Schein
Gucket zum Fenster herein.
Schlafe beim silbernen Schein,
Schlafe, mein Prinzchen, schlaf ein!

Auch in dem Schlosse schon liegt
Alles in Schlummer gewiegt;
Reget kein Mäuschen sich mehr,
Keller und Küche sind leer.
Nur in der Zofe Gemach
Tönet ein schmelzendes Ach!
Was für ein Ach mag das sein?
Schlafe, mein Prinzchen, schlaf ein!

Wer ist beglückter als du?
Nichts als Vergnügen und Ruh!
Spielwerk und Zucker vollauf
Und noch Karessen im Kauf!
Alles besorgt und bereit,
Daß nur mein Prinzchen nicht schreit!
Was wird das künftig erst sein?
Schlafe, mein Prinzchen, schlaf ein!

GERHARD SCHULZ
DER ZOFE SCHMELZENDES ACH

Gedichte, die in den Mantel gefälliger Musik gehüllt worden sind, haben es schwer, um ihrer selbst willen beachtet zu werden. Gotters »Wiegenlied«: man hört es von hellen Knabenstimmen gesungen und mitgesummt von stolzen Eltern an der Wiege des Stammhalters. Ist aber für ihn auch die zweite Strophe bestimmt? Kann Musik das Nachdenken über den Text zudecken?

»Nur in der Zofe Gemach ...« Eine Studie über das Ach in der deutschen Literatur scheint fällig. Kleists Alkmene zum Beispiel bleibt nichts als ein überwältigtes »Ach!«, nachdem Zeus sie lüstern und trügerisch in der Gestalt des Ehemannes Amphitryon heimgesucht hatte. Wird vielleicht auch unsere Zofe gerade von einem Gott besucht? Aus Mozarts »Figaro« weiß man einiges von den Liebesgewohnheiten der irdischen Göttergestalten deutscher Schloßherren. Kommt also der Gott, ist er bereits auf dem Höhepunkt seines Besuches oder gar im Gehen begriffen, zuletzt noch einen beiläufigen Dank abstattend? Oder war es dann doch eher ein geliebter Figaro? »Was für ein Ach mag das sein?«

Eine einzige Zeile kann oftmals den Schein eines ganzen Gedichts durchbrechen und seine Wirklichkeit enthüllen. Gotters so süß erscheinendes Liedchen versetzt uns in die durchaus nicht gefühlsselige Realität deutscher Adelsschlösser des achtzehnten Jahrhunderts. Unser Prinzchen wird alles erhalten, was es nur wünscht, eben weil es ein

Prinzchen ist, und als junger Herr wird es noch die Ursache für manches Ach der Zofen werden.

Dieses Gedicht hat seine Geschichte. Man hat die Komposition Mozart zugeschrieben, aber die allbekannte Melodie stammt in Wirklichkeit von dem Berliner Arzt Bernhard Flies. Die Verse traten erst 1795, vier Jahre nach Mozarts Tod, in dem Schauspiel »Esther« ans Licht; Gotter war damals einer der populärsten deutschen Theaterdichter. Fünfzigjährig starb er 1797.

»Esther« ist ein Stück über Altes Testament und neuere Geschichte. Gotters König Ahasver von Persien sieht nämlich einem deutschen Schloßherrn ähnlicher als seinem biblischen Modell. Unter den Jungfrauen des Landes sucht er sich die schöne Esther als Königin aus, und als das Geld für alle Extravaganzen der Hochzeitsfeier nicht reicht, beschließt man, die Juden zu schröpfen und sie bei dieser Gelegenheit auch gleich noch auszurotten.

Nur ist Esther selbst eine Jüdin, was sie allerdings vor ihrem Ehemann aus guten Gründen verborgen hatte. Die Ihren aber kann sie nicht leiden und bluten sehen. So riskiert sie, womit schon ein knappes Jahrzehnt vorher Goethes Iphigenie den Taurierkönig Thoas humanisiert hatte: Sie sagt ihm, wer sie wirklich ist. »Wohlan! Das Blutbad fange sich mit deiner Gattin an.« Und siehe da, das Mittel funktioniert ein weiteres Mal. Ahasver ist überwältigt: »Gefallen ist die Binde, die meinem starren Blick der Wahrheit Licht entzog.« Esthers Tugend lehrt ihn »den Geist der Duldung«, und der Juden Volk erklärt er frei vom »Joch der Knechtschaft«.

Bevor sich jedoch Ahasver zum aufgeklärten Fürsten wandelt, an jener kritischen Stelle also, an der sich in Goethes Stück Iphigenie aus dem Parzenlied den Mut zum kühnen

Entschlusse holt, singt hier die Zofe Fatme dem schlaflos gewordenen König unser »Wiegenlied«. Der Vergleich mit Goethe mag zu hoch gegriffen sein, aber immerhin wird aus dem lüsternen Tyrannen, dem Prinzchen von einst, ein liebender Ehemann, der den Gott der Juden »um Esthers willen« zu ehren bereit ist und ihrem »Volke Schutz, Sicherheit und Ruh'« verspricht. Denn in Gotters poetischen Hallen kennt man die Rache des Buches Esther nicht, sondern nur die festliche Feier der Menschenliebe. Haben wir vielleicht doch ein bedeutungsvolleres Gedicht gewonnen, als es den Anschein hatte?

GOTTFRIED AUGUST BÜRGER
MOLLYS ABSCHIED

Lebe wohl, du Mann der Lust und Schmerzen!
Mann der Liebe, meines Lebens Stab!
Gott mit dir, Geliebter! Tief zu Herzen
Halle dir mein Segensruf hinab!

Zum Gedächtnis biet ich dir, statt Goldes –
Was ist Gold und goldeswerter Tand? –,
Biet ich lieber, was dein Auge Holdes,
Was dein Herz an Molly Liebes fand.

Nimm, du süßer Schmeichler, von den Locken,
Die du oft zerwühltest und verschobst,
Wann du über Flachs an Pallas' Rocken,
Über Gold und Seide sie erhobst.

Vom Gesicht, der Walstatt deiner Küsse,
Nimm, solang ich ferne von dir bin,
Halb zum mindesten im Schattenrisse
Für die Phantasie die Abschrift hin!

Meiner Augen Denkmal sei dies blaue
Kränzchen flehender Vergißmeinnicht,
Oft beträufelt von der Wehmut Taue,
Der hervor durch sie vom Herzen bricht!

Diese Schleife, welche deinem Triebe
Oft des Busens Heiligtum verschloß,
Hegt die Kraft des Hauches meiner Liebe,
Der hinein mit tausend Küssen floß.

Mann der Liebe! Mann der Lust und Schmerzen!
Du, für den ich alles tat und litt,
Nimm von allem! Nimm von meinem Herzen –
Doch – du nimmst ja selbst das Ganze mit!

GUNTRAM VESPER
DAS UNGEHEUERLICHE GLÜCK

Im Mai 1782 macht der vierunddreißigjährige Gottfried August Bürger, als Verfasser der Ballade »Lenore« einer der bekanntesten Schriftsteller Deutschlands, von dem kleinen Pachtgut Appenrode aus eine Reise zu seiner Schwester nach Langendorf vor Weißenfels. Frau, Tochter und Schwägerin begleiten ihn.
Bürger ist seit zehn Jahren Amtmann des Feudalgerichts Altengleichen im Göttinger Umland, er wird schlecht oder gar nicht bezahlt, er fühlt sich von den adligen Dienstherren verfolgt und mit Arbeit überhäuft, die Verbindung zur Welt beschränkt sich auf Briefe: holt mich heraus.
Aber er bleibt. Kleinmut und Trägheit lassen ihn dulden, was fremde Mißgunst und eigene Schwäche erzeugt haben. Er flüchtet in Spekulationen, Projekte, Lotteriespiel bis zum Exzeß, in den Traum vom großen literarischen Wurf.
Und in die Liebe zu Auguste, der Schwester seiner Frau. Bürger hat das Verhältnis, das drei Menschen in der ländlichen Einöde des ausgehenden achtzehnten Jahrhunderts qualvoll aneinanderfesselt, später beschrieben: »Die Angetraute entschloß sich, mein Weib öffentlich und vor der Welt nur zu heißen, die andere, insgeheim es wirklich zu sein.«
Anfang 1782 fühlt Auguste sich schwanger. Sie ist dreiundzwanzig Jahre alt. Man bringt sie im Mai nach Langen-

dorf zur geheimen Entbindung. Vierzehn Tage bleibt die Familie zusammen, dann muß Bürger die Geliebte, die Molly seiner Liebeslieder, zurücklassen.
Diese Station in der verworrenen und traurigen Lebensgeschichte des Dichters bildet den Hintergrund zu »Mollys Abschied«, einem der schönsten und ergreifendsten unter Bürgers Gedichten. Es hat den Charakter einer Beschwörung. Denn indem Molly nacheinander die Erinnerungsstücke – Locke, Scherenschnitt, Kranz und Schleife – nennt und ihnen Bedeutung gibt, zeichnet sie ein Bild ihrer Liebe, das einen Versuch der Vergewisserung darstellt und auf die bedrängte Lage antwortet, unter beinahe fremden Menschen die nahe Niederkunft erwarten zu müssen. Und wohin dann mit dem Kind? Was wird aus der ledigen Mutter?
Die Last der ungewissen Zukunft macht das Bekenntnis nur um so bedingungsloser. »Nimm von allem! Nimm von meinem Herzen –/ Doch – du nimmst ja selbst das Ganze mit!« Das könnte Bürgers Wunschtraum sein. Denn wenn das Gedicht auch Molly in den Mund gelegt wird, ist er doch der Verfasser. Eine Art »Vorsagen« wäre denkbar. Die spätere Beziehung der beiden indessen entkräftet eine solche Vermutung.
Die zwei Eingangsverse der letzten Strophe sind es, die dem Gedicht über die schöne Illusion hinaus eine tiefere Dimension der Wahrheit geben, die aus der engen Berührung von Kunst und Leben kommt. Möglich, daß Bürger, von dem zahlreiche Arbeiten in Vergessenheit geraten, in Bedeutungslosigkeit versunken sind, nicht immer imstande gewesen ist, das Gewicht dieser Verbindung zu erkennen und entsprechend zu schreiben. Aber als Dichter der Lieder an Molly und insbesondere von »Mollys

Abschied« hat er seine Grenze ganz gewiß überwunden. In der Tat, er ist der »Mann der Lust *und* Schmerzen«, um dessentwillen die Geliebte »alles tat und litt«.

»Alles«, dahinter steht, unaufdringlich und redlich zugleich, die ganze Geschichte. Dieses Wort erst gibt der Idylle Leben und macht das Gedicht für mich zu einem Text von unverwechselbarer Eigenart und bedrängender Nähe: Ist das Glück eine Ungeheuerlichkeit? Wird, wer es sucht, bestraft?

Bürgers Geschichte geht weiter. 1784 stirbt seine Frau, er heiratet Molly. 1786 begräbt er auch sie. Eine dritte Ehe 1790. Die Frau um die zwanzig betrügt ihn nach wenigen Wochen. Skandal. Trennung. Vier Jahre später wird Bürger verscharrt. Hinter dem Sarg des Verhungerten nur sein Arzt und Mollys Sohn, Lichtenberg hat es gesehen.

GOTTFRIED AUGUST BÜRGER
NATURRECHT

Von Blum und Frucht, so die Natur erschafft,
Darf ich zur Lust, wie zum Bedürfnis, pflücken,
Ich darf getrost nach allem Schönen blicken,
Und atmen darf ich jeder Würze Kraft.

Ich darf die Traub, ich darf der Biene Saft,
Des Schafes Milch in meine Schale drücken.
Mir front der Stier; mir beut das Roß den Rücken;
Der Seidenwurm spinnt Atlas mir und Taft.

Es darf das Lied der holden Nachtigallen
Mich, hingestreckt auf Flaumen oder Moos,
Wohl in den Schlaf, wohl aus dem Schlafe hallen.

Was wehrt es denn mir Menschensatzung, bloß
Aus blödem Wahn, in Mollys Wonnenschoß,
Von Lieb und Lust bezwungen, hinzufallen?

HEINZ POLITZER
SONETT VON DER BESESSENHEIT

»Bist untreu, Wilhelm, oder tot?«, fragt Bürgers »Lenore« in der Moritat von 1773. Wir wissen die Antwort nicht, von der die Deutung der Ballade abhängt. Ob Gespensterspuk, ob Alptraum, der Dichter entscheidet sich nicht. Aber wir besitzen von ihm ein Sonett, das, fünfzehn Jahre später geschrieben, nichts mit Lenore und ihrem Wilhelm zu schaffen hat und doch, aus der spezifischen Kreativität des Dichters, eine Art von Antwort zu geben scheint auf Lenores bange Frage an das Morgenrot.
Das Sonett »Naturrecht« preist die Pflicht der Natur dem einzelnen und der Gesellschaft gegenüber. Heiter und harmlos, beinahe elegant, ist der Anfang. Lässig träuft Milch und Honig ins Gefäß; bis auf einmal das »ich darf« sich jäh unterbricht und in der sechsten Zeile dynamische Verben den Platz der Hilfszeitwörter einnehmen: »Mir front der Stier; mir beut das Roß den Rücken.« Dies ist der lyrische Machismo des Sturm und Drang. Aber als hätte den Dichter alsbald sein Über-Ich zur Ordnung gerufen, spinnt in der nächsten Zeile schon wieder ein freundlicher Seidenwurm ein orientalisches Phantasiegewebe, gleichsam des Kaisers neue Kleider. Mit dem Seidenwurm aber sind die Kräfte der sprachlichen Phantasie erwacht. Das Gespinst setzt sich um in das klangliche Gewebe des Nachtigallenliedes, das den Schlummernden in seinen Schlaf begleitet und aus ihm entläßt. Gleichzeitig verwandelt sich der Satzbau.

Das »ich darf« ist zum unpersönlichen »es darf« geworden. Und das mit gutem Grund: Diesem »es darf« wohnt eine gewisse Endgültigkeit inne. Denn die Nachtigall begleitet den Schläfer wohl in den Schlaf und entläßt ihn mit ihrem Klange wieder; das Traumgesicht aber, das den Schlafenden heimsucht, wird erst in der zweiten Terzine, im Abgesang des Sonettes, sozusagen, offenbar.
Das nenn ich mir einen Abgesang! Das Traumgesicht heißt Molly, die Schwester seiner Frau Dorette Leonhard. Auguste ist ihr bürgerlicher Name, der Vater ist Amtmann von Niedeck, und Molly ist zur Zeit, in der sich ihre achtzehnjährige Schwester verheiratet, sechzehn Jahre alt (Bürger schreibt an Goeckingk: »vierzehn Jahre«). Versuche der Trennung; Versuche einer mariage à trois; Kinder von beiden Frauen; Güsse von Tränen, Scham und Spott. Am 30. Juli 1784 stirbt Dorette im Kindbett. Am 27. Juni 1785 heiratet Bürger Molly, die ihm am 9. Januar 1786 im Wochenbett entrissen wird.
Das Sonett war im Winter von 1788 auf 1789 geschrieben worden. Molly war also schon tot, als er in einer so ungeheuren wie wirklichen Fügung »in ihren Wonnenschoß hinzufallen« begehrte. Was der Dichter träumt, ist der Traum vom Fall, ist die entfesselte Leidenschaft über den Tod hinaus, eine Formulierung, wie sie in einem solchen Freimut und einer solchen Dringlichkeit kaum einem Dichter der Zeit gelungen ist. Besessenheit bis in den Tod hinein – das beantwortet vielleicht Lenores Morgenrotfrage, obwohl sie doch auch wieder komplizierter wird dadurch, daß der besessene Bürger eine dritte Ehe einging, die, wenn es das gibt, noch katastrophaler endete als seine zwei ersten.
Was nützt es zu sagen, daß der Titel des Sonetts eine mo-

disch verbrämte Falschmeldung à la Rousseau war? Denn nicht um den zeitbedingten »blöden Wahn« geht es hier, nicht einmal um Recht und Unrecht der Natur gegenüber der Gesellschaft, sondern um das Privilegium dreier ineinander verstrickter Menschenschicksale, eines jener Probleme, das nur der Tod löst oder (wenn zufällig eine Nachtigall zugegen ist) ein Traum.

LEOPOLD FRIEDRICH GÜNTHER VON GOECKINGK

ALS DER ERSTE SCHNEE FIEL

Gleich einem König, der in seine Staaten
Zurück als Sieger kehrt, empfängt ein Jubel dich!
Der Knabe balgt um deine Flocken sich
Wie bei der Krönung um Dukaten.

Selbst mir, obschon ein Mädchen und der Rute
Lang nicht mehr untertan, bist du ein lieber Gast;
Denn siehst du nicht, seit du die Erde hast
So weich belegt, wie ich mich spute?

Zu fahren ohne Segel, ohne Räder,
Auf einer Muschel hin durch deinen weißen Flor,
So sanft und doch so leicht, so schnell wie vor
Dem Westwind eine Flaumenfeder.

Aus allen Fenstern und aus allen Türen
Sieht mir der bleiche Neid aus hohlen Augen nach;
Selbst die Matrone wird ein leises Ach!
Und einen Wunsch um mich verlieren.

Denn der, um den wir Mädchen oft uns stritten,
Wird hinter mir, so schlank wie eine Tanne, stehn
Und sonst auf nichts mit seinen Augen sehn
Als auf das Mädchen in dem Schlitten.

BRIGITTE KRONAUER
FRÄULEIN NARZISS FÄHRT SCHLITTEN

Leopold Friedrich Günther von Goeckingk, der von 1748 bis 1828 lebte, verdiente seinen Lebensunterhalt in so poetischen Berufen wie Kammer-Secretarius, Kanzleidirektor, preußischer Geh. Oberfinanzrat. Die zwei Eröffnungszeilen des Gedichts, mit Verlaub, klingen auch danach. Auftragsarbeit für einen Potentaten? Davon gleich. »Als der erste Schnee fiel« stammt aus der Sammlung »Lieder zweier Liebenden«. Es hat als leider einziges Werk des sonst fast vergessenen Autors zuverlässig in einschlägigen Anthologien überlebt. Goeckingk läßt in seiner 1777 erschienenen Kollektion Amarant (er selbst) und Nantchen (seine spätere Frau Ferdinande) einander anschwärmen. Im Schneegedicht ist Nantchen an der Reihe.

Sie absolviert ihre Aufgabe als, pointiert gesagt, naivheuchlerische Inszenierung, auch wenn man beim Überfliegen ihrer Verse daran zweifeln mag, ob ihr selbst stets klar ist, wen und was sie eigentlich meint. Daß ich nach dem akademisch-pompösen, eher abschreckenden Anfangsjauchzen überhaupt weitergelesen habe, lag am damit lebhaft kontrastierenden Titel, daß sich das Gedicht dann bei mir verhaken konnte, an der ulkigen »Matrone« der vierten Strophe.

In gravitätischem Leierton daherredend, weiß das Schneemädchen nun aber, entgegen dem flüchtigen Augenschein, wohl sehr genau, was es will und welche Finte es da fabriziert: Zunächst einen Triumphmarsch (»König«,

»Staaten«, »Sieger«, »Krönung«) für den Schnee, den man aber doch ein wenig überzogen, wenn nicht hysterisch finden darf. So viel Theater, bei allem Respekt, für ein paar Flocken? Den leisen Argwohn, den das Mädchen derart bombastisch assoziierend weckt, schürt und steigert es obendrein im folgenden. Sie verrät uns zwar ihr Geschlecht und auch – eine erste, sachte Erotisierung –, was für ein großes Mädchen sie schon sei, etwas anderes verschweigt sie mit immer falscherem Zungenschlag.

Fortgesetzt nämlich macht sie dem Leser weis, ihre Begeisterung gelte Schneeteppich und -flor, und mutet uns auch noch die schamlos beschworenen Klischees vom »bleichen Neid« und »hohlen Augen« zu. Die seufzende Matrone ist im simplen Schneezusammenhang schließlich beim besten Willen nicht mehr glaubwürdig. Mit dem »Denn er« in der allerletzten Strophe, analog zum »Selbst mir« der zweiten, kommt endlich die Katze aus dem Sack. Da zeigt sich der »liebe Gast«, auf den sie seit der ersten Zeile zielt: Als sie noch den Knaben sich um die Flocken »balgen« sah, war ihr bereits jener vor Augen – Entzücken und Aufregung nachträglich vollauf rechtfertigend –, um den die Mädchen »stritten«.

Der Umstand, daß Schnee und Liebster über das gleiche Personalpronomen verfügen, nutzt ihrem Spiel vorzüglich. Keinmal tauchen Schnee oder Geliebter als Substantiv auf. Um so bequemer funktioniert der erste als Strohmann des für alle Altersklassen Unwiderstehlichen. Dieser zweite also ist der Souverän, auf den es von Anfang an zugeht – und um den es geht.

Tut es das? Wessen Krönungsfahrt auf weichem Belag wird hier in Wirklichkeit, die letzte Wendung der Endstrophe sagt es klipp und klar, perfekt in Szene gesetzt?

Das Mädchen ist nicht nur »der Rute lang nicht mehr untertan«, sondern die, der Publikum, Schnee und Mann zuletzt die Krone reichen. Niemand anderen als sich selbst hat das Fräulein Narziß mit der Schlußpointe zur Hauptperson gekürt.

Als »inniges Rokoko« werden die Gedichte Goeckingks klassifiziert. Die Pointe, die der letzten Zeile unausgesprochen folgt und diese noch einmal um 180 Grad dreht, ist seine charmanteste: Derjenige, der das raffinierte Mädchen zur Königin der Schlittenfahrt und der Verse ernennt, ist ja eben doch nicht sie selbst, vielmehr er, Goekkingk, Verfasser und Galan.

LUDWIG CHRISTOPH HEINRICH HÖLTY

Ihr Freunde hänget, wann ich gestorben bin,
Die kleine Harfe hinter dem Altar auf,
Wo an der Wand die Totenkränze
Manches verstorbenen Mädchens schimmern.

Der Küster zeigt dann freundlich dem Reisenden
Die kleine Harfe, rauscht mit dem roten Band,
Das, an der Harfe festgeschlungen,
Unter den goldenen Saiten flattert.

WALTER HINCK
FRAGMENT, DEM KEINE ZEILE FEHLT

Diese Ode ist von ihrem Autor für keinen Almanach eingereicht worden und war für keine Gedichtsammlung vorgesehen. Sie fand sich auf der Rückseite eines Ausleihscheins der Göttinger Bibliothek vom 9. November 1774 und ließ sich identifizieren durch die Unterschrift »Hölty, bei dem Schuster Muhlert auf der Nicolaistraße«. Als Johann Heinrich Voß mit dem Grafen Friedrich Leopold von Stolberg 1783 eine Ausgabe der nachgelassenen Gedichte besorgte, glaubte er Hölty einen Freundschaftsdienst zu erweisen, indem er das vermeintliche Fragment durch eine dritte Strophe ergänzte. Wir lassen das Produkt des guten Willens, aber zugleich des ästhetischen Gouvernantentums auf sich beruhen.
Ich habe unter Höltys Gedichten dieses ausgewählt, weil in ihm die Persönlichkeit des Dichters am konzentriertesten enthalten ist. 1776 im Alter von nicht einmal 28 Jahren an der Schwindsucht gestorben, zählt Hölty zu den vielen Frühverstummten unserer Literatur. Dennoch hat kein Dichter des Hainbundes, dessen Mitglied er war, ihn als Lyriker erreicht.
Noch spielerisch verfügte er über die Form in seiner anakreontischen Poesie, in der die Figuren der antiken Mythologie sich tummeln. Nur selten stimmte er in die modischen Bardengesänge ein; seine Ode »An Teuthard«, an die »Muse Teutoniens«, wirkt denn auch wie eine Pflichtübung. Der Ton seiner frischen Mai- und Minnelieder

ließ sich nicht immer durchhalten, zu früh wurde die Vorahnung des Todes seine ständige Begleiterin. So steht auch die neue Innigkeit des Naturgefühls bei ihm in engem Wechselbezug zum Erlebnis eigenen Ausgeschlossenseins.

Eigentliches Erkennungszeichen der Lyrik Höltys ist, was Friedrich Beißner die elegische Ode genannt hat. In unserem Gedicht gelangt sie zu ihrer Lapidarform. Ode ist das Gedicht in wörtlichem Sinne; Hölty übernimmt – in der Nachfolge Klopstocks – die Strophe der antiken alkäischen Ode. In diese Form eingebunden sind Stimmung und Motive der von England herübergekommenen Kirchhofspoesie. Totenkranz und rotes Band (»Flittergold und rote Bänder« auf Gräbern von Mädchen und Jünglingen) finden wir auch in Höltys »Das Landleben« und »Elegie auf einen Dorfkirchhof«. Der frühe Tod Höltys verleiht den scheinbar konventionellen Bildern nachträglich volle Authentizität.

Das Gedicht ist, mit seiner zweimaligen Einheit von Strophe und Satz, auf eindringliche Weise schlicht. Über das metrische Gerüst der alkäischen Ode gleiten Satz und Gedanke fast mühelos. Die geprägte Form, keine Fessel mehr, ermöglicht Prägnanz. Weitere gedankliche Verdichtung gelingt durch symbolhaften Wortgebrauch.

Den Dichter bewegt in der Gewißheit des baldigen Todes der Wunsch, nicht vergessen zu werden. Einbezogen sein in die Erinnerung soll vor allem sein Werk, deshalb die Bitte an die Freunde, (statt eines Kranzes) die Harfe – das symbolische Attribut des Sängers, des Lyrikers – hinter dem Altar aufzuhängen. Im Bild der Kränze jungverstorbener Mädchen deutet sich das Thema der Minnelieder noch einmal an: umgebrochen zum Motiv einer Toten-Minne.

Unter die Lebenden wünscht sich der Tote durch die Vermittlung des dichterischen Worts, seines Symbols. Und sowohl der Küster, der die Harfe zeigt, wie die Reisenden, die sich ihr zuwenden, sind Bürgen des Nichtvergessenseins. Die Harfe tönt nicht mehr – nur das sie umschlingende Band rauscht und flattert –, aber die Macht des Tons ist übergegangen ins Strahlen der Saiten. Alle Hoffnung sammelt der Dichter am Ende in der – fast möchte man sagen sieghaften – Farbmetapher der »goldenen« Saiten. Nein, diese Ode ist kein Fragment, ihr fehlt nicht eine einzige Zeile. Jedes zusätzliche Wort verstümmelt sie.

LUDWIG CHRISTOPH HEINRICH HÖLTY
TOTENGRÄBERLIED

Grabe, Spaden, grabe,
Alles, was ich habe,
Dank ich, Spaden, dir!
Reich' und arme Leute
Werden meine Beute,
Kommen einst zu mir!

Weiland groß und edel,
Nickte dieser Schädel
Keinem Gruße Dank!
Dieses Beingerippe,
Ohne Wang und Lippe,
Hatte Gold und Rang!

Jener Kopf mit Haaren
War vor wenig Jahren
Schön, wie Engel sind!
Tausend junge Fäntchen
Leckten ihm das Händchen,
Gafften sich halb blind!

Grabe, Spaden, grabe,
Alles, was ich habe,
Dank ich, Spaden, dir!
Reich' und arme Leute
Werden meine Beute,
Kommen einst zu mir!

WERNER FULD
WIE MAN VOM TODE LERNT

Sofort wird man bei diesem grausig heiteren Lied an den Gesang des Totengräbers im fünften Akt von Shakespeares »Hamlet« erinnert. Doch solche Erinnerung betrügt uns; der Alte dort lamentiert zwar in seinen holperigen drei Strophen über die Vergänglichkeit des Lebens, aber es sind Hamlet und Horatio, die diesem Gesang aus der Grube die höheren Weihen philosophischer Reflexion folgen lassen. Weder Ruhm noch Geist bleiben dem Gebein; schließlich habe auch der große Alexander im Grabe nicht anders ausgesehen und gerochen als der pfiffige Yorick oder irgendein Anonymus. Das ist eine melancholische Vergänglichkeitsklage, die mit Höltys Gedicht nichts gemeinsam hat.

Wenn wir aber dieses unbekannte Gedicht eines nahezu vergessenen Autors ohne Umschweife mit einer der berühmtesten Dramenszenen in Verbindung bringen, dann kann dies nur bedeuten, daß wir den zuvor nie gehörten Text insgeheim recht gut kennen und daß wir sehr genau wissen, wovon das Lied handelt. Es ist in unserem Bewußtsein schon vorhanden gewesen, bevor wir Shakespeares Szene kennenlernten; die hier ausgedrückte Erfahrung ist unsere eigene.

Hölty hat kurz, krank und unglücklich gelebt; mit 27 Jahren starb er 1776 an Lungentuberkulose. Er wußte, daß er früh sterben würde; um einen bürgerlichen Beruf hatte er sich nach dem Göttinger Theologiestudium nicht mehr bemüht. Manche seiner Gedichte travestieren die menschliche Glückserwartung, aber kein anderes spricht eine so unverschämte Sprache. Hier geht es nicht mehr um die alte Vanitasklage, wie eitel und hinfällig doch alle Existenz sei, sondern hier wird Genugtuung darüber laut.

Triumphierend waltet der Totengräber als Schicksalsrichter, der kein erworbenes Verdienst und keinen Geburtszufall mehr anerkennen kann. Besitz, Adel und Schönheit haben an seinem Arbeitsplatz ihr Recht verloren – schlimmer noch: aus seiner Perspektive hätten sie nie ein besonderes haben dürfen. Welch hohnvolle Befriedigung spricht aus den Zeilen, daß der dankesstumme Mächtige nun wirklich lippenlos vor uns liegt und daß jener »Kopf mit Haaren«, nach dem sich wenige Jahre zuvor noch die Liebhaber halb blind gegafft hatten, nun schon keine Augen mehr hat.

Als Fazit erscheint das sehr trivial und zugleich irritierend. Das sollen unsere eigenen Gedanken gewesen sein? Ja, wir haben es nur vergessen. Für Höltys Zeit des »Sturm und Drang«, dem er als literarischer Partei nicht angehörte, klang dieser direkte Ton, von unten aufbegehrend, ganz neu. Daß vorm Tode alle gleich seien, war nur ein rhetorischer Gemeinplatz, dessen historische Wahrheit erst erfahren und gelernt werden mußte. Hölty machte den Anfang.

QUELLENHINWEISE

ABRAHAM A SANCTA CLARA 1644 in Kreenhainstetten/Hegau geboren, gestorben 1709 in Wien, S. 289.

Grabschrift der Alten. Aus: Deutsche Dichtung des Barock. Herausgegeben von Edgar Hederer. Carl Hanser Verlag, München 1969.

BARTHOLD HINRICH BROCKES 1680 in Hamburg geboren, dort 1747 gestorben, S. 299.

Kirsch-Blüte bey der Nacht. Aus: Barthold Hinrich Brockes, Irdisches Vergnügen in Gott. Auswahl. Verlag Philipp Reclam, Stuttgart 1963.

Der gestirnte Baum. Gedanken bey dem Fall der Blätter im Herbst. Aus: Barthold Hinrich Brockes, Im grünen Feuer glüht das Laub. Ausgewählte Gedichte. Textauswahl Bernd Jentzsch. Gustav Kiepenheuer Verlag, Weimar o. J.

GOTTFRIED AUGUST BÜRGER 1747 in Molmerswende/Harz geboren, gestorben 1794 in Göttingen, S. 445.

Mollys Abschied. Aus: Gottfried August Bürger, Gedichte. Ausgewählt und mit einem Nachwort von Jost Hermand. Verlag Philipp Reclam, Stuttgart 1981.

Naturrecht. Aus: Gottfried August Bürger, Gedichte. Verlag Philipp Reclam, Stuttgart 1967.

MATTHIAS CLAUDIUS 1740 in Reinfeld/Holstein geboren, gestorben 1815 in Hamburg, S. 411.

Abendlied. Der Tod. Aus: Matthias Claudius, Sämtliche Werke. Nach dem Text der Erstausgabe (›Asmus‹ 1775-1812) und den Originaldrucken (Nachlese). Winkler Verlag, München, 6. Auflage 1987.

An – als ihm die – starb. Kriegslied. Aus: Aus dem Wandsbecker Boten. Auswahl und Nachwort von K. Nussbächer. Verlag Philipp Reclam, Stuttgart 1981.

Der Frühling. Am ersten Maimorgen. Der Mensch. Aus: Der Wandsbecker Bote. Mit einem Vorwort von Peter Suhrkamp und einem Nachwort von Hermann Hesse. Insel Verlag Frankfurt am Main 1975.

Der Tod und das Mädchen. Aus: Matthias Claudius, Der Mond ist aufgegangen. Gedichte und Prosa. Ausgewählt von Reinhard Görisch. Insel Verlag Frankfurt am Main und Leipzig 1998.

Daniel Czepko 1605 in Koischwitz b. Liebnitz geboren, 1660 in Wohlau gestorben, S. 179.
Wo Freiheit ist. Aus: Das Zeitalter des Barock. Texte und Zeugnisse. Herausgegeben von Albrecht Schöne. Verlag C. H. Beck, München, 3. Auflage 1988.
Simon Dach 1605 in Memel geboren, gestorben 1659 in Königsberg, S. 183.
An hn. ober-marschallen Ahasv. von Brandt, daß sein gehalt erfolgen möge. Aus: Simon Dach, Werke. Herausgegeben von Hermann Österley. Georg Olms Verlag, Hildesheim 1977 (Nachdruck der 1. Auflage von 1876).
Die Sonne rennt mit prangen. Aus: Simon Dach und der Königsberger Dichterkreis. Herausgegeben von Alfred Kelletat. Verlag Philipp Reclam, Stuttgart 1986.
Der von Kürenberg 12. Jahrhundert, S. 33.
Ich stuont mir nehtint spâte. Aus: Nemt, frouwe, disen kranz. 101 mittelhochdeutsche Liebesgedichte. Herausgegeben, übertragen und mit einem Nachwort versehen von Gunhild und Uwe Pörksen. Ullstein Verlag, Berlin 1982.
Ich zôch mir einen valken. Nach: Minnesinger. In Bildern der Manessischen Liederhandschrift. Herausgegeben von Walter Koschorreck. Insel Verlag Frankfurt am Main 1974.
Dietmar von Aist 1139 in Österreich geboren, gestorben 1171, S. 25.
Ez stuont ein frouwe alleine. Aus: Deutsche Lyrik des Mittelalters. Auswahl und Übersetzung von Max Wehrli. Manesse Verlag, Zürich, 7. Auflage 1988.
Slâfest du, vriedel ziere? Aus: Tagelieder des deutschen Mittelalters. Mittelhochdeutsch/Neuhochdeutsch. Ausgewählt, übersetzt und kommentiert von Martina Backes. Einleitung von Alois Wolf. Verlag Philipp Reclam, Stuttgart 1992.
Paul Fleming 1609 in Hartenstein/Erzgebirge geboren, gestorben 1640 in Hamburg, S. 208.
An Sich. Nach: Gedichte des Barock. Herausgegeben von Ulrich Maché und Volker Meid. Verlag Philipp Reclam, Stuttgart 1980.
Wie Er wolle geküsset seyn. Aus: Paul Fleming, Deutsche Gedichte. Herausgegeben von Volker Meid. Verlag Philipp Reclam, Stuttgart.
Zur Zeit seiner Verstoßung. Aus: Paul Fleming, Gedichte. Auswahl und Nachwort von Johannes Pfeiffer. Verlag Philipp Reclam, Stuttgart 1967.
Paul Gerhardt 1607 in Gräfenhainichen geboren, gestorben 1676 in Lübben/Spree, S. 195.

Der 1. Psalm Davids. Aus: Geistliche Andachten (1667). Samt den übrigen Liedern und den lateinischen Gedichten. Herausgegeben von Friedhelm Kemp. Faksimile-Ausgabe. Francke Verlag, Bern und München 1975.

Weihnachtsgesang. Aus: Paul Gerhardt, Geistliche Lieder. Verlag Philipp Reclam, Stuttgart 1991.

LEOPOLD FRIEDRICH GÜNTHER VON GOECKINGK 1748 geboren in Gröningen bei Halberstadt, gestorben 1828 in Wartenberg, S. 455.

Als der erste Schnee fiel. Aus: Deutsche Gedichte. Ausgewählt und eingeleitet von Karl Krolow. 2 Bände. Insel Verlag Frankfurt am Main 1982.

FRIEDRICH WILHELM GOTTER 1746 in Gotha geboren, 1797 dort gestorben, S. 441.

Wiegenlied. Aus: Karl Otto Conrady, Das große deutsche Gedichtbuch. Von 1500 bis zur Gegenwart. Verlag Artemis und Winkler, München 1992.

JOHANN NIKOLAUS GÖTZ 1721 in Worms geboren, gestorben 1781 in Winterburg, S. 353.

Die himmlische und irdische Venus. Aus: Dichtung des Rokoko. Nach Motiven geordnet und herausgegeben von Alfred Anger. Max Niemeyer Verlag, 2. Auflage, Tübingen 1969.

ANDREAS GRYPHIUS 1616 in Glogau/Schlesien geboren, dort 1664 gestorben, S. 221.

Abend. Grabschrift Marianae Gryphiae seines Brudern Pauli Tōchterlein. Tränen des Vaterlandes. Aus: Andreas Gryphius, Gedichte. Eine Auswahl. Text nach der Ausgabe letzter Hand von 1663. Herausgegeben von Adalbert Elschenbroich. Verlag Philipp Reclam jun., Stuttgart 1968.

Morgen Sonnet. Aus: Das große deutsche Gedichtbuch. Herausgegeben von Karl Otto Conrady. Verlag Artemis und Winkler, Düsseldorf, 2. Aufl. 1992.

Vanitas, vanitatum, et omnia vanitas. Aus: Andreas Gryphius, Sonette. Gesamtausgabe der deutschsprachigen Werke. Herausgegeben von Marian Szyrocki und Hugh Powell. Band I. Max Niemeyer Verlag, Tübingen 1963.

CATHARINA REGINA VON GREIFFENBERG 1633 in Schloß Seyssenegg/ Niederösterreich geboren, gestorben 1694 in Nürnberg, S. 273.

Über das unaussprechliche Heilige Geistes-Eingeben! Aus: Catharina Regina von Greiffenberg, Gedichte. Ausgewählt, Nachwort und herausgegeben von Hubert Gersch. Henssel Verlag, Berlin.

Johann Christian Günther 1695 in Striegau/Schlesien geboren, gestorben 1723 in Jena, S. 317.

Als Leonore die Unterredung eiligst unterbrechen mußte. Aus: Johann Christian Günther, Sämtliche Werke. Band I. Historisch-kritische Gesamtausgabe. Herausgegeben von Wilhelm Krämer (Fotomechanischer Nachdruck Darmstadt 1964).

An die Männer. Aus: Johann Christian Günther, Gedichte. Auswahl und Einleitung von Hannsludwig Geiger. Erich Schmidt Verlag, Berlin 1947.

Breslau, den 25. Dezember 1719. Aus: Johann Christian Günther, Werke in einem Band. Herausgegeben von Hans Dahlke. Aufbau-Verlag, Berlin 1977.

Er klaget gegen seinen Freund. Aus: Johann Christian Günther, Werke. Herausgegeben von Reiner Bölhoff. Deutscher Klassiker Verlag Frankfurt am Main 1998.

Trostaria. Aus: Johann Christian Günther, Gesammelte Gedichte. Herausgegeben von Herbert Heckmann. Carl Hanser Verlag, München 1981.

Friedrich von Hagedorn 1708 in Hamburg geboren, dort 1754 gestorben, S. 343.

An eine Schläferinn. Aus: Friedrich von Hagedorn, Gedichte. Herausgegeben von Alfred Anger. Verlag Philipp Reclam, Stuttgart 1968.

Hartmann von Aue um 1165 geboren, 1215 gestorben, S. 43.

Maniger grüezet mich alsô. Aus: Des Minnesangs Frühling. Bearbeitet von Hugo Moser und Helmut Tervooren. Hirzel Verlag, Stuttgart 1988.

August Adolph von Haugwitz 1645 in Übigau/Oberlausitz geboren, dort 1707 gestorben, S. 295.

Über das heutige Brüderschafft-Sauffen der Deutschen. Aus: Die Deutsche Literatur, Texte und Zeugnisse, Band 3: Das Zeitalter des Barock. Herausgegeben von Albrecht Schöne. Verlag C. H. Beck, München, 3. verb. Auflage 1988.

Heinrich Hetzbolt von Wissense 1312 bei Erfurt geboren, 1345 gestorben, S. 87.

Wol mich der stunde. Aus: Deutsche Lyrik des Mittelalters. Auswahl und Übertragung von Max Wehrli. 7. Aufl. 1988. © Manesse Verlag, Zürich 1955.

Ludwig Christoph Heinrich Hölty 1748 geboren in Mariensee bei Hannover, gestorben 1776 in Hannover, S. 459.

Ihr Freunde hänget. Aus: Der Göttinger Hain. Herausgegeben von Alfred Kelletat. Verlag Philipp Reclam, Stuttgart 1972.

Totengräberlied. Aus: Ludwig Christoph Heinrich Hölty, Werke und Briefe. Aufbau-Verlag, Berlin und Weimar 1966.

CHRISTIAN HOFMANN VON HOFMANNSWALDAU 1617 in Breslau geboren, dort 1679 gestorben, S. 241.

Auf den Mund. Aus: Liebe. Liebesgedichte deutscher, österreichischer und Schweizer Autoren vom 16. Jahrhundert bis zur Gegenwart. Herausgegeben von Nina Kindler. Kindler Verlag, München 1980.

Die Welt. Aus: Christian Hofmann von Hofmannswaldau, Gedichte. Verlag Philipp Reclam, Stuttgart.

Vergänglichkeit der Schönheit. Aus: Das große deutsche Gedichtbuch. Herausgegeben von Karl Otto Conrady. Athenäum Verlag, Königstein 1977.

Wo sind die Stunden. Aus: Das Zeitalter des Barock. Texte und Zeugnisse. Herausgegeben von Albrecht Schöne. Verlag C. H. Beck, München, 3. Auflage 1988.

ANNA LOUISA KARSCH 1722 zwischen Züllichau und Crossen geboren, gestorben 1791 in Berlin, S. 357.

An den Domherrn von Rochow. Aus: Deutsche Dichterinnen vom 16. Jahrhundert bis zur Gegenwart. Herausgegeben und eingeleitet von Gisela Brinker-Gabler. S. Fischer Verlag GmbH, Frankfurt am Main 1978.

EWALD CHRISTIAN VON KLEIST 1715 in Gut Zeblin b. Köslin/Pommern geboren, 1759 in Frankfurt/Oder gestorben, S. 347.

Der gelähmte Kranich. Aus: Ewald Christian von Kleist, Sämtliche Werke. Verlag Philipp Reclam, Stuttgart.

FRIEDRICH GOTTLIEB KLOPSTOCK 1724 in Quedlinburg geboren, gestorben 1803 in Hamburg, S. 363.

Das Rosenband. Furcht der Geliebten. Aus: Oden. Auswahl und Nachwort von Karl Ludwig Schneider. Verlag Philipp Reclam, Stuttgart 1980.

Der Lehrling der Griechen. Die Musik. Aus: Friedrich Gottlieb Klopstock, Werke. Zwei Bände. Herausgegeben von K. A. Schleiden. Nachwort von Friedrich Georg Jünger. Carl Hanser Verlag, 4. Auflage, München 1984.

Die frühen Gräber. Aus: Friedrich Gottlieb Klopstock, Ausgewählte Werke. Herausgegeben von K. A. Schleiden. Carl Hanser Verlag, München.

Mein Wäldchen. Aus: Friedrich Gottlieb Klopstock, Messias. Gedichte, Abhandlungen. Hrsg. von Uwe-K. Ketelsen. Rowohlt Verlag, Reinbek 1968.

Gotthold Ephraim Lessing 1729 in Kamenz/Oberlausitz geboren, gestorben 1781 in Braunschweig, S. 391.
Die Sinngedichte an den Leser. Lob der Faulheit. Nix Bodenstrom. Aus: Gotthold Ephraim Lessing, Werke in drei Bänden. Herausgegeben von Herbert G. Göpfert. Carl Hanser Verlag, München/Wien 1982.
Lied aus dem Spanischen. Aus: Gotthold Ephraim Lessing, Sämtliche Gedichte. Hrsg. von Gunter E. Grimm. Verlag Philipp Reclam jun., Stuttgart 1987.

Daniel Casper von Lohenstein 1635 in Nimptsch/Schlesien geboren, gestorben 1683 in Breslau, S. 277.
Aufschrift eines Labyrinths. Aus: Deutsche Dichtung des Barock. Auf der Grundlage von Edgar Hederer herausgegeben und erweitert von Karl Pörnbacher. Carl Hanser Verlag, München 1979.
Umschrift eines Sarges. Aus: Deutsche Barocklyrik. Herausgegeben und mit einem Nachwort versehen von Max Wehrli. Verlag Benno Schwabe & Co. Klosterberg 1977.

Martin Luther 1483 in Eisleben geboren, dort 1546 gestorben, S. 101.
Da pacem. Ein lied von der Heiligen Christlichen Kirchen aus dem XII. capitel Apocalypsis. Der XLVI. Psalm. Deus noster refugium et virtus. Mitten wyr ym leben sind. Aus: Die deutschen geistlichen Lieder. Herausgegeben von Gerhard Hahn. Max Niemeyer Verlag, Tübingen 1967.

Philipp Nicolai 1556 in Mengeringhausen/Waldeck geboren, gestorben 1608 in Hamburg, S. 139.
Ein geistlich Braut-Lied. Aus: Das große deutsche Gedichtbuch. Von 1500 bis zur Gegenwart. Neu herausgegeben und aktualisiert von Karl Otto Conrady. Artemis & Winkler Verlag, München und Zürich, 2. Auflage 1992.

Martin Opitz 1597 in Bunzlau geboren, gestorben 1639 in Danzig, S. 169.
An die Deutsche Nation. Aus: Martin Opitz, Gedichte. Eine Auswahl. Herausgegeben von Jan-Dirk Müller. Verlag Philipp Reclam jun., Stuttgart 1970.
Das Fieberliedlin. Aus: Epochen der deutschen Lyrik. Gedichte 1600–1700. Herausgegeben von Christian Wagenknecht. Deutscher Taschenbuch Verlag, München 1976.

Oswald von Wolkenstein 1377 in Schloß Schöneck geboren, 1445 auf Burg Hauenstein am Schlern gestorben, S. 91.
Durch Barbarei. Aus: Oswald von Wolkenstein, Lieder. Mittelhochdeutsch und Neuhochdeutsch. Herausgegeben, übersetzt und erläutert von Burghart Wachinger. Verlag Philipp Reclam, Stuttgart 1967.

Reinmar von Zweter um 1200 bei Heidelberg geboren, gestorben 1260 bei Ochsenfurt, S. 79.
In mîner âbentzît. Nach: Epochen der deutschen Lyrik. Gedichte von den Anfängen bis 1300. Herausgegeben von Werner Höver und Eva Kiepe. Deutscher Taschenbuch Verlag, München 1978.

Christian Friedrich Daniel Schubart 1739 in Obersontheim/ Württemberg geboren, gestorben 1791 in Stuttgart, S. 407.
Der Kupferstecher nach der Mode. Aus: Gedichte. Ausgewählt von Peter Härtling. Fischer Taschenbuch Verlag GmbH, Frankfurt am Main 1968.

Sibylla Schwarz 1621 in Greifswald geboren, 1638 dort gestorben, S. 265.
ISt Lieb ein Feur. LIebe schont der Gðtter nicht. Aus: Gedichte des Barock. Herausgegeben von Ulrich Maché und Volker Meid. Verlag Philipp Reclam, Stuttgart 1980.

Friedrich Spee von Langenfeld 1591 in Kaiserswerth bei Düsseldorf geboren, gestorben 1635 in Trier, S. 151.
Ein kurz poetisch Christgedicht vom Ochs und Eselein bei der Krippen. Aus: Das große deutsche Gedichtbuch. Herausgegeben von Karl Otto Conrady. Athenäum Verlag, Königstein 1977.
Ermahnung zur Buße. Aus: Friedrich Spee von Langenfeld, Güldenes Tugend-Buch. Herausgegeben von Theo G. M. van Oorschot. A. Francke Verlag, Tübingen 1968.
Zu Bethlehem geboren. Aus: Das Weihnachtsbuch der Lieder. Mit alten und neuen Liedern zum Singen und Spielen. Ausgewählt von Gottfried Natalis. Mit einem Nachwort von Ernst Klusen. Insel Verlag Frankfurt am Main 1975.

Süsskind von Trimberg 2. Hälfte 13. Jahrhundert aus Trimberg bei Würzburg, S. 83.
Wâhebûf und Nichtenvint. Aus: Epochen der deutschen Lyrik. Gedichte von den Anfängen bis 1300. Herausgegeben von Werner Höver und Eva Kiepe. Deutscher Taschenbuch Verlag, München 1978.

Walther von der Vogelweide um 1170 in Niederösterreich geboren, gestorben um 1230 bei Würzburg, S. 47.
Ich hân mîn lêhen. Aus: Deutsche Lyrik des frühen und hohen Mittelalters. Edition der Texte und Kommentare von Ingrid Kasten. Deutscher Klassiker Verlag Frankfurt am Main 1995.
In einem zwîvellîchen wân. Mir hât hêr Gêrhart Atze. Müeste ich noch geleben daz ich die rôsen. Vil wol gelobter got. Aus: Walther von der

Vogelweide, Gedichte. Mittelhochdeutscher Text und Übertragung. Ausgewählt, übersetzt und mit einem Kommentar versehen von Peter Wapnewski. Fischer Taschenbuch Verlag GmbH, Frankfurt am Main, 16. Auflage 1984.

Under der linden. Aus: Deutsche Lyrik des Mittelalters. Auswahl und Übersetzung von Max Wehrli. Mit 36 Abbildungen aus der Manessischen Liederhandschrift. Manesse Verlag, Zürich, 6. Auflage 1984.

Wolfram von Eschenbach um 1170 in Eschenbach b. Ansbach/Mittelfranken geboren, nach 1220 dort gestorben, S. 73.

Den morgenblic bî wahtærs sange erkôs. Aus: Minnesang. Herausgegeben, übersetzt und kommentiert von Helmut Brackert. S. Fischer Verlag GmbH, Frankfurt am Main 1983.

Unbekannter Dichter um 800.

Zweiter Merseburger Zauberspruch, S. 13. Aus: Frühe deutsche Literatur und lateinische Literatur in Deutschland 800-1150. Herausgegeben von Walter Haug und Benedikt Konrad Vollmann. Deutscher Klassiker Verlag Frankfurt am Main 1991.

Unbekannte Dichter 12. Jahrhundert

Dû bist mîn, S. 17. Aus: Des Minnesangs Frühling. Unter Benutzung der Ausgaben von Karl Lachmann und Moritz Haupt, Friedrich Vogt und Karl von Kraus. Herausgegeben von Hugo Moser und Helmut Tervooren. Band 1: Texte. 38. erneut revidierte Auflage. S. Hirzel Verlag, Stuttgart 1988.

Nach einer Handschrift von 1467. Verschneiter Weg, S. 97. Aus: Deutsches Lesebuch. Von Luther bis Liebknecht. Herausgegeben von Stephan Hermlin. Carl Hanser Verlag, München 1976.

Der glückliche Jäger, S. 135. Aus: August Heinrich Hoffmann von Fallersleben, Die deutschen Gesellschaftslieder des 16. und 17. Jahrhunderts. Leipzig 1860.

Mich dunket, S. 21. Aus: Frauenlieder des Mittelalters. Zweisprachig. Übersetzt und herausgegeben von Ingrid Kasten. Verlag Philipp Reclam, Stuttgart 1990.

Willst du dein Herz mir schenken, S. 259. Aus: Ewiger Vorrat deutscher Poesie. Herausgegeben von Rudolf Borchardt. Verlag Klett-Cotta, Stuttgart 1977.

Unbekannte Dichter 16.-17. Jahrhundert

Es ist ein Ros entsprungen, S. 145. Aus: Evangelisches Gesangsbuch für die Evangelische Kirche in Hessen und Nassau. Spener Verlagsbuchhandlung, Frankfurt am Main 1994.